JN338587

聽彈琴

거문고 타는 소리를 듣다

맑고 고운 일곱 줄의 저 거문고
차가운 송풍곡 고요히 듣는다
옛 가락 스스로 좋아하지만
지금 사람들은 대개 연주하지 않는다

泠泠七絃上
靜聽松風寒
古調雖自愛
今人多不彈

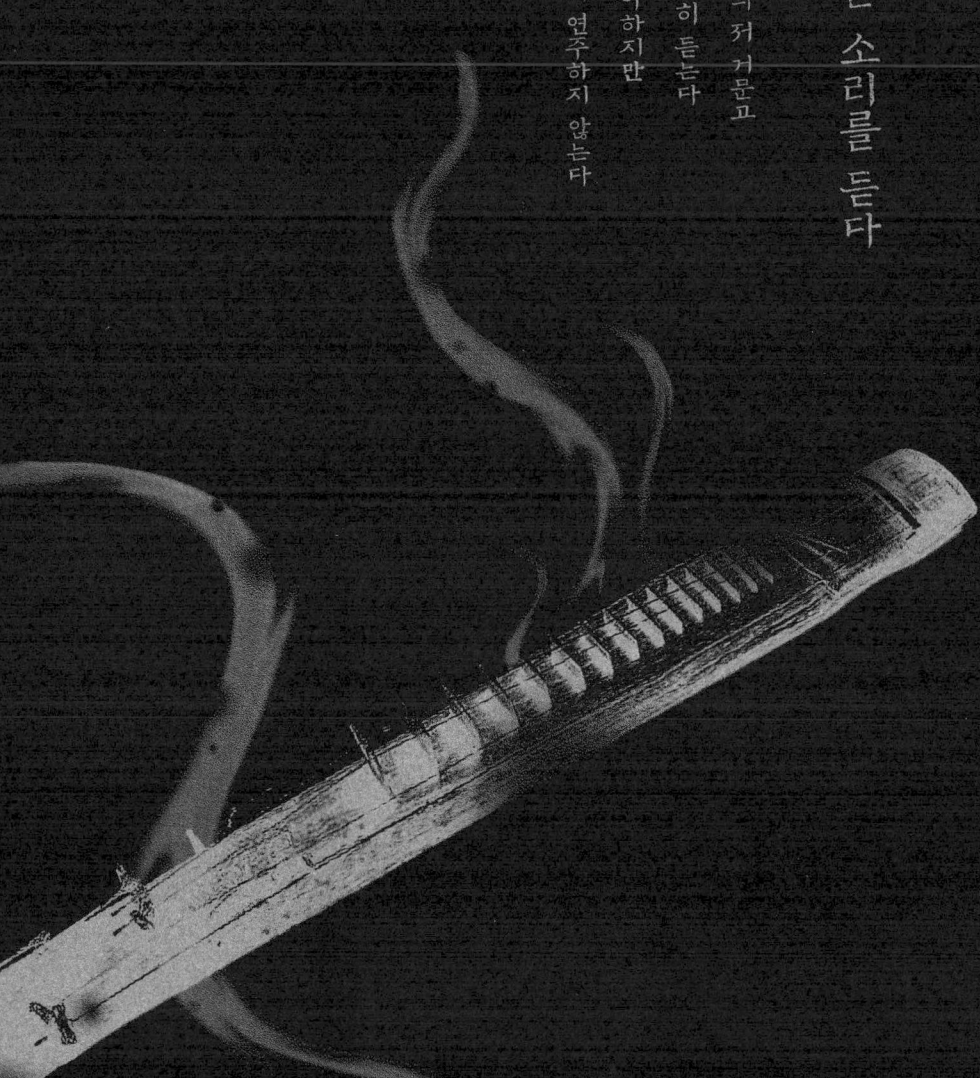

음공의 대가

음공의 때가 7

일성 新무협 판타지 소설

초판 1쇄 찍은 날 § 2005년 5월 7일
초판 1쇄 펴낸 날 § 2005년 5월 17일

지은이 § 일성
펴낸이 § 서경석

편집장 § 문혜영
편집책임 § 서지현
편집 § 장상수 · 최하나

펴낸곳 § 도서출판 청어람
등록번호 § 제1081-1-89호
등록일자 § 1999. 5. 31
어람번호 § 제2-0594호

주소 § 경기도 부천시 원미구 심곡1동 350-1 남성B/D 3F (우) 420-011
전화 § 032-656-4452 팩스 § 032-656-4453
http://www.chungeoram.com
E-mail § eoram99@chollian.net

ⓒ 일성, 2004

ISBN 89-5831-534-2 04810
ISBN 89-5831-346-3 (세트)

※ 파본은 본사나 구입하신 서점에서 교환하여 드립니다.
※ 저자와 협의하여 인지를 붙이지 않습니다.

목차

제1장 대화 _7

제2장 사황교주와의 만남 _19

제3장 나쁜 소식 _27

제4장 이유 _41

제5장 뜻밖의 손님 _48

제6장 비밀 계약 _57

제7장 애뇌산의 반란군 _77

제8장 둘만의 여행 _88

제9장 마야의 위기 _105

제10장 애뇌사호 _125

제11장 전투 _138

제12장 반란군의 기습 _151
제13장 도주자의 갈등 _164
제14장 군부 최강의 고수 _178
제15장 재회 _199
제16장 미끼 _219
제17장 이중 기습 _238
제18장 비겁한 것이 아니라 병법이다 _247
제19장 태양검선 _258
제20장 이제부터 악마금 _274
제21장 남무림 통합을 위한 군사의 계획 _286
제22장 안정된 남무림 _295

작가후기 _303

제1장
대화

두두두두두—!

먼지를 뿜어내며 마차 한 대가 귀주에서 운남으로 뻗어 있는 대로를 질주하고 있었다. 마차 주위에는 사이한 기운은 물씬 풍기는 사십여 명의 사내가 말을 타고 호위하듯 뒤따르고 있었다.

마차가 굽이굽이 솟아 있는 산을 끼고 돌아 선위(宣威)에 도착할 때쯤이었다. 갑자기 숲에서 백여 명의 복면인이 검을 뽑으며 모습을 드러내더니 일언반구없이 마차를 향해 돌진했다.

마차를 호위하던 한 사내가 인상을 쓰며 외쳤다.

"십월령은 마차를 호위해 뚫고, 나머지는 나를 따라 적들을 소탕한다!"

명과 함께 삼십여 명의 무사가 복면인들을 향해 쏟아져 나갔다. 곧이어 치열한 접전이 벌어지고, 마차는 그 틈을 이용해 선위로 들어설 수 있었다.
 선위에 도착한 마차는 멈춤과 동시에 문이 열렸다. 그리고 내린 사람은 만월교의 교주, 마야였다. 초췌한 그녀의 표정은 그간 얼마나 마음 고생이 심했는지를 말해 주고 있었다.
 만월교 총단이 무너진 후, 적들이 아무 일도 없었다는 듯 물러가기는 했지만 그녀는 바로 총단으로 돌아갈 수 없었다. 적들의 동태를 파악해야 했기 때문이다. 그렇기에 예전에 만들어놓았던 몇 개의 비밀 분타 중 한 곳에 머물러야 했는데, 그런 와중에 비밀 분타가 적룡문에 의해 발각되어 이차 기습을 받게 되었다.
 결국 다른 분타로 갈 생각을 버린 그녀는 장로들의 의견을 들어 운남으로 피신한 것이었다. 그녀가 지내고 있던 비밀 분타를 완전히 포기해야 했음은 두말할 필요가 없었다. 적룡문과 단목문, 혈천문의 고수들이 밀고 들어오니 정면으로 부딪친다면 상당히 많은 고수들을 또 잃어야 했기 때문이다. 훗날을 도모하기 위해 고수들을 희생시킬 수 없다는 판단을 했고, 변변한 대항조차 하지 않고 모조리 살길을 찾아 도주하라는 명을 내렸다.
 마차에서 내린 마야를 향해 삼월령이 다급한 듯 입을 열었다.
 "추격을 받지 않으려면 더 이상 마차를 끌고 가면 안 됩니다. 선위는 꽤 큰 도시이니 사람들에 섞여 이곳을 지나면 적들의 추격을 면할 수 있을 겁니다. 그때 다시 마차를 구해보겠습니다."
 마야는 대답없이 고개를 끄덕였다. 그리고 선위로 들어가 모두가 흩어져 평민들이 흔히 입는 옷으로 갈아입고 선위에서 남쪽으로 일 리 정도 떨어진 마을에서 다시 만났다.
 "어떻게 됐을까?"

한숨을 쉬며 하늘을 바라보고 있는 마야의 중얼거림에 이월령이 난감한 기색을 감추며 대답했다.

"모양야 장로께서 다른 분타에 세력을 모으고 계실 겁니다. 흩어져 있기는 하지만 아직 상당한 고수들이 우리 만월교에 있으니 조금만 참으시면 다시 예전의 힘을 되찾으실 수 있을 겁니다. 너무 심려치 마십시오."

하지만 마야의 걱정스러운 표정은 사라지지 않았다.

"난 교주로서의 자질이 없나 봐!"

"무, 무슨 말씀이십니까?"

마야의 말에 십월랑 전부가 표정을 굳히며 일제히 바닥에 무릎을 꿇었다.

"저희들은 오직 교주님만 따를 뿐입니다."

그들을 보며 마야가 자조적인 미소를 지었다.

"교주라는 것이, 그리고 만월교라는 것이 그렇게 대단한 것이냐? 무능한 나를 위해 목숨을 버릴 정도로?"

"그, 그런 말씀은…… 저희가 감당하기 힘듭니다."

그녀는 먼 하늘을 아련한 눈빛으로 바라보며 힘없이 미소를 지었다.

"너희들은 평범하게 살고 싶은 생각이 없느냐? 사랑하는 사람을 두고, 자식을 낳고, 일을 한 만큼 벌어 앞날의 꿈을 펼치고 싶은…… 그런 생각 말이다."

"……!"

"난 가끔씩 그런 생각을 한다. 무거운 짐을 벗어 던지고, 평범한 열일곱의 소녀로 돌아가면 어떨까, 하는 생각."

순간 그녀의 눈에 눈물이 흘러내렸다.

"나를 위해 모두가 죽는다면 나보고 어찌 얼굴을 들고 편히 세상을 살라는 말이냐?"

"교주님!"

십월령 또한 참담한 교주의 신세와 그녀가 가지고 있을 심정을 느끼며 눈물을 흘렸다. 그때 마야가 십월령에게 충격을 안겨주었다.

"난 이제 교주가 아니다."

십월령이 자리에서 벌떡 일어섰다.

"무슨 말씀이십니까?"

"난 교주로서의 자격이 없어."

"아닙니다. 교주님은 누구도 부인할 수 없는 만월을 받은 신인이십니다! 만약 교주님이 저희를 버리시겠다면 목숨을 내놓을 뿐입니다!"

말과 함께 십월령이 전부 검을 뽑아 목에 대었다. 그 모습에 놀란 마야가 손을 저었다.

"그만!"

"교주님!"

마야가 고개를 끄덕였다. 그제야 목에서 검을 거둔 십월령을 향해 그녀가 입을 열었다.

"한 가지 부탁을 들어줄 수 있겠어?"

"부탁이라니 당치 않습니다. 하명만 하십시오."

"찾아야 될 사람이 있다."

"누구입니까?"

"악마금!"

그녀의 말에 십월령이 잘못 들은 듯한 표정을 지었다. 하지만 마야가 다시 확인시켜 주듯 또박또박 말을 이었다.

"악마금! 그를 찾아야 한다."
십월령 중 가장 선임인 일월령이 믿을 수 없다는 듯 물었다.
"그는 죽지 않았습니까?"
"아니, 그는 운남에 있다."
"그것을 어떻게 아십니까?"
마야는 대답하지 않았다. 굳게 다물린 그녀의 입을 보며 일월령이 고개를 숙였다.
"알겠습니다. 최선을 다해 찾아보겠습니다."

     *   *   *

"나는 창에 모든 것을 걸었지."
헌원지는 진립과 마주 앉아 그의 이야기를 듣고 있었다. 삼 일이라는 짧은 시간을 치료받은 후, 거동하는 데 문제가 없자 진립이 술자리를 마련해 헌원지를 초대했기 때문이다.
술잔을 앞에 두고 진립의 이야기는 계속 이어졌다.
"하지만 문제가 많았어. 소림의 봉법은 불도에 힘입은 공명정대한 무공일 뿐. 사실 말이야 바른말이지, 무공을 익히는 목적이 뭔가? 상대를 좀 더 효과적으로 쓰러뜨리기 위한 것이 아닌가? 그런데 심신 수양만을 목적으로 삼는 봉법이라니……. 웃기는 것은 그런 공명정대한 무공을 수련시키면서도 무림 일을 해결하기 위해 나 같은 해결사를 양성한다는 거야."
"……."
"소림은 뒷짐 지고 불도가 어떻니, 강호에 마가 꼈니, 라는 등의 말을 나불대며 생각 깊은 척하고 있지. 그리고 나 같은 자를 내보내 해결을 보게 하고 자신들은 소림의 위상을 바라고 있었지. 뭐, 다 좋다 이거야! 나야 무공을 익히고 그것으로 끝을 보고 싶었을 뿐이니까. 소림의 절학들을 가르쳐 주는데 뭐가 문제겠나? 하지만 시일이 점점 흐르자 소림의 봉법에 회의가 느껴지기 시작하더군. 뻔한 초식의 반복으로 더 이상 뭘 어쩌겠어? 자네도 알겠지만 실전 싸움에서는 초식이 승패를 가르는 것이 아니라, 초식을 얼마나 유용하게, 그리고 적절하게 사용하느냐! 순간의 순발력과 판단력이 얼마나 뛰어나느냐에 달려 있지. 초반에는 그런대로 괜찮았어. 소림은 무림무학의 보고라 해도 과언이 아닐 정도로 무공이 많이 쌓여 있거든. 봉법도 상당히 많았지. 하지만 화경에 들어서고 난 이후부터는 내가 가진 초식에 한계를 절감하게 되었네."

"그래서 뛰쳐나왔습니까?"

진립은 고개를 저었다.

"처음부터 그럴 생각은 없었지. 그저 나에게 맞는, 그리고 초식을 넘어선 봉법을 만들고 싶었을 뿐이야. 그런데 거기에서 문제가 생긴 거다 이 말씀이야. 어느 날 방장이 내가 새로운 봉법을 만든다는 소문을 듣고 무공을 보고 싶다고 하더군. 기대를 많이 했겠지."

말과 함께 진립이 대소를 터뜨렸다.

"으하하하! 그때 방장의 얼굴을 봤어야 했어. 크흐, 그 똥 씹은 표정이란!"

"무엇 때문에?"

"겪어봤으니 알 것 아닌가? 내 창법이 어땠나?"

잠시 생각하던 헌원지가 표정을 굳혔다.

"상당히 저돌적이었습니다. 초식에 의한 무공이 아니라 살을 주고 뼈를 친다는 느낌? 굳이 설명하자면 자신을 버리고 공격에만 치중하는 초식인 것 같았습니다."

진립이 피식 웃으며 고개를 끄덕였다.

"맞아. 하지만 소림의 무공을 보면 그런 것이 거의 없지. 살생을 금한다는 미명 하에 적도 살고 나도 사는 무공이라는, 말 안 되는 소리를 지껄이며 만든 것밖에 없으니…… 내 무공을 보고 얼마나 놀랐겠나? 막판에 무공 시범이 끝나고 나서는 심마에 빠졌다느니, 마가 끼었다느니 말들이 많더군."

"제재를 가하지는 않았습니까?"

"방장과 각을 책임지는 주지승들의 회의가 있었지. 며칠 동안 이런저런 이야기가 오간 모양이던데, 사실 그때 난 소림에 정이 뚝 떨어졌거든. 그래서 중간에 몰래 빠져나왔지."

"추격이 있었겠군요."

"그렇지 않고서야 내가 왜 남무림까지 왔겠나? 사실 어릴 때부터 소림에서 커왔기에 막상 도망치려니 갈 곳이 없더군. 소림은 쫓아오지, 갈 곳은 없지… 결국 남무림까지 흘러들어 왔는데, 오뢰문에서 받아주더군."

진립은 말과 함께 술을 입속으로 털어 넣었다. 헌원지가 마주 술잔을 기울이며 호기심을 드러냈다.

"심법을 바꿨다는 소리를 들었습니다."

"그렇네. 봉법을 창안하기는 했지만 창이 더 어울려 창을 잡았는데, 심법이 문제인 거야. 이상하게 소림에서 받은 심법이 창법에 맞아떨어지지 않았네. 몸속의 내력 운영이 막히는 느낌이랄까? 게다가 그때 화경의 끝에 다달아 그것을 뚫고 환골탈태를 원하고 있었지. 그래서 오뢰문주에게 부탁해 마공 몇 개를 입수했는데, 그중 하나가 나에게 딱 맞아떨어지더군. 그런데 새로운 심법을 다시 익히려면 기존에 있던 내력을 완전히 없애야 하지 않나? 그런데 자네라면 기존의 심법을 버리고 새로 시작하고 싶겠나?"

헌원지가 고개를 저었다.

"나도 그랬네. 그래서 생각한 것이 두 가지 심법을 동시에 익히는 거였어."

"그것이 가능합니까?"

"마공을 익힐 때 원래 익혔던 심법은 단전 아래쪽으로 밀어 넣고 수련을 했지."

"그래서 주화입마에 빠졌군요."

"각기 다른 성질의 내력이 단전에 있는데 별수있나? 내 딴에는 최대한 조심한다고 한 것인데……. 왜 사람들이 두 가지 심법을 동시에 익히지 않는지 뼈저리게 느껴야 했네. 다행히 운기할 때 중도에 멈추고 억지로 기혈이 뒤틀리는 것을 막았는데, 그렇지 않았다면 패인이 되었거나 죽었을 게야."

"운이 좋았군요."

진립도 인정한다는 듯 고개를 끄덕이며 웃었다.

"운이 좋다 뿐인가? 그로 인해 몸에 괴이한 현상이 일어나 지금과 같이 엄청난 내력을 지닌 것이 아닌가."

"그런데 이해가 가질 않습니다. 주화입마에 벗어났는데 어째서 탈반경의 경지에 들어선 것입니까?"

"글쎄… 정확한 것은 나도 몰라. 확실한 것은 예전의 심법과 마공이

섞이며 기의 성질이 변했다는 것. 추측컨대, 기의 성질이 변하면서 환골탈태를 겪은 것이 아닌가 하네. 아무튼 기연이었지."

"성격적인 장애도 생겼다는 소리를 들었습니다만?"

"흐흐흐, 그런 면도 조금 있지. 이상하게 자꾸 조바심이 나고 참을성이 없어진단 말이야. 그리고 성적인 욕구가 자꾸 끓어오르는 것도 문제지. 그래서 지금 이 짓거리를 하고 있는 것이고."

"이 짓거리?"

"흐흐, 인신매매! 운남으로 들어가 여자들을 납치한 후 남만으로 팔아넘기는 일을 하고 있네. 그 때문에 산채에 여자들이 가득하니 성욕은 해결된 셈이지."

"……."

"솔직히 평소에는 참을 만해. 그런데 가끔씩 나도 주체를 못할 정도가 될 때도 있지. 그런데 자네의 무공이 음공이라고 했지만 솔직히 아직도 믿어지지 않아. 어떻게 그런 파괴력을 낼 수 있나?"

"음의 파장 때문입니다. 그것을 이용하기에 본 내력보다 더 큰 파괴력을 가질 수 있죠."

"호오! 음공에 그런 묘용이 있었나? 자네 말대로라면 응용 방법이 다양할 것 같은데, 아닌가?"

"맞습니다. 그리고 그것 때문에 요즘 고민입니다."

"흐음, 무공은 끝도 없는 고민의 시작이지. 그리고 마지막이 없어. 나도 그걸 최근에 느끼고 있네. 내가 볼 때 지금 자네는 한 가지의 깨달음을 얻은 것 같은데……."

"맞습니다."

"하지만 그 깨달음을 아직 소화할 단계가 아니어서 고민이고?"

"그 또한 맞습니다. 확실히 다르군요."

"무공의 시작은 다르지만 모두들 같은 지점을 향해 달리지. 내가 아는 척한다 해서 대단한 건 아니야."

순간 헌원지가 표정을 어둡게 했다.

"혹시 방법을 알고 계십니까? 지금 제가 가야 할 방향에 대해서 알고 있다면 알려주십시오."

그 말에 진립이 피식 웃었다.

"내 앞가림하기도 바쁘네. 하지만 뭔가 추상적인 것을 말하자면…… 마음가는 대로, 원하는 대로! 그것뿐이야."

"마음가는 대로, 원하는 대로라……."

"누구나 내공의 깨달음이나 초식의 깨달음을 겪을 때가 있지. 내가 볼 때 자네는 그 둘 다 동시에 융합해야 할 단계에 접어든 것 같아. 나도 아직 모르는 부분이지."

"그럼 한 가지 묻겠습니다."

"……?"

"창법의 끝은 무엇입니까?"

"흠……."

잠시 침음을 흘린 진립이 술잔을 가리켰다.

"이 술잔에 술이 차 있지?"

"그렇습니다."

"여기에서 더 술을 따르면 어떻게 될까?"

뻔한 결과를 묻고 있기에 헌원지는 대답하지 않았다. 하지만 진립은 상관하지 않고 말을 이었다.

"넘치게 되어 있어. 정작 아무리 많은 술을 따라도 일정 부분만 받아들이게 되어 있다는 말이야. 무공도 같다고 생각하네. 자신이 가진 잔의 이상을 받아들일 수는 없는 법. 방법은 뭐냐?"

"……?"

진립이 은은한 미소를 지었다.

"다 버리는 수밖에. 채우고 버리고 또다시 채우고. 결국 술이 동이 날 정도로 버리는 수밖에 없어. 나는 소림에서 수많은 창법을 보고 배워왔네. 그리고 느낀 건데, 익힌 것을 기억하는 것보다 기억한 것을 버리는 것이 백 배 어렵다는 것을 깨닫고 있는 중이야. 모든 걸 버리고 싶네. 무공을 익혔다는 자체까지도……."

"하지만 과연 그럴 수 있는 사람이 있을까요?"

"그렇지. 그래서 저 옛날 고대 무림사에 내려오는 전설의 인물이 요즘은 나타나지 않는지도 모르지. 사람들이 말하는 자연동화경의 고수가 말이야."

헌원지는 이날 진립과 여러 가지 이야기를 나누었다. 무공에 대한 이야기는 끝도 없었고, 서로의 의견을 계속해서 제시해 나갔다. 묘하게도 반박을 한다거나 자신의 생각을 주장하는 일이 없었다. 상대의 의견에 수긍을 하며 좀 더 나은 방향이 무엇인지에 대해 이야기할 뿐. 그런 면에서는 진립과 헌원지 둘 다 무공에 대한 욕심이 상당하다는 것을 뜻하고 있었다. 좀 더 많은 깨달음을 얻기 위해 상대의 말을 경청하는 모습. 오히려 자신의 생각을 아끼고, 상대의 말을 끌어내려는 듯한 괴이한 대화가 오고 갔다.

"확실히 자네를 치료해 준 대가가 있군."

새벽이 지나고 하늘이 서서히 밝아오는 시점에 술병 서른 개가 나뒹굴고 있었다. 마지막 잔을 비운 진립은 말과 함께 비소를 흘리며 헌원지를 보았다.

"만약 자네였다면 날 어떻게 했겠나?"

대답없는 헌원지를 향해 진립이 확정적으로 말했다.

"죽였겠지?"

헌원지의 고개가 저어졌다. 그러자 진립이 의아해하며 다시 물었다.

"그럼 살려줬을 거란 말인가?"

헌원지는 또다시 고개를 저었다. 진립이 은근히 부아를 냈다.

"그럼 뭔가?"

"알 수 없습니다."

"알 수 없다?"

"그렇습니다. 지금까지 저를 공격한 녀석들을 살려준 적이 없었습니다. 그런데 당신 정도의 고수라면 또 모르죠, 어떻게 했을지……."

"흐음! 그런데 자네는 날 대하기 아직 껄그러운 모양이군."

"무슨 소린지……?"

"언제 다시 만날 수 있을지 모르지만 이제부터 진 형이라고 부르게. 나도 동생을 두는데 꽤나 인색한 성격이지만 자네는 인정하지."

헌원지는 웃으며 자리에서 일어섰다. 많은 술을 마셨지만 그렇게 취하지는 않았다.

"만날 일이 있다면 그때 가서 그렇게 부르도록 하죠."

제2장
사황교주와의 만남

 헌원지는 진립과 술자리를 끝낸 후 다음날 새벽까지 곯아떨어져야 했다. 그 후, 진립에게 작별을 한 뒤 곧장 사황교로 방향을 잡았다.
 헌원지가 사황교에 도착했을 때, 양향이 급히 그를 찾아왔다.
 "어떻게 됐죠?"
 결과를 묻는 그녀의 말에 헌원지는 별스러울 것 없다는 듯 심드렁하게 대답했다.
 "치료받고 왔을 뿐. 그런데 언제 출발할 예정입니까?"
 "그보다 사황교의 교주가 당신을 만나길 원해요."
 "날 말이오?"
 양향이 고개를 끄덕이자 헌원지가 인상을 구렸다.
 "날 왜?"

"가보면 알겠죠. 저도 아직 교주를 만나뵙지 못했어요."

잠시 후 문을 열고 시비인 듯한 여인이 들어섰다.

"교주님이 두 분을 찾으십니다."

양향과 헌원지는 시비를 따라 총단으로 향했다. 총단에 들어서자 교주가 있는 대전으로 걸어가며 양향이 참고 있던 말을 나직이 꺼냈다.

"정말 그렇게 대단한 분이신 줄은 몰랐어요."

헌원지가 의아함을 드러냈다.

"무슨 소립니까?"

"출가경의 고수라 들었어요."

순간 헌원지의 인상이 굳어졌다.

"그 자운민이라는 자가 그랬습니까?"

"네. 만월교에 있었다고……. 그 정도의 실력이면 최고의 대우를 받았을 텐데 왜 만월교에서 나왔죠?"

"……."

헌원지는 대답없이 그냥 걷기만 했다. 그 표정이 심상치 않았기에 양향도 어색한 표정을 지으며 침묵을 지켰다. 잠시 후 헌원지가 다시 물었다.

"자 대협은 어디 있습니까?"

"이, 이미 금천방으로 떠났어요. 돌아갈 때 호위할 표사들이 없기에 그를 먼저 보내 우리가 가는 길로 무사들을 데려오라고 지시를 했죠."

그 말에 헌원지의 인상이 험악하게 구겨졌다. 양향이 움찔하며 물었다.

"왜 그러시죠? 혹시 문제라도……."

"아니오."

헌원지는 표정을 풀며 시비를 따라 걷기만 했다. 하지만 속으로는 후회 막급이었다.

'젠장! 적룡문에서 왔으니 분명히 보고를 할 텐데……. 실수했군! 마창의 일을 해결한 후 죽일 생각이었는데…… 그전에 죽였어야 했어. 빌어먹을 귀찮은 일이 벌어지겠군!'

아직 만월교가 귀주를 장악하고 있다는 것만 알려져 있기에 헌원지는 적룡문이 만월교에 알릴 것이라 확신했고, 그 후 만월교가 다시 자신의 문제를 가지고 운남으로 찾아올 것이라 예상하고 있었다.

잠시 후 헌원지가 피식 웃으며 고개를 저었다.

'상관없지, 떠나면 그만! 금천방에서 장타를 데리고 다른 곳으로 가는 수밖에.'

생각과 함께 양향에게 물었다.

"남아 있는 전서구가 있습니까?"

"네."

"그럼 금천방에 전서구를 띄우십시오. 내용은 장타를 금천방에 데려오게 하라는 것입니다."

양향은 그의 말이 이해가 가질 않았다. 하지만 문제가 없었으므로 수긍하며 물었다.

"그것만 알리면 되나요?"

"그렇소."

잠시 후 대전에 도착한 그들 앞의 철문이 소리 내며 열렸다. 문이 열리자 수백 명을 포용하고도 남을 것 같은 거대한 대전의 끝에 단상이 보였다. 문에서 단상까지 붉은 보료가 깔려 있었는데, 보료 양 옆에는 한눈에서 고수임을 짐작할 수 있는 사내들이 일렬로 늘어서 무표정하게 정면을 바라보고 있었다.

　헌원지와 양향이 문 안으로 들어서자 단상 위에 앉아 있는 사내가 입을 열었다.

　"어서 오라."

　우렁우렁한 음성 뒤로 보료 양 옆에 늘어선 사내들이 일제히 고개를 숙였다. 헌원지와 양향이 그들을 지나 단상 앞으로 가자 사황교주 장마륵이 거만하게 의자 등받이에 등을 기대며 내려다보았다. 장마륵은 헌원지를 바라보더니 다시 양향에게로 시선을 돌렸다.

　"약속대로 소교주를 구해왔으니 지금부터 금천방과 거래를 하지. 각종 독초와 상아, 그 외 남만에서만 구할 수 있는 진귀한 보석을 금천방에 넘길 테니 금천방은 교도들이 필요한 생필품과 술, 그리고 비단을 대주길 바란다."

　그 말에 양향이 공손하지만 비굴하지 않은 표정으로 고개를 숙였다.

　"감사드립니다. 그리고 이번에 가지고 온 물건은 우리 금천방주님이 교주님께 보내는 선물이니 대가없이 받아주셨으면 합니다."

　"흐음, 주는 선물을 거절하는 것은 예의가 아니지. 좋아, 받겠다. 대신 나도 우리 사황교에서만 만들어지는 뱀독을 발효시킨 독주를 쉰 동이 줄 테니 금천방주께 전해주거라."

　"감사합니다."

　"그런데 이번 소교주를 납치한 녀석이 남무림에서 유명한 마창이었다는 보고를 들었다. 정말이더냐?"

　"맞습니다."

　"그럼 네 옆에 있는 자가 마창과 대결을 펼친 자가 맞느냐?"

　양향이 고개를 끄덕이자 교주는 다시 한 번 헌원지를 유심히 살펴보기 시작했다. 하지만 잠시 후 고개를 저었다.

"믿어지지가 않는군. 올해로 나이가 어떻게 되나?"

거만한 교주의 표정과 행동, 그리고 말투가 마음에 들지 않았던 헌원지는 대답하지 않고 교주를 정면으로 바라보았다. 그 때문에 잠시 당황한 양향이 대신해서 대답했다. 물론 헌원지의 정확한 나이는 그녀 또한 모르고 있었으니 두루뭉실한 대답을 할 수밖에 없었다.

"이십대 후반입니다."

"이십대 후반?"

순간 교주가 두 눈을 부릅떴다. 도저히 믿기가 힘든 듯 헌원지에게 재차 물었다.

"정말이냐?"

뭐가 불만인지 헌원지는 심드렁한 표정을 드러내며 귀찮다는 듯 짧게 대답했다.

"그렇소."

"그런데 어떻게 마창과 대결에서 살아 나왔나? 소문으로 들은 그의 무공은 남무림에서 적수를 찾아보기 힘들 정도라고 했는데?"

구차하게 이런 저런 이야기를 하기 싫었던 헌원지는 역시 짧게 대답했다.

"운이 좋았을 뿐."

"운이라……."

교주는 고개를 저었다.

"단지 운으로 그런 고수와의 대결에서 살아 나올 수 있을까?"

"난 살아 나왔고, 그것으로 증명된 것 아닙니까?"

"흐음, 배짱 한번 두둑하군. 이름이 뭔가?"

"헌원지."

"사부는?"

"말할 수 없소."

원숭이같이 털로 덮인 교주의 얼굴이 약간 뒤틀렸다. 하지만 화가 나기보다는 호기심이 더 드는 모양이었다. 계속해서 질문을 던졌다.

"무슨 무공을 익혔나?"

"음공!"

"음공?"

헌원지가 고개를 끄덕였다. 일순 교주는 할 말을 잃은 듯 벙어리가 되어버렸다. 하지만 잠시 생각을 정리한 교주는 헌원지가 자신을 놀린다고 생각했던 모양이었다. 은근히 위협적인 목소리로 입을 열었다.

"음공으로 뭘 할 수 있기에 마창과 대결을 했다는 말이냐? 본좌보고 그 말을 믿으라는 것이냐?"

"나는 사실을 말했을 뿐, 믿든 믿지 않든 그것은 교주님의 선택이오."

헌원지의 말에 교주가 앉아 있는 단상 밑에 기립해 있던 노인의 표정이 핼쑥해졌다. 교주의 성격을 잘 알고 있었기 때문이다. 앞의 건방진 놈이 사황교도가 아니니 뭐라 할 입장은 아니지만 그래도 젊은 놈이 대사황교의 교주를 앞에 두고 저따위 말을 하다니……!

노인은 교주의 안색을 슬쩍 살폈다. 역시나 교주의 표정에는 노기가 서려 있었다. 하지만 우려했던 일은 벌어지지 않았다. 말없이 교주의 몸에서 살기가 피어오르는 것 같더니, 이내 웃음소리가 터졌기 때문이다. 갑자기 대소를 터뜨리더니 혀를 차며 헌원지를 향해 이렇게 물었다.

"원하는 것이 있느냐?"

"……?"

"소원 같은 것 말이다. 내 능력 한에서 네가 원하는 것이 있다면 뭐든지 들어주지! 이런 기회는 평생 가도 없을 것이니 말해 보거라!"

이번에는 헌원지가 인상을 썼다. 당최 사황교주라는 자의 성격을 짐작할 수가 없었던 것이다. 성질이라도 낼 줄 알았는데 기분 좋게 웃으며 소원을 말하라니, 헌원지로서는 이해가 가질 않았다.

"말해 보거라."

"무엇 때문이오?"

교주가 미소를 지었다.

"네놈 하는 짓이 마음에 들거든."

헌원지가 멍히 교주를 바라보더니 이내 피식 웃었다. 그러면서 처음과는 달리 적대적인 말투를 없애고 입을 열었다.

"마음만 고맙게 받죠."

"그러지 말고 말해 보거라."

"없습니다."

"웃기는 놈이군. 보통 이런 말을 하면 뭘 뜯어낼까 고민해야 정상이 아닌가?"

"필요한 것은 내 능력으로도 충분히 구할 수 있죠. 아직 내상이 다 낳지 않아 이만 쉬고 싶은데……."

교주의 허락이 떨어지기도 전에 헌원지는 몸을 돌리고 있었다. 그 모습을 지켜본 양향이 난색을 표시했으나 사황교주는 뭐가 그리 기분이 좋은지 다시 웃음을 흘렸다.

"클클클, 재밌는 놈이야. 정말 재밌는 놈이야!"

교주는 계속 웃고 있었고, 헌원지는 이미 대전에서 사라지고 없었다. 혼자 남게 된 양향이 어색하게 고개를 숙였다.

"제가 대신 무례를 사과드리겠습니다."

"아니다. 오늘 재밌는 경험이었다. 나에게 저딴 식으로 말하는 놈은 처음 보는군. 그런데 언제 떠날 것이냐?"

"이틀 후 떠날 생각입니다."

"필요한 것은 없느냐?"

시기를 봐서 부탁하려 했던 양향이 잘됐다는 듯 말했다.

"지금 금천방에서 데려온 짐꾼들을 호위할 무사들이 없습니다. 운남까지만 호위 무사들을 붙여주시면 감사하겠습니다."

"그것뿐이냐?"

"그렇습니다."

"좋다. 무사들을 딸려주지. 그리고……."

교주가 턱으로 헌원지가 사라진 문을 가리켰다.

"저 녀석에게 전해줘라, 소원은 유효하다고. 언제든지 원하는 것이 있으면 들어주겠다고 말해 주어라."

"알겠습니다."

양향은 진땀을 흘리며 대전을 나왔다. 당연히 헌원지 때문이었고, 그것을 따지려고 찾아갔을 때 그는 얄밉게도 아무것도 모르겠다는 듯 깊은 잠에 빠져 있을 뿐이었다.

제3장
나쁜 소식

"정말이냐?"

적룡문주 야일제의 표정이 경악으로 물들었다. 그의 물음에 자운민이 고개를 끄덕였다. 그는 사황교를 빠져나와 양향 일행이 남만을 빠져나올 길목을 금천방에 가르쳐 준 후 곧바로 적룡문으로 향해 도착해 있었다.

"정말입니다. 외모가 비슷했지만 이름이 달라 긴가민가했습니다. 하지만 그와 대화를 나눠본 결과, 그리고 마창과의 대결을 눈으로 직접 목격한 결과 분명 악마금이 맞습니다."

자운민의 말을 끝으로 실내에 침묵이 감돌았다. 야일제는 아직도 믿어지지 않는다는 표정이었다.

"그럴 수가!"

순간 그의 인상이 구겨졌다. 하지만 잠시 후 무슨 생각을 했는지 미소를 지었다.

"네 말이 사실이라면 정말 놀라운 일이다. 하지만 이제 와서 그자에 대한 걱정은 할 필요는 없겠지. 어차피 그자는 만월교를 떠난 자가 아니냐? 그것도. 만월교에서 척살하려고 했으니……. 흐흐흐, 오히려 잘 됐군. 분명 만월교에 원한을 가지고 있을 게야."

만월교에 대한 내막을 모르고 있던 자운민이 의문을 표정을 지었다. 하지만 야일제는 상관하지 않았다. 어차피 자신과 단목문주, 혈천문주 외에 문 내의 고위 간부급들만 알고 있는 사실이었으니, 보안 유지를 해야 했기에 구구절절 설명할 필요성을 느끼지 못했던 것이다.

"지금 즉시 모양각에 연락을 넣어라. 그를 우리 쪽으로 회유해야겠다."

"그것이 가능하겠습니까?"

"네가 신경 쓸 일이 아니다. 우선 모양각에 연락해 그를 회유하라고 전해라. 그렇게만 전하면 알아들을 것이다. 악마금이라는 자는 만월교에 원한을 가지고 있을 것이니 쉽게 우리의 요구에 응해줄 것이다."

"알겠습니다."

자운민이 물러나자 잠시 후 늙은 문사 하나가 들어왔다. 그를 보며 야일제가 물었다.

"어떻게 됐나?"

"사람들을 풀었지만 쉽게 찾기는 힘들 듯합니다."

"만월교는 어떻게 됐지?"

"교주가 운남으로 도망쳤으니 제대로 돌아갈 리 없을 겁니다. 몇 개의 비밀 분타가 있는 것을 파악했지만 그 위치까지는 정확히 알 수 없습니다. 하지만 움직임으로 보아 상당한 타격을 받았고, 뿔뿔이 흩어져 제 힘을 발휘하기 힘든 줄로 압니다."

"그럼 교주의 신변을 확보하는 일만 남았군. 지금 즉시 혈천문과 단목문에 전서구를 띄워라. 우리 적룡문만으로는 그녀를 찾는 데 한계가 있다."

"알겠습니다."

　　　　　*　　　　*　　　　*

헌원지는 양향 일행과 함께 사황교 고수들의 호위를 받으며 남만을 가로질렀다. 덕분에 별 탈 없이 남만을 빠져나올 수 있었던 그들은 접경 지역을 나오자마자 길목을 지키고 있던 금천방의 호위 무사들과 합류했다. 자운민이 미리 금천방으로 가 양향이 거쳐올 길목을 가르쳐 주었기에 가능한 일이었다.

금천방에서 보내온 호위 무사들과 만나자 사황교의 무사들을 돌려보낸 양향은 느긋하게 금천방으로 향할 수 있었다. 사황교와 독점으로 거래를 하기로 했으니 당연히 발걸음이 가벼울 수밖에 없었던 것이다. 하지만 자운민이 적룡문주 야일제와 밀담을 나누고 있을 그 시각, 양향과 헌원지는 분위기가 심상치 않음을 느껴야 했다. 금천방에 도착하자 방 내를 오가는 무사들이나 일꾼들의 표정에 긴장감이 역력히 드러나 있었기 때문이다.

의아함을 느꼈던 양향이었지만 우선 할아버지에게 보고하는 것이 먼저였기에 헌원지를 데리고 금천각으로 향했다.

미리 보고를 받았던 모양이다. 양향이 문 앞에 기척을 내기 무섭게 금천방주의 집무실에서 양사진의 다급한 음성이 흘러나왔다.
"어서 들어오너라."
문을 열고 들어서자 집무실에는 양사진과 유대적이 자리를 지키고 있었다. 헌원지와 양향이 자리에 앉기 바쁘게 양사진이 어두운 표정을 드러내며 건성으로 물어왔다.
"이번 일에 대해서는 자운민이라는 호위 무사에게 들었다. 사황교와 독점으로 거래를 하기로 했다고?"
"그렇습니다."
"잘했다. 너라면 해낼 줄 알았다."
"저보다는 헌원 소협 덕분이었어요. 자운민 대협에게 못 들었나 보군요."
"일이 성사되었다는 보고만 하고 뭐가 급한지 급히 떠나더구나. 아무튼 자네 덕분이라니 고맙다는 말을 해야겠군."
헌원지가 별스러울 것도 없다는 듯 고개를 까딱거렸다. 건방진 태도였지만 실내에는 그 행동에 문제를 삼는 사람은 아무도 없었다. 다만 처음처럼 분위기가 무거워질 뿐이었다. 그것이 이상했던 양향이 조심스럽게 물었다.
"그런데 우리 금천방에 무슨 일이 있나요? 일하는 사람들도 그렇고, 경계를 서는 무사들의 표정도 이상하던데……."
"크응!"
순간 양사진이 괴이한 탄성을 질렀다. 표정을 보아하니 상당한 고민이 있다는 것을 알 수 있었다. 더욱 궁금증이 발동한 양향이 할아버지를 버려두고 유대적을 채근했다.
"유 총관님, 어떤 일이 있었죠? 분명 제가 없는 사이 방 내에 고민거리가 생긴 것이 분명한 것 같은데, 혹시 금룡회에서 시비를 걸어왔나요?"

유대적이 고개를 저었다.

"아닙니다. 차라리 운남금룡회에서 시비를 걸어왔다면 오히려 나았을지도 모르지요."

"그럼……."

양사진이 힘없이 유대적을 향해 입을 열었다.

"전해주게."

그의 말과 함께 유대적이 품속에서 서신 하나를 꺼내 헌원지에게 내밀었다.

"자네에게 온 것일세."

"저에게요?"

"그렇네."

헌원지는 자신에게 내밀어진 서신을 빤히 바라보았다.

"장타에게서 온 것입니까?"

"보면 알 걸세."

헌원지는 서신을 받아 들었다. 그리고 인상을 찡그렸다.

"뜯어본 흔적이 있군요."

유대적이 고개를 끄덕였다.

"자네에게 온 것이지만 우리 금천방에게 온 것이기도 하지. 사실 두 개가 전해졌네. 자네에게, 그리고 금천방에게. 워낙 중대한 사안 같아 뜯어볼 수밖에 없었으니 기분 나빠하지 말게."

"상관 안 합니다."

말과 함께 헌원지가 서신을 꺼내 펼쳤다. 작은 글씨로 많은 내용이 적혀 있었는데, 그것을 읽어 내려가던 헌원지의 얼굴이 점점 일그러지기 시작했다.

자신만 사정을 모르고 제외된 양향이 헌원지의 표정을 보고 급히 나섰다.

"무슨 내용이죠?"

헌원지가 구겨진 인상 속에서도 입가를 뒤틀었다.

"훗, 재밌군!"

말과 함께 그가 양향에게 서신을 넘겨주었다. 양향은 놀라운 내용임을 알 수 있었다. 서신을 보내온 곳은 모용세가였기 때문이다.

많은 내용이 적혀 있지만 요약을 하자면 대충 이랬다.

헌원지를 금천방과 진룡문이 짜고 빼돌린 것을 알고 있으니 사죄하러 홀로 모용세가로 찾아오라는 것. 그렇지 않으면 인질로 잡은 장타라는 아이와 진룡문주 조막의 아들인 조양확의 목숨을 보장할 수 없다는 것이었다. 모든 것은 한 달이라는 시간을 줄 것이며, 그 안에 금천방, 진룡문과 상의해서 모용세가에 지은 죄를 사죄하라는 내용도 포함되어 있었다.

양향이 놀라 양사진에게 물었다.

"금천방에 온 서신도 볼 수 있나요?"

양사진이 고개를 끄덕이며 서신을 내밀었다.

거기에는 무슨 수를 쓰던 헌원지를 잡아 모용세가로 넘기라는 내용이었다. 그렇지 않으면 모용세가가 직접 전면에 나서서 운남금룡회 문제와는 상관없이 금천방과 진룡문을 공격해 멸하겠다는 것이었다.

금천방에 온 서신까지 다 읽은 양향이 헌원지에게 그것을 넘기며 실소를 머금었다.

"그들이 헌원지 소협이 금천방에 있다는 사실을 어떻게 알았죠?"

양사진이 고개를 저었다. 그러면서 서신을 읽고 있는 헌원지를 힐끔 바라보며 조금은 원망스러운 듯 입을 열었다.

"네가 너무 섣부른 행동을 했구나. 전에도 말했지 않느냐? 함부로 사람을 끌어들여서는 안 된다고."

순간 헌원지가 고개를 번쩍 들어 양사진을 노려보았다.

"그래서 날 구해온 것이 후회된다는 말입니까?"

"그, 그런 것이 아닐세!"

지금껏 타인에게서 두려움을 느끼지 못했던 양사진이 헌원지의 얼굴에서 피어오르는 괴이한 기운에 말을 떠듬거렸다. 그것이 자존심이 상했던 모양인지 양사진이 이내 인상을 썼다.

"자네 일이니 자네가 알아서 하게."

헌원지가 표정을 거두며 피식 웃었다.

"어떻게 하라는 말입니까?"

"……."

"나 때문에 금천방이 공격당하게 되었으니 스스로 몸을 묶어 모용세가로 가라는 말입니까?"

유대적이 인상을 찌푸리며 나섰다.

"말을 함부로 하지 말게! 자네에게 그런 말을 들을 대인 어르신이 아니네."

"후후, 웃기는군."

건방지게 웃음을 흘린 헌원지가 자리에서 일어섰다.

"확실한 것 몇 가지를 말해 주지."

그의 말투도 건방지게 바뀌어 버렸다.

"난 내 목숨 소중한 것을 아니, 나 죽여달라고 모용세가에 곱게 찾아갈 생각이 없다는 것! 혹여 날 잡으려면 그만한 대가를 치러야 할 거라는 것! 마지막으로 날 돕던가 이 자리에서 목을 날리던가 둘 중 하나를 선택해야 한다는 것!"

"그, 그것이 무슨 소리인가?"

유대적과 양향, 양사진이 헌원지의 말에 놀라 바라보았다. 그리고 극도의 한기를 뿜어내는 헌원지를 보며 경악할 수밖에 없었다. 유대적이야 급히 내력을 이용해 밀려오는 한기를 막았지만 그보다 내공이 약한 양향은 몸을 떨기 시작했고, 무공을 모르는 양사진은 몸을 떨 뿐만 아니라 식은땀까지 흘리고 있었다.

설마 이렇게 적의를 품을 줄 몰랐던 양향이 급히 나섰다. 하지만 천성이 그런지 차분한 어투는 여전했다. 단지 목소리가 조금 떨려 나올 뿐.

"기분 나쁘셨다면 제가 사과할게요. 우선 화를 가라앉히세요."

그녀의 말에 헌원지는 무슨 일이 있었냐는 듯 뿜어내던 기운을 순식간에 없애 버리며 자리에 털썩 앉았다. 그리고는 가늘게 뜬 눈으로 삐딱하게 양사진을 바라보았다.

"제게 무사들을 지원해 주시오."

양사진이 황당하다는 듯한 표정을 지었다. 갑자기 무사들을 지원해 달라니…….

"무엇을 하려고 그러는가?"

"당연히 모용세가를 공격해야지 않겠소?"

"모, 모용세가를?"

"그럼 앉아서 당할 생각이오?"

유대적이 입을 열었다.

"자네 모용세가가 어떤 곳이라 생각하는가? 그들은 남무림에서 열두 세력 중 하나이네. 무사 몇 명 가지고 쓰러뜨릴 수 있는 자들이 아니야! 오히려 그들을 자극할 뿐이니 생각을 바꾸게."

"후후, 그거야 상대가 누구냐에 따라 다르지."

유대적의 눈도 가늘어졌다. 못 미더운 듯한 눈빛으로 헌원지를 바라보며 물었다.

"자네가 상대라면 충분히 승산이 있다는 말투로군?"

"난 여태껏 지는 싸움을 해본 적이 없으니까. 금천방에 돈이 많다는 이야기를 들었으니, 지금이야말로 그 돈을 풀 때가 아니오? 실력있는 용병들을 많이 고용하면 될 텐데?"

"그것이 말처럼 쉬운 것이 아닐세."

"아무튼 난 곱게 모용세가에 찾아갈 생각 없으니 시간 끌다 모용세가에 당할 것 아니라면 차라리 나와 같이 모용세가를 공격하는 것이 나을 것이오."

헌원지가 다시 자리에서 일어섰다. 그러더니 양사진등을 훑어본 후 고개를 저었다.

"생각없는 것 같은데, 그럼 마음대로 하던가. 날 구해주었으니 아까 말했던 것은 취소하도록 하지. 운 좋은 줄 아시오. 내가 선택권을 주고 철회한 것은 이번이 처음이니까. 그럼 난 내일 떠나겠소."

말과 함께 그는 집무실을 나가 버렸다.

"어떻게 했으면 좋겠소?"

헌원지가 사라진 후 양사진이 입을 열었다. 그러자 집무실 문이 다시 열리며 검은 면사의 여인, 묘강과 이사가 들어섰다.

"대화 내용을 모두 들었습니다. 그를 도와주시는 것이 좋을 겁니다."

양사진이 고개를 갸웃거렸다.

"상대는 모용세가요. 그를 돕는다는 것이 무엇을 뜻하는지 아시오? 모용세가와의 전면전을 뜻하는 것이오."

묘강이 미소를 지었다.

"알고 있습니다. 하지만 그는 도와줄 만한 가치가 있는 자죠. 훗날 그 때문에 많은 도움을 얻을 수 있을 것입니다."

양사진은 그녀의 말에도 표정을 풀지 못했다. 아니, 오히려 궁금증만 더욱 커진 얼굴이었다.

"도대체 그가 누구이기에 그렇게 신뢰를 하는 것이오? 알고 있는 듯한데 가르쳐 줄 수 있겠소?"

"그럼 한 가지만 가르쳐 드리지요."

"……?"

묘강이 엄지 하나를 치켜세웠다. 그 의미를 파악하지 못한 양사진과 유대적이 고개를 갸웃거리자 묘강이 확정적으로 말했다.

"귀주 최강의 고수랍니다."

양사진의 눈이 더 이상 커질 수 없을 정도로 커졌고, 유대적도 마찬가지였다. 다만 양향만이 이미 자운민에게 들었던 터라 반응이 작을 뿐이었다.

양사진은 믿지 못하겠다는 투로 물었다.

"그것이 정말이오?"

"그렇습니다."

"하지만 그것만으로 어찌 모용세가를 이길 수 있다는 말이오? 모용세가에는 수천의 고수들이 밀집되어 있소. 게다가 가주는 화경의 고수. 소문으로는 은거하고 있는 자 중에 출가경의 고수도 있다고 하오."

"알고 있습니다. 하지만 제가 귀주 최강의 고수라는 이유만으로 그를 도우라고 한 것은 아닙니다."

"그럼……?"

"그의 특기는 대량 살상입니다. 그것이 그를 가장 무섭게 만드는 요인이죠. 음공을 익히고 있다는 사실은 알고 계시겠죠?"

유대적이 고개를 끄덕이자 묘강이 말을 이었다.

"연주 한 번으로 수백을 단번에 죽일 수 있는 자가 바로 악마금이라는 이름을 가지고 있는 고수입니다."

"악마금?"

"네. 그의 예전 이름이랍니다."

"……!"

"훗, 귀주에서는 두려움의 상징이었죠. 경계 대상 일호이기도 했고요."

유대적이 실소를 머금었다.

"연주 한 번으로 대량 살상이라……!"

하지만 이어 흥미롭다는 표정을 지으며 웃었다.

"멋지군!"

유대적의 말을 끝으로 양사진이 약간 용기를 얻은 듯 나섰다.

"정말 그런 힘이 있다면 모용세가를 공격하는 것이 그리 나쁘지는 않을 것이오. 하지만 모용세가는 만만한 자들이 아니오. 우리 힘만으로는 힘들지 않겠소?"

"왜 금천방만 모용세가와 대립한다 생각하시나요?"

"그럼 또 누가 있소?"

"진룡문이 있지 않나요? 모용세가는 진룡문도 가만 놔두지는 않을 거예요. 그들에게 그 사실을 말해 설득한다면 그리 어렵지는 않을 것입니다. 게다가 모용세가는 멍청하게도 한 달이라는 시간을 주었어요. 충분히 대비할 수 있는 기간이죠."

"그런데 왜 한 달이라는 시간을 준 것일까?"

양향의 물음에 묘강이 미소를 지었다.

"제 추측으로는 세가에 중대한 일이 벌어졌거나, 아니면 급히 몰아붙일 경우 금천방과 진룡문에서 상당한 저항을 해올 것을 염려해서겠죠. 그것도 아니라면, 한 달이라는 시간을 언급해 안심하게 한 후 기습을 노리고 있거나."

"흐음!"

잠시 생각하던 양사진이 자리에서 일어나 유대적에게 명했다.

"자네는 급히 그를 찾아가 도와주겠다고 전하게. 그리고 따로 집사회를 소집하게."

"알겠습니다."

"향아는 무사들을 소집하고, 그중 실력있는 자들을 선별하는 데 신경을 쓰거라."

"네!"

방을 나온 묘강을 향해 이사가 물었다.

"정말 금천방과 진룡문이 힘을 합치면 모용세가를 물리칠 수 있다고 보십니까?"

묘강이 무슨 소리 하냐는 듯 고개를 돌렸다.

"모용세가는 남무림의 열두 강자. 그런 그들을 그리 쉽게 무너뜨릴 수 있을 것 같애?"

"그러시면서 왜 대립하라 하신 겁니까? 우리가 운남에 뿌리를 내리기 위해서는 금천방을 도와야 할 상황이 아닙니까."

"물론 금천방을 도와야지."

"그런데 왜……? 차라리 다른 방법을 강구하는 것이 좋지 않겠습니까?"

그러자 묘강이 종이 한 장을 꺼내 이사에게 건넸다. 종이에는 깨알 같은 글씨가 암호화되어 적혀 있었다.

"네가 없는 사이 적룡문에서 온 거야."

이사는 두말없이 종이를 받아 읽어 내려가기 시작했다. 잠시 후 그가 고개를 번쩍 들었다.

"어떻게 할 생각이십니까? 정말로 회유할 생각이십니까?"

"왜? 안 될 이유라도 있어?"

"그의 성격을 몰라서 하는 말씀이십니까?"

묘강은 웃음을 잃지 않았다.

"그때와 지금은 사정이 다르지. 그리고 이번 금천방과 모용세가의 일을 잘만 이용하면 회유하는 것은 어렵지 않아."

"과연 그럴지……."

"쓸데없는 걱정 하지 말고, 우선 너는 만월교주의 행방을 알아봐. 그리고 본 각에 연락해서 삼십여 명 정도 더 이곳으로 보내라고 전해."

"알겠습니다."

"참! 악마금에게도 한 명을 붙여봐."

"존명!"

그가 사라지자 묘강이 투덜거렸다.

"도대체 어디에 숨은 거지?"

제4장
이유

"자네를 도와주기로 했네."

유대적의 말에 헌원지는 그럴 줄 알았다는 듯이 별다른 반응을 보이지 않았다.

"말은 바로 해야지요."

"무슨 소린가?"

"내 문제이기도 하지만 금천방도 발등에 불 떨어진 경우가 아닙니까? 도와준다는 말보다는 서로 협조한다고 말해야 정상이라는 말입니다."

유대적은 잠시 멍하니 헌원지를 바라보다가 자신도 모르게 고개를 끄덕였다. 그것을 보고 헌원지가 웃었다.

"조건이 있습니다."

이어지는 유대적의 황당한 표정. 설마 조건까지 내걸 줄 몰랐던 그였기에 유대적이 반박을 하고 나섰다.

"이 상황에서 무슨 조건이라는 말인가? 금천방이 누구 때문에 위기에 처했다고 생각하나?"

"사건의 발달은 저지만 일을 벌인 당사자는 양 소저죠. 저는 저를 구해달라고 부탁한 적 없습니다."

"허허, 참! 자네 정말……."

유대적은 차마 '안하무인이군' 이라는 말은 내뱉지 못했다. 지금은 그것을 따질 때가 아니기 때문이다.

"그래, 조건이 뭔가?"

"모든 일은 제 지시 하에 일이 진행되어야 한다는 것. 즉, 금천방의 무사들을 제가 지휘하겠다는 것입니다. 그 외에 저는 어떤, 그리고 누구의 명령도 받지 않습니다."

"그게 말이 된다고 보나? 자네를 어찌 믿고 모든 것을 맡기나? 만약 실패라도 한다면 금천방은 엄청난 손실을 떠안아야 하네."

"그럼 어쩔 수 없죠, 따로 행동하는 수밖에."

유대적은 헌원지를 얄미운 듯 빤히 노려보았다.

"어쩔 수 없군. 알겠네, 대인께 전하겠네. 그리고 다른 것은?"

"우선 저는 내일 당황에 갈 생각입니다. 한 달이라는 시간이 주어졌으니 그동안 당황에 있는 모든 일을 정리할 생각입니다."

"설마 도망치려는 것은 아니겠지?"

"장타는 나로서도 구해야 할 놈입니다. 믿든 말든 그것은 금천방의 결정. 제가 여기 있을 이유는 없습니다."

유대적이 고개를 끄덕였다.

"다른 것은?"

"따로 조사를 해서 모용세가 근처에 은밀히 거점을 두 개를 마련해 두십시오."

"거점을 마련하라니?"

"설마 오는 공격을 맞받아 칠 생각이십니까?"

"그런 것은 아니지만……."

"공격해 오는 적을 막는 것은 바보 짓. 차라리 선수를 치는 것이 낫습니다. 거점을 마련한 뒤, 진룡문의 무사와 금천방의 무사들을 은밀히 그곳에 투입시키십시오. 때를 봐서 저도 그리로 가죠."

"자넨 정말 거침이 없군."

"……?"

"모용세가를 오히려 공격할 생각을 가지고 있다니 놀라워서 하는 말일세."

헌원지가 피식 웃었다.

"한두 번 해본 것이 아니니 걱정 마십시오."

"한두 번 해본 것이 아니라니?"

"그건 양 소저에게 물어보십시오, 자운민이라는 자에게 저에 대해서 대충 들었을 테니."

* * *

모용세가는 역문(易門)에 위치한, 칠천의 무사들을 거느린 거대한 세력이었다. 그런 만큼 남무림 열두 세력 중 하나였고, 무림 기제들이 많이 배출되기로 유명했다. 현재 모용씨를 가진 자들만 추려도 모두 일천여 명이 넘는 데다 절정고수들이 상당히 많았다. 뿐만 아니라 모용세가에서 오랜 기간 몸을 담고 대대로 모용세가를 위해 일을 해온 고수들도 많아 운남에서는 최고의 세가로 군림하고 있었다.

"도착했다는 연락을 받았습니다."

현 모용세가의 가주 모용곽(慕容廓)은 운남에서 이름 높은 화경의 고수 중 한 명이었다. 어릴 때부터 무공에 천부적인 재능을 보여 마흔셋이라는 나이에 화경에 올라섰으며, 십오 년 전 가주 자리를 물려받아 모용세가의 힘을 드높인 인물이었다.

백발을 곱게 빗어 넘긴 노인의 말에 모용곽이 고개를 끄덕였.

"상당히 젊은 놈이라 들었다. 정말인가?"

"그런 것 같습니다."

모용곽이 비릿한 미소를 지었다.

"안됐군, 젊은 나이에 그만한 성취를 얻어냈는데. 하지만 아직도 믿어지지가 않아. 어떻게 그렇게 젊은 놈이 편성 장로를 죽일 수 있었지?"

"저도 그것이……. 그때 진룡문에 있었던 사람들의 소문에 의하면 폭주했다고 들었습니다만, 아무리 그래도 믿어지지 않군요."

"상관없겠지, 어차피 죽을 놈이니까."

"그런데 바로 진룡문을 공격한 후 금천방과 그 녀석을 쓸어버리는 것이 낫지 않겠습니까? 굳이 한 달이라는 여유를 줄 필요가 없지 않습니까."

모용곽이 노인의 말에 웃음을 흘렸다.

"허허허, 자넨 금천방과 진룡문에 항상 불만을 가지고 있더니만 빨리 한바탕하고 싶은가 보군."

"그런 것이 아니라 혹여 금천방이 공격을 해온다면 귀찮아질 것이 아닙니까?"

모용곽이 이번에는 대소를 터뜨렸다.

"으하하하! 감히 모용세가를 공격한단 말인가? 금천방이라고 해봐야 고작 떠돌이 무사들을 고용하고 있는 실정이 아닌가. 우리 정예와 부딪치면 이각도 못 버티고 쓰러질 녀석들. 그런 자들에게 관용을 베푼다 한들 뭐가 그리 문제란 말인가? 게다가 혹시 모르지, 정말로 모용편성 장로를 죽인 놈을 잡아 우리에게 바칠지. 난 사실 그래 주길 바라네. 그래서 한 달이라는 여유를 준 것이지."

"하지만 워낙에 막대한 자금줄을 틀어쥐고 있는 자들이라……."

"하하, 그래서 내가 금천방을 가만히 지켜보고 있었던 게 아닌가. 하지만 고인 물은 썩게 되어 있는 법. 운남금룡회가 너무 오랜 기간 동안 운남의 상권을 쥐고 있었어. 지금도 그들이 우리에게 주는 상납금이 상당하기는 하지만."

모용곽은 고개를 절레절레 저었다.

"금천방이 상권을 틀어쥐어도 우리에게는 손해가 아니지. 오히려 더 많은 상납금을 바칠지도 모르고."

노인의 표정이 조금 구겨졌다.

"가주, 설마 다른 마음을 품고 계셨습니까?"

"허허, 금천방이나 금룡회나 누가 상권을 쥐든 우리와는 상관이 없지 않나? 이번 모용편성 장로의 일만 아니었다면 금천방과 조용히 접촉해 볼 생각을 가지고 있었네."

"그럼 장로님의 일을 어떻게 해결할 생각이십니까? 그분을 따르던 무사들이 상당히 많았고, 모두들 분개하고 있습니다."

"그래서 표적을 그놈에게 집중시킨 것이지. 금천방의 잘못도 있지만, 우리와 손을 잡게 된다면 눈감아줄 정도의 잘못밖에 되질 않아. 문제는 그들이 어떻게 나오느냐 하는 것인데… 자네 말대로 감히 우리와 대립하려는 낌새가 보인다면 완전히 쓸어버리는 수밖에 없겠지. 아무튼 한 달이라는 시간을 주었기에 금천방은 오히려 이래저래 더 골머리를 썩겠지. 하하하!"

기분 좋은 웃음을 한참이나 흘리던 모용곽을 향해 노인이 걱정스럽게 물었다.

"그래도 금천방 근처에 그들을 감시할 무사들을 깔아놔야 하지 않겠습니까? 지금 인원으로는 너무 부족합니다."

"그럴 필요가 있겠나?"

"혹시 모르니 몇 명을 더 투입하시는 것이 좋을 듯합니다."

"흐음! 그럼 그건 자네가 알아서 하게."

"알겠습니다."

모용곽이 무언가 생각난 듯 물었다.

"참! 이번 애뇌산(哀牢山)의 일은 어떻게 됐나? 출발했겠지?"

"그렇습니다. 오백 명의 무사와 함께 제성(諸聖)을 책임자로 해서 그의 아들인 용제(龍帝)와 조카인 애희(愛戱)를 함께 보냈습니다. 이번 일을 잘 해결하면 관과도 돈독한 관계를 유지할 수 있을 것으로 보입니다."

"애희도? 그 아이는 왜 보냈나?"

"모용편성 장로를 잘 따랐지 않습니까. 그의 죽음 때문에 한동안 울적해 있기에 여행을 하면서 기분 전환을 좀 하라고 제가 보냈습니다."

"흐음! 하긴 모용편성 장로의 제자는 아니었지만 어릴 때부터 무공을 배우며 상당히 잘 따랐지. 잘했네. 그런데 오백 명 가지고 되겠나?"

"충분하다고 판단됩니다."

"애뇌산에 숨어 있는 적은 군부의 반란도들. 그 안에는 고수들도 상당수 있다고 하지 않았나."

"상관없습니다. 군부에 몸을 담은 고수들의 실력이야 뻔하지 않겠습니까?"

"하지만 다른 문파에서 그들을 제압하는 데 모두 실패한 것에는 이유가 분명히 있을걸세."

"그래서 모용제성을 책임자로 보낸 것입니다. 그라면 무사들을 잘 통솔해 승리를 쟁취할 겁니다. 오백 명의 무사도 우리 모용세가에서는 실력이 조금 떨어지는 편이지만 무림의 평균으로 봤을 때는 상당한 정예들이니 걱정하지 않으셔도 됩니다. 조만간 좋은 소식이 들릴 것이니 심려치 마십시오."

제5장
뜻밖의 손님

헌원지는 금천방에 도착한 후 계획대로 다음날 아침에 당황으로 출발했다. 금천방 주위로 모용세가의 첩자들이 눈을 번뜩이고 있을 것을 알고 있기에 양향이 가르쳐 준 비밀 통로로 아무도 모르게 빠져나갈 수 있었다.

"엄청나군!"

비밀 통로를 빠져나온 헌원지가 실소를 머금었다. 금천방의 금천각 지하에서부터 연결된 통로는 대리 서쪽으로 오 리나 떨어진 야산 토굴로 이어져 있었기 때문이다.

그는 즉시 당황으로 향했다. 길을 재촉했기에 삼 일이라는 시간을 단축한 그는 새벽에 마을에 도착할 수 있었다. 마을에 도착한 헌원지가 가장 먼저 한 일은 주위 탐색이었다. 혹시 모용세가의 고수들이 진을 치고 있을지 몰랐기 때문이다. 다행히 그런 낌새를 전혀 느끼지 못한 그는 날이 밝아올 때쯤 곧바로 학당으로 향했다.

끼이익.

사립문을 열고 학당 안으로 들어선 헌원지의 발걸음이 뚝 멈췄다. 장타가 납치되기는 했지만 그래도 학당이 비워진 기간은 길어야 열흘 정도. 짧은 기간이었지만 그래도 먼지가 쌓여 있어야 할 것이 아닌가?

한데 주위를 세심히 살펴보니 먼지 하나 없이 깨끗했다.

'그사이 다른 사람이 자리를 잡았나?'

생각과 함께 고개를 저었다. 하지만 분명 사람이 살고 있는 티가 역력했다.

'설마 모용세가에서 거짓말을?'

그는 슬며시 문 앞으로 다가가 입을 열었다.

"장타?"

대답은 없었고, 조용한 정적만이 감돌았다. 그리고 잠시 후.

"어! 너, 너는?"

헌원지는 순간 멍한 표정을 지었다. 다음은 격분이었다. 가슴 저 끝에서 치밀어 오르는 분노가 그의 얼굴을 달구어놓았던 것이다.

"지아!"

익숙한 목소리와 어딘지 모르게 변한 외모, 하지만 분명히 헌원지의 뇌리 속에 지울 수 없는 여인이 방 안에서 문을 열고 모습을 드러냈다.

헌원지의 인상이 험악하게 구겨졌다. 상대가 마야였기 때문이다.

"지, 지아!"

헌원지의 살기 어린 표정에 마야는 다가가려다 움찔하며 멈춰 섰다. 그 순간 헌원지의 몸에서 찌를 듯한 한기가 퍼져 나오기 시작했다.

"어떻게 왔지? 교주가 보냈나?"

"아, 아니야."

"그럼 뭐냐?"

헌원지는 살기를 거침없이 뿜어내는 중에도 비소를 흘렸다.

"설마 내가 보고 싶어서 온 것은 아닐 테고. 꼴 보기 싫은 얼굴 대하니 기분 더럽군."

마야는 아무런 말도 하지 못했다. 잠시 후 두 눈이 글썽이기 시작하자 헌원지가 꼴 보기 싫다는 표정을 노골적으로 지었다.

"너에게 볼일없으니, 교주가 보내서 온 것이 아니라면 꺼져! 지금도 엄청 참고 있는 중이니까."

그때 헌원지의 주위로 열 명의 인영이 땅에서 솟구치듯 올라왔다.

"무엄하다! 감히 교주님께 무슨 막말이냐!"

헌원지가 주위를 둘러보았다. 사이한 기운을 숨김없이 드러내는 것으로 보아 상당한 고수들임을 짐작할 수 있었다. 하지만 그들의 기운에 놀랄 헌원지가 아니었다. 그가 놀란 것은 이들이 내뱉은 말의 의미 때문이었다.

"교주?"

헌원지는 마야를 바라보았다. 그리고는 실소를 머금었다.

"교주가 되었나?"

그러자 십월령 중 하나가 인상을 쓰며 나섰다.

"교도로서 예를 갖추지 못하겠느냐!"

헌원지의 눈이 가늘어졌다.

"웃기는군. 난 만월교가 아니다. 그 따위 애들 장난 짓은 그만둔 지 오래됐지."

"이놈!"

스르릉!

순간적으로 십월령이 검을 뽑아 들었지만 마야가 외침이 더 빨랐다.

"그만둬!"

"하지만 교주님, 이자의 언행이 불손하기 그지없습니다."

마야는 헌원지를 바라보며 고개를 저었다.

"그의 말이 맞다. 그는 이미 나에게 예를 표해야 할 교도가 아니야."

"하지만……."

"모두 자리를 피해라! 지아와 단둘이 할 말이 있다."

그녀의 명에도 십월령은 선뜻 자리를 뜨지 않았다. 하지만 교주의 명을 거역할 수는 없는 일. 한참 동안 헌원지를 경계하더니 십월령 중 일월령이 한마디 내뱉었다.

"교주님께 손끝 하나라도 댄다면 결단코 용서치 않으리라!"

말과 함께 십월령은 그 자리에서 사라지자 마야가 미안한 표정을 지었다.

"너무 기분 나빠하지 마."

"내 기분을 네가 상관할 바 아니다. 그런데 교주로 추대된 것 같은데 고귀하신 몸께서 여긴 어인 행차신가? 한가로이 운남 구경을 하기 위해 온 것은 아닐 텐데?"

마야는 어두운 표정으로 고개를 끄덕였다. 그리고 자신이 이곳에 온 경과를 설명하기 시작했다.

처음에는 마야의 말에 별 관심이 없던 헌원지였다. 하지만 교주가 죽었다는 말에 흥미를 느낀 그는 그녀의 말을 쭉 듣고 있었다. 급기야 눈물까지 흘리며 지금까지의 일을 소상히 알려주는 마야의 설명에 헌원지는 반대로 대소를 터뜨렸다.

"하하하! 나와는 상관없는 이야기였지만 듣고 보니 속이 후련하군."
"그런 식으로 말하지 마!"
순간 헌원지가 그녀를 노려보았다. 전신을 훑는 그의 뱀 같은 시선에 마야가 몸을 떨었다.
"그래서?"
"……?"
"그래서 왜 찾아왔지?"
"그, 그건……."
"훗! 도와달라는 거냐?"
비꼬는 듯한 말이었지만 마야는 반박조차 할 생각도 못하고 고개를 숙였다. 그리고 이내 고개를 끄덕이며 수긍의 뜻을 비췄지만 헌원지는 매몰차게 고개를 저었다.
"난 그런 한가한 땅따먹기에는 관심없어. 그리고 그 말로 날 끌어들일 수 있다고 생각하나?"
"알고 있어. 하지만 지금의 만월교는 그때와 달라. 도와줘, 지아."
"내가 왜 널 도와주어야 하지?"
"그래도 한때 만월교도였잖아."
"하하하, 이거 하나만 알아줬으면 좋겠군."
"……?"
"난 지금도 그렇지만 그때도 교도는 아니었어. 단지 다른 곳으로 옮겨 다닐 필요성을 못 느꼈기에 자리를 지키고 있었던 것뿐. 그런데 그런 내가 왜 날 죽이려 했던 자들을 도와야 하나?"
"하지만 나를 봐서라도……."
헌원지가 그녀의 말을 끊었다. 웃음은 사라지고 표정이 험하게 변해 있었다.

"닥쳐! 네가 뭔데 널 봐서 도와달라는 거냐? 아직도 네 말이면 참고 따라줄 줄 알았나? 사실 그때도 네놈 때문에 역겨웠어!"

마야의 표정이 핼쑥해졌다.

"난, 난 그래도 지아라면… 지아라면……."

순간 헌원지가 더 이상 듣기 싫은 듯 몸을 돌리더니 사립문으로 향했다. 그리고 문을 열며 턱으로 밖을 가리켰다.

"꺼져!"

하지만 마야는 포기하지 않았다. 지금 헌원지의 힘이 절실히 필요했기 때문이다. 웬만한 고수들 수백 명을 혼자서 처리해 낼 수 있는 그의 능력을 알기에 더욱 그랬다.

그녀는 꼼짝도 하지 않고 자리를 지키고 있었다. 그러자 헌원지가 다가가 그녀의 멱살을 거칠게 잡았다.

"꺼지라고 했지? 죽고 싶어?"

"차라리 날 죽여."

"건방진……."

헌원지가 손을 쳐들었다. 푸르스름한 빛이 손을 감싸고 금방이라도 빛을 뿌릴 듯했다. 하지만 마야는 오히려 두 눈을 똑바로 뜨고 헌원지를 응시했다.

"날 죽여서 기분이 풀린다면 그렇게 해."

"젠장!"

헌원지는 손을 거두고 마야를 밀쳤다.

팍!

힘에 못 이겨 뒤로 넘어진 마야는 비틀비틀 일어서더니 다시 헌원지

앞에 서며 고개를 들었다.
"왜 내 마음을 몰라주는 거야? 날 도와주지 않겠다면……. 나도 더 이상 부탁하지는 않을게. 하지만 너와 함께하고 싶어."
"그래서? 그래서 어쩌자는 거냐?"
"날 받아줘."
"뭐?"
헌원지는 황당한 표정을 지을 수밖에 없었다. 도대체 앞의 여인이 무슨 의미로 이런 말을 하는지 알 수가 없었던 것이다. 마야가 확인시키듯 입을 열었다.
"내가 만월교의 교주라서 싫다면 그것도 버릴 수 있어. 그냥 나와 함께 있어주면 돼. 날 뿌리치지만 말아줘."
"나원, 무슨 소릴 하는지 알 수가 있어야지."
헌원지는 마야의 얼굴을 피해 시선을 돌렸다. 말을 하며 계속 눈물을 흘리는 그녀를 쳐다보기 민망했기 때문이다. 괜스레 알 수 없는 죄책감이 가슴속에 피어오르기까지 했다.
"나는 조만간 이곳을 떠날 거다. 갈 데가 없는 모양인데, 이곳에 있든 말든 그건 네 마음. 그래도 날 구해줬던 걸 생각해서 이번은 그냥 넘어가지만 나를 귀찮게 할 생각은 버려라. 젠장! 이럴 줄 알았으면 금천방에 계속 있는 건데……."
그는 말과 함께 마야를 밀친 후 방으로 들어가 버렸다.

"어떻게 됐습니까, 교주님?"
일월령의 물음에 마야는 무겁게 고개를 저었다. 그러자 모두의 표정에 어둠이 감돌았다.

"그럴 줄 알았습니다. 차라리 모양야 장로를 찾아 떠나시는 것이 어떻겠습니까? 지금쯤이면 자리를 잡았을 것입니다."

마야는 고개를 저었다. 그러면서 울먹이더니 갑자기 결연한 표정을 지었다.

"난 그와 함께 있을 거야."

"무, 무슨 말씀이십니까?"

"그가 날 도와줄 때까지, 그리고 날 인정해 줄 때까지 그와 함께 있을 거야."

"당치 않은 말씀이십니다! 그자의 성격을 모르십니까?"

"알고 있어."

"그런데 어찌 그런 말씀을……! 그리고 언제까지 교주님이 이곳에 머무를 수는 없습니다."

"우리 만월교는 그에게 죄를 지었어. 교주인 내가 직접 그에게 사죄를 해야 해. 그리고 그를 꼭 내 사람으로 만들어야 해."

그녀의 말에 십월령들이 한숨을 쉬었다. 무언가 반박하고 싶은 얼굴이 역력했으나 감히 입을 열지는 못하고 속만 끓일 뿐이었다. 그중 이월령이 답답한 표정을 감추며 물었다.

"어쩔 생각이십니까?"

마야가 자조적인 미소를 지었다.

"진정 내 마음이 전해질 때까지 그가 원하는 일을 해줄 거니 너희들은 당분간 모습을 보이지 말아라."

"……!"

십월령들은 아무도 입을 열지 않았다.

"저건 뭐야?"

마야가 십월령과 대화를 주고받고 있는 사이 오십여 장이 떨어진 곳에서 두 명의 흑의복면인이 놀라움을 감추지 못하고 있었다.

"분명히 만월교의 교주가 맞지?"

한 복면인의 물음에 옆에 있던 복면인이 고개를 끄덕였다.

"그런 것 같군. 그런데 왜 그녀가 이곳에 있는 거지? 분명 악마금이 죽은 것으로 알고 있을 텐데?"

"설마 만월교에서 먼저 악마금을 회유하려는 것은 아니겠지?"

하지만 다른 복면인이 고개를 저었다.

"악마금의 성격으로는 절대 불가능하지. 당장 교주의 목을 비틀지 않은 것이 이상할 뿐이야. 그런데 정말 왜 그냥 놔뒀지?"

"낸들 어떻게 알겠나? 아무튼……."

복면인이 음흉한 웃음을 흘렸다.

"호호호, 만월교주를 찾는다고 엄청난 인원을 투입했는데 잘됐군. 이런 곳에서 보게 될 줄 누가 알았겠나?"

다른 복면인도 마주 웃었다.

"흐흐, 그러게 말이야. 난 계속 지켜볼 테니 자네는 빨리 일사께 전서구를 띄우게."

제6장
비밀 계약

타닥! 타닥!

무언가 불에 타는 소리가 연이어 들리고 있었다. 그 소리를 들으며 학당에서 제법 떨어진 나무 위에서 구경하고 있던 사월령이 투덜거렸다. 단단히 불만 섞인 목소리였다.

"도대체 교주님은 무슨 생각을 하고 계신지 모르겠습니다."

십월령도 그에 동조하며 입을 열었다.

"그러게 말입니다. 말려야 하지 않겠습니까?"

"됐다. 교주님이 원한 일이시다."

일월령의 말에 오월령이 나섰다.

"하지만 고귀하신 신분으로 가당키나 한 일입니까? 교주님이 저 빌어먹을 놈의 수발을 들다니요!"

그는 문을 열어놓고 방 안에서 명상에 잠겨 있는 헌원지를 가리키고 있었다. 여차하면 달려가서 헌원지를 찢어발기기라도 할 것 같은 그의 목소리에 일월령이 여전히 고개를 저으며 입을 열었다.

"어쩔 수 없는 일 아닌가? 지켜보는 수밖에."

"하지만 한가하게 이러고 있을 때가 아닙니다. 빨리 돌아가서 교도들을 규합해야 하지 않습니까?"

"교주님께서도 생각이 있으시겠지. 그런데 참을성 많은 너희가 이번에는 왜 이리도 조급함을 드러내나?"

그 말에 아무도 입을 여는 자는 없었다. 그들은 학당 안의 상황만 바라볼 뿐이었다. 그때 그들은 주방문이 열리며 자신들의 고귀하신 주인인 마야가 밥상을 들고 나오는 것을 목격할 수 있었다.

새벽부터 일어나 식사 준비를 한 마야가 밥상을 방 안으로 들고 들어갔다. 짐작대로 그녀는 헌원지 앞에 밥상을 놓았다.

"찬이 없어서 준비를 별로 못했어. 그래도 내가 노력해서 만든 것이니 맛있게 먹어줬으면 좋겠어."

그녀의 말에 헌원지가 눈을 슬며시 뜨며 밥상을 바라보았다. 그녀의 말대로 찬은 보잘것없었지만 꽤 먹음직스럽게 보이게 하려고 노력한 흔적이 역력히 보였다. 하지만 그것을 말해 줄 예의 바른 헌원지가 아니었다. 그녀의 말이 떨어지기 무섭게 투덜거렸다.

"말대로 별로군."

그러면서 마야에게는 권하지도 않고 젓가락을 들더니 자신의 배만 채우기 시작하는데, 그런 야속한 헌원지의 모습에도 마야는 미소를 지으며 바라볼 뿐 아무런 말도 하지 않았다. 다만 멀리서 지켜보던 십월령들만 분노할 뿐이었다.

탁!

급하게 배를 채운 헌원지는 젓가락을 놓고는 다시 눈을 감고 명상에 들어갔다. 오 일 정도 더 이곳에 머문 후 모용세가로 갈 생각이었고, 그전까지 마창과의 대결에서 얻은 내상을 치료할 계획이었기 때문이다. 거의 완치되어 있었지만 최고의 몸 상태를 만들어야 했기에 어쩔 수 없었다. 그간 모았던 서책이나 희귀 악보, 그리고 악기 등은 따로 정리를 해둔 상태였다. 떠날 때 마을 촌장에게 맡긴 후 나중에 모용세가의 일을 처리하고 이곳에 들러 찾아갈 생각이었다.

헌원지가 식사를 끝내자 그때서야 마야는 밥상을 들고 나와 주방에서 따로 식사를 해결했다. 그리곤 주방을 깔끔히 정리한 후 밖으로 나와 빨래 더미를 들고 냇가로 향했다.

"고, 교주님이 왜 저 녀석의 옷까지……!"

삼월령이 더 이상 참지 못하고 나서려 하자 일월령이 그의 어깨를 잡았다.

"그만둬라."

그들은 마야의 명 때문에 나서지 못하고 조심스럽게 몸을 숨기며 마야를 따라갈 뿐이었다.

*　　　*　　　*

매 한 마리가 빠른 속도로 구름을 갈랐다. 하늘을 비상하는 그 모습에는 엄정한 기품이 흐르고 있었다. 하지만 자연적으로 자란 매가 아니라는 것은 부리 부분에 붙어 있는 작은 점으로 알 수가 있었다. 인위적으로 길러내 장거리 연락의 용이를 위해 키워낸 매는 부리에 특이한 향이 나는 종이를 붙여 지리를 찾아가게 만들어놓았기 때문이다.

전서구의 경우는 동물의 귀소본능을 이용한 것이기에 한 곳으로만 연락이 가능하다. 특별히 훈련시킨 전서구의 경우는 보낸 곳의 지형도 기억해 내기에 좀 더 포괄적인 연락이 가능하지만 그것도 한계가 있었다. 그래서 만들어낸 것이 이 매였다.

부리에 독특한 냄새를 나게 한 후, 그 냄새와 상극이 되는 냄새를 찾아가게 만들어놓은 것이기에 어디로든 연락이 가능했다.

휘이익—

하늘을 비상하는 매가 한곳에서 원을 그리듯 공중을 배회하고 있을 때 휘파람 소리가 울렸다. 대리에 있는 금천방이었다.

휘파람 소리와 함께 매가 기다렸다는 듯이 바닥으로 곤두박질치는가 싶더니 이내 날개를 펴고 우아한 자태를 뽐내며 한 사내의 팔에 내려앉았다.

사내는 매의 부리에 붙어 있는 손톱만한 검은 종이를 떼어냈다. 그러자 매가 날개를 푸드득거리더니 생기를 되찾았다. 매만 감지할 수 있는 지독한 냄새 때문에 고통스러웠기 때문이다.

사내는 매의 머리를 톡톡 건드렸다.

"수고했다."

말과 함께 그가 매의 다리에 매여 있는 작은 통을 꺼내 내용물을 뽑아 펼쳤다. 종이에는 깨알 같은 글씨가 빽빽이 적혀 있었다. 사내가 글을 다 읽기 무섭게 그의 뒤에 서 있던 검은 면사의 연인이 물었다.

"무슨 일이야?"

사내가 종이를 내밀었다.

"놀랍군요."

"뭔데 그래?"

여인은 말도 하지 않고 직접 전서를 전해주는 사내를 노려보더니 이내 종이로 시선을 옮겼다. 그리고 그녀의 표정이 굳어지더니 종내에는 다시 미소를 지었다.

"호호, 이게 무슨 조화야? 교주가 그와 함께 있다니?"

"제가 어찌 알겠습니까?"

"정말 재밌는 세상이야. 그렇게 찾으려고 해도 없더니, 의외의 장소에서 찾게 되네."

"어떻게 할까요? 지금 당장 적룡문 등에 연락을 넣을까요?"

"잠시만……."

묘강은 특유의 묘한 표정을 지으며 눈을 치켜떴다. 무언가 좋은 방안을 찾을 때 하는 그녀의 버릇임을 알기에 사내, 이사는 묵묵히 침묵을 지켰다. 잠시 후 묘강의 입가에 재밌어 죽겠다는 듯한 웃음소리가 흘러나왔다.

"호호호, 됐어, 됐어!"

이사가 고개를 갸웃거렸다.

"무엇이 됐다는 말씀이십니까?"

"일석이조(一石二鳥)! 두 마리 새를 동시에 잡을 수 있겠어."

이사는 여전히 이해를 못하겠다는 표정이었다. 그에 상관하지 않은 묘강은 한참 동안 음흉한 웃음을 흐리더니 설명했다.

"어차피 우리 쪽으로 회유를 해야 해. 그러기 위해서는 그와 금천방에 도움을 줘야겠지. 그리고 교주의 신변도 확보를 해야 하고. 중간에 그 두 가지 문제를 잘만 이용하면 다 해결될 수 있어."

"하면… 악마금과 모종의 계약이라도?"

묘강이 고개를 끄덕였다.

"모용세가는 강해. 괜히 남무림 열두 세력에 들어간 것이 아니거든. 아무리 악마금이 있고 금천방과 진룡문이 합세를 한다 해도 어려운 싸움이 될 거야. 놀랍게도 악마금은 기습을 노리고 있는 것 같지만, 그래도 어떻게 될지는 장담 못하지. 난 그 점을 이용하려는 거야. 적룡문 등에서는 악마금의 힘을 필요로 하고 있고."

"이번 일에 적룡문을 끌어들일 작정이시군요. 하지만 운남의 일에 귀주 문파가 나선 것이 알려지면 조금 난감해지지 않겠습니까?"

"그거야 우리가 상관할 바가 아니지 않겠어? 지금 즉시 당황으로 갈 준비를 해놔."

이사가 경악한 표정을 지었다.

"그를 직접 만날 작정이십니까?"

"왜? 안 되는 이유라도 있어?"

"그런 것은 아니지만 혹시라도……."

"준비해 놓으라면 해놔. 내가 직접 만나야 그 녀석도 우리를 신뢰할 수 있을 테니까."

이사는 어쩔 수 없는 듯 고개를 끄덕였다.

"존명!"

     *   *   *

헌원지는 인상을 찌푸리고 있었다. 마야와 같이 학당에 머문 지 이제 이틀째. 짧은 시간이긴 하지만 고생 한번 해보지 못했던 만월교의 교주가 숨어 지내는 한낱 학장의 수발을 드는 일이 쉬운 일은 아니었다.

"역시 내가 직접 하는 것이 낫겠군."

헌원지의 말에 마야가 미안한 표정을 지었다. 그녀의 손에는 헌원지가 방금 집어 던진 옷을 들고 있었다. 옷이 깨끗하지 않다 하여 마당에 던져 버렸고, 마야가 다시 주워 든 것이었다.

"미, 미안해. 내가 서툴러서……. 다시 빨아올게."

"밥이나 차리시지?"

헌원지는 그녀의 표정에는 전혀 신경 쓰지 않고 있었다. 오히려 당연하다는 듯한 그의 말에 멀리서 청력을 끌어올려 그 소리를 듣고 있던 십월령들이 발끈했다.

"알았어. 잠시만 기다려."

마야는 옷을 든 채 주방으로 향했다. 그리고 밥을 하기 위해 준비를 하려는데 뒤에서 검은 인영이 솟구치듯 올라왔다. 일월령이었다.

"교주님, 이제 그만 하시는 것이 어떻겠습니까?"

마야는 고개를 저었다.

"너희들은 그저 지켜보고만 있어. 내가 원해서 하는 일이니까."

"하지만 저희들은 왜 교주님이 이렇게 고생을 하시려는지 알 수가 없습니다. 악마금의 무공이 상당하다는 것은 알고 있습니다. 하지만 그것뿐. 그는 우리에게 조금의 도움도 주려하지 않고 있지 않습니까! 저자의 마음이 변하지 않을 것이니 그만두셨으면 좋겠습니다."

마야는 쓸쓸한 표정으로 미소를 지었다.

"단지 그것 때문만은 아니다. 난 일 년 전 지아와 마지막으로 헤어질 때 그의 표정을 잊지 않고 있어. 아직까지 마음의 짐으로 남아 있으니 이 정도는 해주고 싶다."

"하지만……."

"됐다. 가보거라."

일월령은 어쩔 수 없이 다시 사라져 버렸다. 그가 사라지기 무섭게 마야는 밥을 짓고 찬을 준비해 헌원지에게 가져다주었다. 역시나 헌원지는 그녀의 정성을 무시한 채 대충 배를 채운 후 다시 명상에 빠져들었다. 그때까지 그 모습을 묵묵히 지켜본 마야는 헌원지가 내공 수련에 들어가자 다시 주방에 놓았던 빨래를 들고 당황 북쪽 산에서 마을을 타고 흐르는 냇가로 향했다.

"누구지?"

"글쎄. 어제부터 학당을 들락거리던데……. 혹시 학장님이 돌아오신 것은 아닐까?"

"그럴지도 모르지. 그런데 정말 누굴까?"

마을 사람들이 옹기종기 모여 앉아 학당 문을 열고 냇가로 향하는 마야를 향해 수군거리기 시작했다.

"혹시 학장님의 안주인 되시는 분이 아닐까?"

한 중년인의 말에 앞에서 술잔을 기울이던 또 다른 중년인이 말도 안 된다는 듯 쏘아 붙였다.

"예끼, 이 사람아! 우리에게 아무런 말도 없이 일을 치렀을까."

"그거야 모르는 일 아닌가. 장타의 말로는 집안일 때문에 잠시 자리를 비웠다고 했는데, 그 집안일이라는 것이 혼인일 수도 있지 않나? 게다가 학장님 같은 분이 어찌 우리 같은 아랫것들에게까지 혼인을 알리겠나?"

"그럴 수도 있지만 속단하기는 이르지."

"그럼 한번 말이라도 붙여볼까?"

"아서. 괜스레 그랬다가 창피당하기 십상이지. 그런데 학장님과 정말 잘 어울리는군. 분명히 명문가의 여식일 게야."

"외모를 보면 고생 한 번 안 한 것 같기는 하지만, 그런 분이 왜 빨래를 하러 가지? 하인이 있을 텐데……. 우리 이러지 말고 학당에 한번 가보는 것이 어떻겠나?"

그러자 중년인이 눈을 게슴츠레하게 떴다.

"학장님 앞에서 주정이라도 부리려고?"

"누가 그런다고 했나?"

"아무튼 찾아뵈려면 내일 아침에 가게. 게다가 이곳에 왔는데도 학장님이 문밖으로 모습을 보이지 않는 것에는 필시 이유가 있을 게야."

"그렇겠지? 근데 장타 녀석은 며칠 전부터 안 보이는 건지 모르겠군."

마을 사람들은 계속해서 헌원지와 마야의 관계에 대한 이야기를 안주 삼아 술을 홀짝였다.

그들이 이야기를 나누고 있는 사이 헌원지는 여전히 방 안에서 명상에 잠겨 있었다. 그러던 어느 순간 헌원지자 짜증스런 표정으로 눈을 떴다.

"젠장! 신경 거슬려서 못 있겠군."

굳이 마야를 쫓아낼 필요성을 느끼지 못했기에 하는 대로 내버려 둔 것이지만 은근히 신경 쓰이는 것은 어쩔 수 없었다. 특히 일부러 짜증을 부리고 거칠게 대하는데도 아무런 반응 없이 자신에게 미소만 지어 보이는 마야가 계속 그의 머리를 자극하고 있었다.

괜스레 미안함이 든다고나 할까? 전혀 그럴 이유가 없는데도 이상하게 그녀를 막 대할 때마다 가슴이 답답해지는 것을 느끼는 헌원지였다.

"차라리 쫓아버려?"

말과 함께 그가 자리에서 벌떡 일어섰다. 도망자의 신분으로 갈 곳이 없다는 것은 알고 있었지만 자신과 무관한 일이었다. 그리고 자신 또한 금천방에서 연락이 오면 바로 이곳을 떠나 모용세가로 가야 하지만 그 잠깐의 시간 동안에도 마야를 대하는 것이 껄끄러웠다.

그런데 막 방을 나와 냇가로 향하려는데, 갑자기 그의 앞에 검은 복면인이 모습을 드러냈다.

악마금의 인상이 찌푸려졌다.

"누구냐?"

그 말에 복면인이 정중하게 포권을 했다.

"당신을 만나고 싶어하시는 분이 계십니다."

"난 네놈이 누구냐고 물은 것 같은데?"

복면인이 잠시 헌원지의 표정을 살폈다. 별반 반응이 없어 보이는 그 표정을 확인하고 나서야 입을 열었다.

"모양각을 기억하고 계십니까?"

"모양각? 모양각이면 대방에 있던 살수 집단?"

"그렇습니다."

"후후, 이거 일이 묘하게 돌아가는군. 내가 살아 있다는 것이 이미 여러 군데 알려진 모양인데……. 날 보자는 이유가 뭐냐?"

"그것은 직접 만나보시는 것이 나으실 겁니다. 저도 자세히는 모르니까요."

"날 보자는 네 주인이 그때 보았던 계집이냐?"

순간 흑의인이 꿈틀거렸다. 묘강을 계집이라고 부르는 헌원지에 대한 반발심 때문이었다. 하지만 말 한마디 때문에 일을 그르칠 수는 없는 일이다.

"맞습니다. 일사께서 대화를 나누길 원하십니다."

"하하, 네 주인도 멍청하구나."

"……?"

"나와 대화가 통하질 않는다는 것을 겪어봐서 잘 알 텐데? 내 행방에 대한 소식을 지켜주는 대가로 날 어떻게 이용해 먹으려는 것이 아닌가?"

"그것은 아닐 것입니다."

"그럼 뭐냐? 함정이라도 파놓고 그곳으로 날 유인해 공격할 생각?"

"우리 모양각은 그런 짓을 하지 않습니다!"

복면인이 발끈해서 외치자 헌원지가 피식 웃었다. 그것이 복면인은 더욱 기분이 나빴지만 인내심으로 참아 넘길 수 있었다.

"일사께서 전하라고 하셨습니다. 이번 모용세가의 일을 잘 해결하려면 많은 도움이 필요할 것이고, 모양각은 모든 것을 도와줄 수 있다고. 당신은 그 대가로 약간의 힘만 주시면 된다고 하셨습니다."

그의 말에 별 감흥이 없었던 헌원지는 심드렁한 표정일 뿐이었다. 그리고는 한참 동안 복면인을 바라보더니 퉁명스럽게 물었다.

"어디 있나?"

수락으로 여긴 복면인이 몸을 돌렸다.

"따라오십시오."

복면인은 경공술을 발휘했다. 헌원지도 어쩔 수 없이 같은 방법으로 사람들의 이목을 피해 그를 따라 몸을 날렸다.

복면인이 도착한 곳은 당황 마을 외곽에 있는 인적이 드문 숲 속 공터였다. 그들이 바닥에 내려서자 그 앞에 십여 명의 복면인이 호위하듯 검은 면사를 쓴 여인을 둘러싸고 있었다.

헌원지가 도착하자 경계의 눈빛을 드러내기 시작한 복면인들을 지나친 묘강이 미소를 지으며 앞으로 나섰다.

"오랜만이네?"

헌원지도 마주 웃었다.

"하하, 덕분에."

"호호, 나도 네 덕분에 만월교를 위해 잠시간이나마 일을 했었지."

"그런데 지금은 아니다?"

"난 누구 밑에서 지시를 받는 걸 무척 싫어하거든."

"하기야 만월교가 망했으니……."

모양각의 계획으로 자신과 악마대가 척살당하고, 만월교가 무너지게 되었다는 것을 알 수 없던 헌원지였기에, 그는 단지 만월교가 적룡문 등에 무너지면서 모양각이 떨어져 나온 것으로 생각하고 있었다. 어차피 그녀의 말마따나 남 밑에서 지시를 받으며 일할 모양각이 아니라는 것쯤은 알고 있었다. 그러니 만월교가 흩어지는 기회에 '잘됐구나'라며 독자적으로 행동하고 있으리란 생각이었다.

"그런데 날 보자고 한 용건은?"

"용건이라고 할 것은 없고…… 부탁이 있어서 왔지."

헌원지가 예의 그 기분 나쁜 비소를 흘렸다.

"호호, 내게 그런 게 통할 줄 아나? 난 남의 부탁을 들어줄 정도로 한가한 놈이 아니야."

"그럼 부탁이라는 말은 빼고 협조라고 말해 두지."

"협조?"

"그래. 이번 모용세가의 일을 알고 있어. 모용세가가 남무림 열두 세력 중 하나라는 것은 알고 있겠지?"

"……!"

"그들은 강해. 금천방과 진룡문이 힘을 합친다 해도 절대 무너뜨릴 수 없는 벽이지. 물론 너의 실력을 잘 알고는 있지만 그것 가지고는 무리야."

헌원지가 귀찮다는 듯 손을 휘휘 저었다.

"결론만 말해."

그러자 묘강이 얄밉다는 듯 헌원지를 쏘아보더니 이어 깊게 한숨을 쉬었다.

"휴, 이럴 줄 알았다니까! 알겠어."

말과 함께 묘강이 여러 가지 이야기를 시작했다. 헌원지가 해줘야 할 일과 자신이 헌원지를 위해 해줄 일 등등을……

*　　　　*　　　　*

탁탁탁!

촤르르륵—

더러워진 옷을 두드리고, 흐르는 냇가에 담그길 반복한 마야는 옷을 들어 햇빛에 비춰보았다. 깨끗이 빨리지 않았다는 이유로 바닥에 내동댕이쳐진 만큼 이번은 꼼꼼히 살펴봐야 했기 때문이다.

사실 옷이 더럽다는 이유로 헌원지가 그렇게 행동한 것이 아니라는 걸 마야도 알고 있었다. 거칠고 예의없는 행동으로 자신을 질리게 만들어 스스로 떠나게 만들려는 의도라는 것을 누구보다 잘 알고 있었다.

"휴……."

그녀는 헌원지의 표정을 생각하며 한숨을 쉬었다. 그리고는 다시 평평한 바위 위에 젖은 옷을 올려놓고 두드리기 시작했다. 다른 지방에 비해 따뜻한 남만이라지만 때는 겨울이라 물은 차가웠다. 하지만 오랜 시간 동안 정성 들여 빨래를 하느라 손에 물집이 잡혀 있었다.

일어설 줄 모르고 빨래만 하고 있는 마야를 향해 결국 십월령이 보다 못해 다시 나섰다.

"교주님, 저희들이 하겠습니다."

그들을 보며 마야가 인상을 썼다.

"상관하지 말라고 하지 않았느냐?"

순간 십월령이 무릎을 꿇었다.

"교주님!"

그들의 눈에는 눈물이 글썽이고 있었다. 목숨을 다해 지켜야 할 교주가 빨래나 하고 있으니……. 하지만 마야는 그들을 못 본 척 무시해 버렸다. 그리곤 시선을 돌리더니 다시 빨래를 하는 것이다. 잠시 후 그녀가 빨래를 하며 나직이 입을 열었다.

"이만 돌아가."

십월령은 일어서지 않았다.

"교주님 제발 저희들 심정을 헤아려 주십시오. 차라리 지옥의 불구덩이 속에 뛰어들지언정 지금 교주님을 도저히 보지 못하겠습니다."

그때 그들의 뒤에서 한심하다는 듯한 말투가 담긴 조롱 섞인 목소리가 들려왔다.

"꼴사나운 놈들."

순간 십월령이 험악하게 인상을 썼다. 헌원지라는 것을 진즉에 알고 있었기 때문이다. 하지만 십월령들은 여전히 무릎을 꿇고 있었다. 그 중 사월령이 위협적으로 입을 열었다.

"함부로 말하지 마라! 누구 때문에 교주님이 이런 고생을 하고 있다고 생각하나!"

"그것이 나 때문이라는 건가? 하지만 이걸 어쩌나? 난 사서 고생하라는 말을 한 적이 없는데."

"건방진!"

사월령이 검에 손을 가져갔다. 그러자 평소와는 다른 마야의 위엄 섞인 목소리가 울렸다.

"그만둬!"

순간 사월령이 움찔하며 검에서 손을 거두었다.

"지아에게는 아무런 잘못이 없어. 잘못은 만월교에 있다. 그에게 함부로 대하는 것은 나에 대한 불충으로 간주할 테니 앞으로 지아에게 버릇없는 말투는 삼가해라."

"……!"

장내가 순식간에 침묵이 흘렀다. 마야의 말에 헌원지 또한 당황했다. 그것이 마음에 들지 않았던 헌원지가 곧 인상을 쓰더니 다시 비릿한 미소를 지었다.

"그 두목에 그 수하들이군. 하나같이 앞뒤 못 가리는 멍청이들. 이러니 만월교가 망했지."

그 말에 십월령이 몸에서는 극도의 기운을 뿜어내기 시작했다. 하지만 감히 마야의 앞이라 아무런 말도 못하고 분노에 치를 떨 뿐! 그것을 보고 재밌다는 듯 헌원지가 비웃음을 터뜨려 다시 한 번 십월령의 속을 긁어놓았다. 잠시 후 헌원지가 웃음을 거두며 마야에게 말했다.

"일어나! 떠날 준비를 해야겠다."

마야가 고개를 돌렸다.

"무, 무슨 소리야?"

"네 도움이 필요하다."

"도, 도움?"

"몇 번을 말해야 돼. 아무튼 내게 시키는 일이면 뭐든 한다고 했지?"

"당연하……!"

마야는 급히 말을 하려다 십월령의 애처로운 눈을 보고 급히 입을 다물었다. 그리고는 조심스럽게 헌원지의 표정을 살피며 고개를 끄덕였다.

"말도 안 되는 소리 마시오!"

일월령이 분개하며 외쳤다. 방 안에는 헌원지와 마야, 그리고 일월령이 십월령을 대표해 앉아 있었다. 교주 앞이라 존대를 하고는 있었지만 그의 표정은 헌원지를 찢어발길 듯했다.

"왜 우리 만월교가 당신 하나 때문에 움직여야 하오?"

헌원지는 능청스럽게 그의 시선을 받아넘겼다.

"그건 자네가 결정할 문제가 아닌 것 같은데, 아닌가?"

"내가 그런 문제를 결정할 것은 아니지만, 지금 만월교의 사정을 몰라서 그러는 것이오? 이미 구심점을 잃고 뿔뿔이 흩어진 상태에서 적룡문과 혈천문, 단목문의 표적이 되어 있소. 그런 상황에 그들과 오히려 힘을 합하라니! 그것이 될 소리요?"

헌원지는 피식 웃으며 마야를 바라보았다.

"네 생각은?"

마야도 선뜻 대답할 수 없는 모양. 난감한 듯 고개만 숙이고 있을 뿐이다. 일월령의 말처럼 숨어 지내며 만월교의 힘이 어느 정도 모이길 기다려야 할 판이기 때문이다. 적룡문 등과 힘을 합해 모용세가를 공격하는 일에는 문제가 없겠지만 그 이후가 문제였다. 자신이 드러날 수밖에 없으니 말이다.

대답없는 마야를 향해 헌원지가 자리에서 일어섰다.

"거절로 받아들이지."

그러면서 그가 방을 나서려 하자 마야가 급히 일어서 소매를 붙들었다.

"자, 잠깐만!"

"……?"

그것을 보고 있던 일월령의 표정이 굳어졌다.

"교주님!"

마야가 일월령을 무시한 채 고개를 끄덕이자 헌원지가 일월령을 바라보았다. 기분 나쁜 웃음을 지은 채였다.

"그럼 내일 새벽에 출발할 테니, 너는 어떻게 할 거냐? 교도들을 지시하려면 네가 있어야 할 텐데."

그 말에 곰곰이 생각하던 마야가 일월령을 향해 명했다.

"너는 지금 즉시 십월령을 전원 투입해 모양야 장로를 찾아라. 찾는 즉시 지금으로부터 이십 일 내에 모용세가가 있는 역문 인근에 고수들을 대기시키고 너는 따로 내가 지나갈 길목에서 나를 기다려라."

일월령이 경악하며 반박을 하고 나섰다.

"굳이 교주님이 가지 않으셔도 되지 않습니까? 차라리 이대로 모양야 장로를 찾아가 고수들을 접거한 후 운남으로 가는 것이 나을 것입니다."

"아니다. 그러면 시간이 너무 많이 걸리지 않느냐. 네가 가면 어쩔 수 없이 너희들의 행동에도 제약이 많을 거다. 모양야 장로를 찾는 것이 우선 급하니 너희들은 따로 흩어지는 것이 좋아."

"하지만 그동안 교주님은 누가 지켜 드립니까?"

헌원지가 묘한 웃음을 흘리며 나섰다.

"내가 지켜주도록 하지. 날 도와주는데 그 정도도 안 해줄 줄 알았나?"

"……!"

일월령은 대답없이 헌원지를 노려보았다. 하지만 헌원지는 그에게 상관도 하지 않고 밖으로 나가며 말했다.

"내일 새벽에 출발할 테니 준비해 두도록!"

그가 사라지자 마야가 당부했다.

"모용세가에 들키지 않게 은밀히 대기시켜야 한다."

일월령은 어쩔 수 없다는 듯 고개를 끄덕였다.

"존명."

     *   *   *

"그가 약속을 지킬까요?"

이사의 말에 묘강이 미소를 지었다.

"그놈은 만월교에 원한을 가지고 있잖아. 게다가 우리의 힘이 꼭 필요하니 어쩔 수 있겠어?"

"적룡문 등에는 어떻게 이야기를 해야 할까요?"

"어차피 그들도 교주의 신변을 확보하기를 원해. 게다가 잘만하면 악마금과도 손을 잡을 수 있으니 좋다고 달려들겠지. 우리는 그 중간에서 이익만 보면 되는 거야."

"하지만 전에는 누가 됐든 귀주가 통합되면 우리에게 별 이득이 없으리라고 하지 않았습니까? 이번에 적룡문을 도와주게 되면 어쩔 수 없이 우리도 그들 밑으로 들어가야 할 텐데요."

"걱정 마. 그렇게 될 일은 없을 거야. 이번 일이 처리되면 적룡문과 혈천문, 단목문을 이간질시키면 셋이서 다시 피 터지게 싸울걸. 그때 우리가 다시 만월교의 사정과 적룡문 등의 일을 귀주 전역에 알리면 끝나는 거지."

묘강은 말과 함께 갑자기 재밌어서 못 참겠다는 듯 웃었다.

"호호호! 그리고 모두 실패했을 때를 위해서 지금처럼 금천방을 돕는 것이 아니겠어? 귀주에 뿌리를 내릴 수 없다면 운남으로 옮겨오면 그만이야."

"차라리 지금 교주를 잡는 것이 더 빠를 수도 있지 않습니까. 어차피 악마금이 그들 편에 서서 우리와 대립하지는 않을 텐데요."

"멍청이!"

"……?"

"지금 적룡문과 단목문, 혈천문 등의 힘이 너무 강해. 따로 떨어져 있으면 모르겠지만 세 문파가 함께 행동하면 누구도 넘을 수 없는 벽이 되지. 이번에는 그들과 모용세가를 싸움 붙이는 거야. 그들의 힘도 줄이고, 만월교주를 잡아 그들에게 넘기면서 대가를 받을 수도 있고. 일석이조 아니겠어? 그리고 만월교주 곁에는 분명히 엄청난 고수들이 지키고 있을 거야. 교주의 독립 호위대가 십월령이라고 했었나? 아무튼 우리가 왜 피해를 보며 그들과 싸워야 해? 우리는 중간에서 관조하기만 하면 돼. 적룡문에는 네가 알아서 잘 설득해 봐. 금천방에도 우리가 적룡문 등을 설득해 도움을 주겠다고 전하고. 그러면 훗날 그쪽에서도 상당히 우리에게 도움을 줄 거야."

이사는 그녀의 말을 멍하니 듣고만 있었다.

"왜 그래?"

묘강의 물음에 이사가 웃으며 대답했다.

"제가 생각해도 일사께서는 너무 영악하십니다."

묘강이 인상을 찌푸렸다.

"닥쳐! 처세술이 뛰어날 뿐이야!"

제7장
애뇌산의 반란군

"쳐라!"

"와아아!"

한 사내의 우렁찬 외침에 사방에서 고함 소리가 터져 나왔다. 이천 명이나 되는 관군들이 깎아낸 듯한 절벽 사이사이를 끼고 내달리는 모습은 장관이었다. 하지만……!

"산개!"

기세등등하게 달리던 관군들이 목표 지점인 언덕에 홀로 서 있던 사내의 말에 갑자기 발에 아교라도 붙은 듯 멈춰 섰다.

갑주사내는 투구에 안면 보호대를 착용하고 있어 두 눈밖에 보이지 않았다. 나머지는 모두 화살을 맞아도 뚫리지 않을 것 같은 중갑 옷을 전신에 두르고 있었다. 한 손에는 장군검, 남은 한 손에는 금빛 찬란한 부월이었다.

나직하지만 산을 울리는 외침은 이천여 명이나 되는 관군의 걸음을 멈추게 하기에 충분하고도 남았다. 그 외침을 끝으로 언덕을 양편으로 갑자기 일천여 명이나 되는, 갑옷을 입은 병사들이 모습을 드러냈기 때문이다.

멀리서 그 모습을 바라보고 있던 관군의 부관장, 모진일(毛盡日)이 말 위에서 인상을 찌푸렸다. 그리고는 못마땅한 듯 이천 명의 수하를 향해 외쳤다.

"공격해라! 물러서는 자는 군법으로 다스리겠다!"

그제야 다시 관군들이 함성을 지르며 내달리기 시작했다.

언덕 위의 사내가 그 모습을 보고 눈이 가늘어졌다. 가당찮은 듯 달려오는 관군들을 바라보더니 관군의 선두가 이십여 장까지 다가왔을 때 부월을 들었다.

"궁전(弓戰)!"

순간 양 옆으로 늘어서 있던 일천여 명의 병사가 뒤로 빠지고 삼백여 명의 활을 든 병사가 모습을 드러냈다. 시위에 걸린 화살은 세 개였다. 따로 개조를 한 것인지 화살걸이에 세 개의 화살을 달 수 있는 괴이한 활이었다. 중앙의 화살은 정면, 양 옆의 화살은 약간 바깥쪽으로 각이 벌어져 있어 한 번 쏘면 삼각형으로 나갈 것만 같았다.

그런 화살 삼백여 개가 일자로 벌려서니 관군들이 달려오다 말고 다시 주춤거리기 시작했다. 후미는 그것을 볼 겨를이 없어 계속 밀고 들어오지만 선두가 멈춰 서자 관군끼리 뒤엉키는 것은 당연했다.

언덕 위의 사내가 그 모습을 보고 부월을 내렸다. 그리고 약속이라도 한 듯 화살이 활을 떠났다.

쉬이이익!

사방으로 퍼져 나가는 화살에는 상당한 경력이 흐르고 있었다. 그것으로 보아 활을 쏜 병사들이 보통 병사가 아니라는 것을 짐작할 수 있게 했다.

파파파팟!

활이 시위를 떠남과 동시에 무언가가 뚫리는 시원한 소리가 사방을 울렸다. 그리고 뒤따르는 것은 관군들의 비명이었다. 첫 겨냥으로 선두에 달려오던 이백여 명의 관군이 쓰러지고 난 후 부월이 다시 들렸다. 그에 따라 병사들이 시위에 다시 화살을 먹였다.

숙달된 손놀림으로 잠깐의 시간도 지체하지 않는 것으로 보아 활을 쏘는 데 상당히 단련되어 있는 병사들임을 증명한 셈이었다.

끼이이익!

활에 걸린 줄이 다시 팽팽하게 늘어나자 관군들이 동요하기 시작했다. 창 한 번 제대로 내지르지 못하고 달려가다 죽어야 하는 팔자이니 동요를 안 할 수가 없었다. 다시 뒤에서 모진일의 짜증스런 외침이 뒤를 따랐다.

"뭘 하고 있느냐? 공격해라!"

하지만 그의 외침에도 관군들은 주춤거릴 뿐 누구 하나 먼저 달려가는 사람은 없었다. 그러자 모진일이 성나서 채근을 했다.

"뭣들 하느냐? 죽음이 무섭더냐? 빨리 공격해라!"

그때 언덕 위의 갑주사내가 검을 바닥에 꽂더니 손을 뒤로 내밀었다. 그러자 한 병사가 활과 화살 하나를 들고 다가오더니 갑주사내에게 내밀었다. 갑주사내는 그것을 쥐더니 활을 걸고 시위를 당겨 모진일을 겨냥했다.

그때까지 모진일은 멈춰 서 있는 관군들을 향해 고함만 지르고 있을 뿐이었다. 한참 관군을 닦달하고 있는데 무언가 섬뜩한 기운이 느껴졌다. 그래서 그 기운의 출처를 찾아 바라보는데 그 시선에 갑주사내가 걸려 들어왔다. 순간 모진일의 눈이 동그랗게 변했다. 급히 말에서 내리려는데 귓속으로 찌어지는 듯한 굉음이 들려왔다.

쉬리리릭

팍!

화살은 모진일을 관통해 버렸다. 당연히 가슴에서 피분수를 뿜어내는 모진일이 살아 있을 리 없다. 활이 몸을 뚫는 힘에 못 이겨 일 장이나 뒤로 날아가더니 바닥에 그대로 쓰러져 숨을 거두었다.

관군들이 술렁였다. 갑주사내가 쏜 화살의 소리로 인해 모두가 상관의 몸에 바람구멍이 뚫리는 모습을 목격했기 때문이었다.

"개전!"

술렁이는 관군들을 향해 갑주사내가 검을 뽑아 앞으로 내밀었다. 동시에 활을 든 삼백여 명의 무사들이 앞으로 내달리며 다시 시위를 놓았다.

활은 어김없이 선두에 있던 관군들을 무너뜨리고, 그들을 밟은 삼백의 병사들이 관군들을 덮쳤다. 그 뒤로 일천여 명의 병사들이 따르고 언덕 위의 사내는 묵묵히 그 모습을 바라볼 뿐 어떠한 움직임도 보이지 않았다.

채채챙!

병장기 소리가 절벽 사이의 계곡을 울리고 비명이 하늘을 메웠다. 두 배나 많은 관군들이었지만 전쟁터에서 실전 경험을 쌓은 반란도들에게는 속수무책이었다. 게다가 중간중간 무공까지 익힌 병사들이 끼어 있으니 당할 수 있을 리 만무였다. 이리저리 내몰리다 목을 날리기

다반사였다.

"이, 이런!"

모진일의 부장인 최홍(崔鴻)은 일이 틀어졌음을 알았다. 상관이 화살 하나로 시체로 뒹구는 신세가 되었고, 꼴을 보니 관군으로는 적을 이길 수 있을 것 같지 않았다.

이번에 반란도들을 토벌하기 위해 투입한 관군만 해도 총 육천여 명. 그전에 애뇌산 주위에 있는 문파들에 공문을 보내 먼저 토벌하라고 했지만 모두 실패. 결국 오천의 관군까지 투입되었는데 벌써 네 번에 달하는 공격이 모두 실패로 돌아가 버렸다.

조금만 더 버틴다면 무림문파에서 도움을 주기 위해 투입된 백여 명의 무사들이 섞인 이천 명의 관군이 뒤를 돌아 칠 것인데, 그전에 여기에 있는 관군들이 전멸하게 생겼으니…….

'어쩔 수 없다.'

그는 생각과 함께 말 머리를 돌리며 외쳤다.

"퇴각하라!"

그리고는 먼저 살길을 열어 달아나 버렸다. 후속 부대가 뒤로 공격해 오는 중이겠지만 이미 계획이 틀어졌으니 소용이 없을 것이다. 이미 약조한 대로 퇴각 명령이 떨어짐과 동시에 병사 하나가 불화살 세 발을 공중으로 쏘아 올렸다. 실패했으니 뒤를 치는 계획을 중단하고 다시 돌아 나오라는 신호였다.

"끄응!"

애뇌산 반란군 토벌의 총책임을 맡은 지휘사(指揮使) 정남철(靖藍鐵)은 머리가 아파서 미칠 지경이었다. 하필 반란도들이 운남으로 숨어들

것은 뭐란 말인가! 그것도 산세가 험해 수색도 힘든 애뇌산에는 왜!

운남의 병권을 장악하고 있는 도원장(陶原狀)의 명에 어쩔 수 없이 관군을 모아 오기는 했지만 여간 쉽지가 않았다. 사실 처음에는 무림문파에 공문을 보냈었다. 아무리 군부에 있던 반란도가 이천여 명이라고는 하나 무공을 익힌 고수들이면 자신이 수고를 하지 않아도 충분히 해결되리라고 생각했기 때문이다.

그런데 이게 웬일?

무림문파에서 실패했다는 소식이 연이어 들려오는 것이 아닌가!

그것이 도원장의 귀에 들어갈까 무서웠던 정남철은 부랴부랴 관군을 정비해 인근 문파에서 오백여 명의 고수를 지원받아 토벌에 나설 수밖에 없었다. 그런 지금 그가 괴이한 신음을 흘리고 있었다.

철저한 작전 아래 몇 번의 공격을 시도했지만 모조리 패한 것이 원인이었다. 벌써 관군 이천여 명의 사상자가 났고, 지원받은 고수들은 절반이 부상당한 상태였다.

결국 그가 성을 냈다.

"도대체 자넨 뭐 했나?"

그의 노기 섞인 핀잔에 최홍이 죽은 상관의 핑계를 댔다.

"모 부관장이 앞뒤 가리지 않고 공격 명령을 내리는 바람에 어쩔 수 없었습니다."

"그가 전사한 후에는?"

"그, 그때는 이미 대세가 많이 기울어진 상태였던지라……."

"그래서 후퇴를 명했다?"

"아니면 전멸했을지도 모릅니다."

"내가 뒤를 돌아갈 때까지 기다릴 수 없을 정도였나?"

"……."

최홍은 대답없이 고개를 숙일 뿐이었다. 화를 내려던 정남철이 그 모습에 못마땅한 듯한 표정을 짓더니 이내 다른 무관에게 시선을 돌렸다.

"모용세가에서는 언제 당도한다고 연락 왔나?"

"내일쯤 도착할 것 같답니다."

"그럼 그들이 도착하면 그때 다시 작전은 세운다. 오늘은 특히 경계를 철저히 하도록 하고, 이만 해산!"

당초 예상과는 달리 모용세가의 무사들은 이틀 후 아침에 도착했다. 그들이 오기 무섭게 정남철은 책임자를 막사로 불러들였다.

그의 부름에 찾아온 사람은 모두 세 명이었다. 머리에 두건을 쓴 사십대 사내와 이제 이십대 중반 정도의 눈이 큰 청년 무사, 그리고 그보다 조금 더 어려 보이는, 약간 장난기 있어 보여 귀엽게 느껴지는 여인이었다.

그들이 막사에 들어서기 무섭게 정남철이 자리를 권하며 중년 사내에게 물었다.

"그대가 책임자요?"

두건을 쓴 사내가 포권을 하며 자리에 앉았다.

"그렇습니다. 모용제성이라고 합니다. 중간에 일이 생겨 조금 늦었으니 양해 바랍니다."

"옆에 있는 두 분은?"

그러자 모용제성이 오른쪽에 있는 청년을 먼저 소개했다.

"이 녀석은 제 아들놈입니다. 모용용제라고 하지요. 그리고 왼쪽에 있는 아이는 제 조카인 모용애희입니다."

정남철이 아는 척을 했다. 모용제성은 잘 알지 못했지만 모용용제에 대해서는 언뜻 소문을 들었기 때문이다.

"아! 모용세가에 뛰어난 실력을 겸비한 젊은 후기지수가 있다고 들었소. 사봉(四鳳)이라고 하던데, 모용용제라면 그 사봉 중 하나가 아니오?"

"맞습니다. 부끄럽지만 제 아들이 사봉 중 한자리를 차지하고 있지요. 그리고 애희도 사봉 중 한 명입니다. 홍일점이죠."

"허, 훗날 무림을 이끌어갈 후기지수들을 뵈어 영광이오."

예의상 하는 말투였지만 용제와 애희가 겸양을 나타냈다.

"과찬의 말씀이십니다."

"난 정남철이라고 하오. 이번 반란군 토벌의 책임을 맡았소."

"막사로 오기 전에 들었습니다. 그런데 이해가 잘 안 가는군요."

"무엇이 말이오?"

"반란이 일어났다는 소문을 들은 적이 없기 때문입니다. 내막이 있을 것 같은데……."

"내막이라고 할 것도 없소."

말과 함께 정남철이 그간 사정을 설명하기 시작했다.

때는 삼 년 전의 일이었다. 황제의 명에 의해 북벌에 나선 대장군 지양우(智亮愚)가 적에게 대패를 함으로써 황실이 술렁였던 적이 있었다. 그 이후 각 대신들이 이차 공격을 감행해야 한다고 주장을 했고, 백성을 생각해서 침략 전쟁은 하면 안 된다고 주장하는 반대파들이 움직이기 시작했다.

반대파 중에는 삼공 중 한 명인 곽 태사가 있었다. 그는 뛰어난 문사 출신으로 많은 선비들의 우상이었는데, 그가 반대를 하고 나서자 그를 따르는 문사들이 모두 동조하고 나섰다. 그 때문에 속이 뒤틀린 환관 양유(良莠)가 그를 모함하기 시작했고, 청렴했던 곽 태사는 저항 끝에 결국 누명을 쓰고 옥에 갇힐 수밖에 없게 되었다.

양유는 그를 가두어 반대파를 잠재우는 데 성공을 했으나, 오래전부터 곽 태사를 스승으로 모셨던 군부 최고의 고수이자 정평장군으로 하남 북쪽 병권을 틀어쥐고 있던 태진극(太震極)의 은근한 압박을 받아야 했다. 문무를 겸비한 태진극이 스승에게 누명을 씌운 양유를 암살하려 자객을 보낸 적이 있었기 때문이다.

증거 불충분인데다 태진극의 직위를 생각해 그냥 넘어갈 수밖에 없었지만 그 이외에도 여러 방면으로 압력을 가해오자 결국 양유는 황제에게 진언을 드려 북방 정벌의 선봉에 태진극을 추천해 버렸다.

그 이후는 뻔했다. 황제의 명이 떨어지자 태진극은 어쩔 수 없이 군사 오만을 정비해 북쪽으로 진군할 수밖에 없었다. 하지만 태진극은 스승의 뜻을 거스를 수 없었기에 싸우는 시늉만 할 생각이었다. 최대한 피해를 줄이고 백성들이 놀라지 않게 병사들을 움직여 천천히 북쪽으로 향했던 것이다.

거기에서 양유가 다시 황제에게 그를 모함하기 시작했다. 곽 태사와 각별한 사이라 그를 구하기 위해 딴마음을 품고 있다고 말했던 것이다.

별의별 이유와 증거를 대자, 평소 그를 아끼던 황제는 슬며시 태진극을 의심하기 시작했다. 게다가 백성들을 회유해 민심을 사고 시간만 차일피일 미루어 북상하고 있으니 의심을 안 할 수 없었을 것이다.

결국 양유의 계획대로 산서 북쪽의 병권을 쥐고 있는 신주길(新周吉)

원수에게 황제의 명으로 태진극을 잡으라 명했고, 거기에서 두 세력이 부득이하게 전투를 벌여야 했다. 갑자기 공격해 들어오니 태직극으로서는 어쩔 수 없이 신주길 원수와 전투를 치러야 했기 때문이다.

하지만 태진극은 전투가 끝난 후 스스로 몸을 묶어 신주길을 찾아갔다. 무작정 자신을 공격해 왔을 리는 없을 것이란 생각에서였다. 분명 황제의 명이 있었을 것이고, 그렇다면 신주길 원수와 싸워봐야 반역자라는 누명만 쓰게 될 뿐이었다. 그보다 태진극이 가장 걱정한 것은 스승인 곽 태사였다. 자신의 행동으로 오히려 곽 태사에게 안 좋은 영향을 미칠 것 같았기 때문이다.

그는 신주길 원수에게 잡혀 곧이어 성도로 압송되었다.

"그런데 어떻게 이곳에 오게 된 것입니까?"

모용제성의 물음에 정남철이 실소를 머금었다.

"압송되어 가던 중 곽 태사께서 감옥에서 지병으로 돌아가셨소. 그리고 태진극은 참수당할 것이란 소문도 퍼졌지. 그것이 전해지자 평소 그가 아껴 키워낸 병사들이 그를 성도에서 구해갔소. 그리고 곧장 중원을 가로질러 이곳으로 온 것이오."

"흐음! 그럼 남만으로 숨어들 생각을 한 것이군요."

"그럴 것이오. 게다가 귀주와 운남은 관의 통제가 느슨하지 않소. 너무 빠른 도주로 중원에서 어이없이 놓친 모양인데……."

왜 하필 운남에서 발각되어 자신에게 일이 맡겨졌는지 짜증 내는 의미가 말투에 담겨 있었다.

그때 모용용제가 슬며시 궁금증을 드러냈다.

"그런데 적의 병세는 어느 정도인지 물어봐도 되겠습니까?"

"지금 추정되는 병력은 일천오백여 명. 그중 몇백은 무공을 익히고 있는 상당한 고수라고 봐야 할 것이오."

모용제성이 의아함을 드러냈다.

"군부에서 무공을 익힌 고수가 있다는 말은 들었습니다만, 그렇게 대단합니까? 따로 양성했다면 그 정도까지의 실력은 없을 텐데요."

"군부에서 양성한 것이 아니오. 태진극이라는 자가 원래 문무에 모두 정통했다고 들었소. 아는 문사들도 많고 무사들도 많았지요. 그가 하남 병권을 쥘 때 수하에 무공을 익힌 고수들을 불러들인 것으로 알고 있소."

"그렇다면 조금 힘든 싸움이 되겠군요."

"그렇다고 볼 수 있지. 무공을 익혔다는 것만으로도 상당히 힘이 드는데, 문제는 그런 자들이 제대로 된 군사 훈련을 받으며 병법과 전술에 통달했다는 것이오."

"그럼 전면전보다는 서서히 압박해 마지막에 목줄을 자르는 방법이 유용하겠군요."

"그럴 것이오. 그런데 어떻게 압박을 해야 할지……. 혹시 좋은 방법이 있소?"

"이렇게 해보면 어떻겠습니까?"

모용제성은 자신이 생각한 계획을 털어놓기 시작했다.

제8장
둘만의 여행

애뇌산의 봉우리는 하늘을 찌를 듯 높고, 거칠고, 험하다. 각 봉우리마다 천 길의 절벽을 이루고 있었고, 정상에는 구름과 안개가 뒤덮여 하늘과 지상을 이어주는 징검다리 역할을 하는 듯했다. 하지만 그럼에도 불구하고 해마다 많은 사람들이 몰려드는 곳이 바로 애뇌산이었다.

거친 산세와 독충, 독사가 우글거리는 곳이지만 그 절경이 아름답기 때문이다. 수백 년 동안 자리를 지켜온 고목들과 절벽이라지만 병풍과 같은 느낌을 주는 그림 같은 산세는 사람의 이목을 끌기에 충분하고도 남았다.

특히 천 길 높이로 솟아오른 절벽 정상에서 내려다보는 모습은 가히 자신을 신선이 된 듯한 느낌을 받게 했다.

그런 애뇌산 초입에 위치한 선안(仙顔)에 많은 여행객들이 발이 묶여 있었다. 얼마 전 나타난 반란군 때문이었다. 관군이 그곳을 점거한 후부터는 더욱 애뇌산에 가기를 꺼려하게 되었다.

헌원지가 마야와 함께 선안에 도착한 때도 그쯤이었다. 당황을 출발한 지 오 일째 되는 날의 오전이었다. 헌원지는 마야와 여행하는 동안 많은 정보를 얻을 수 있었다.

"호! 모양각이 악마대와 만월교를 이간질시켰다?"

"나중에 알아본 바에 의하면 그래."

"후후, 재밌군. 하지만 그건 만월교가 멍청한 탓이었지. 같은 교도에게 이간질당한 것도 아니고 다른 놈들의 말에 홀려 같은 편을 죽이다니……."

그의 말에 슬며시 모양각에 책임을 떠넘기며 만월교를 변호하려 했던 마야가 얼굴을 붉혔다. 하지만 헌원지는 그녀에게 전혀 신경도 쓰지 않았다.

"오늘은 선안에서 쉬고 가자."

"알겠어."

헌원지는 황색 난삼(襴衫)에 유건을 써 학자처럼, 또는 유생처럼 보였다. 마야는 청의 경장에 같은 황색 장포를 입고 있었다.

둘 다 평범하다면 평범할 수 있는 복장이었다. 하지만 선안으로 들어가 객잔을 찾자 은근히 사람들의 이목을 끌었다. 잘생긴 이십대 초반의 유생과 그에 어울리는 여인이 들어섰기 때문이다. 특히 이제 십팔 세 정도 되어 보이는 여인이 유독 남자들의 시선을 빼앗았다. 성숙함보다는 이제 막 피기 시작한 꽃 같은 풋풋함, 평범한 옷으로 가리고 있어서 눈에 확 띄지는 않지만 한 번 눈길이 스치면 결코 뗄 수 없게 만드는 아름다움을 가지고 있었기 때문이다.

점심 시간이 다 되어가고 있었기에 객잔에는 사람들이 가득 차 있었다. 헌원지와 마야가 들어서자 십오륙 세 정도의 점소이가 다가와 고개를 꾸뻑 숙였다. 그리고는 고개를 들어 마야를 한 번 보곤 멍한 표정을 지었다.

"자리 있나?"

헌원지의 말에 급히 정신을 차린 점소이가 얼굴을 붉히며 말했다.

"이, 일층은 없고 이층에 몇 개 있습니다. 두, 두 분이십니까?"

헌원지는 대답없이 점소이를 지나쳐 이층으로 향했다. 그러자 마야가 점소이를 보며 미소를 살짝 지어 보인 후, 역시 헌원지를 따라 올라갔다. 점소이는 한동안 자신의 일을 잊은 채 그 자리에 가만히 서 있어야 했다.

헌원지와 마야가 자리잡은 곳은 구석진 탁자였다. 미리 앉아서 식사를 하고 있던 사람들은 헌원지와 마야가 계단에서 올라와 자리에 앉을 때까지 별반 관심을 드러내지 않았다. 하지만 잠시 후 일층에서와 마찬가지 반응이 서서히 나타나기 시작했다. 식사를 하고 있던 한 사내가 헌원지와 마야를 슬쩍 가리키며 수군거리자 여기저기에서 헌원지와 마야가 앉아 있는 탁자를 한 번씩 힐끔거리는 것이다.

그것을 느낀 헌원지가 낮게 투덜거렸다.

"젠장. 어제 입었던 옷이 낫겠군."

그러자 마야도 사람들의 시선이 어색한지 고개를 끄덕였다. 오는 동안 야숙을 했기에 오늘 아침까지 마야는 남장을 하고 있었고, 헌원지의 옷 또한 별로 사람들의 시선을 끌지는 않았던 것이다.

잠시 후 점소이가 급히 다가와 물었다.

"주문하시겠습니까?"

헌원지가 마야를 힐끔 보더니 심드렁하게 대답했다.

"소면 두 그릇."

"잠시만 기다리십시오."

점소이가 물러가기 무섭게 마야기 물었다.

"애뇌산은 상당히 넓다고 들었는데, 언제 출발할 거야?"

"우선 식사를 한 후 옷부터 사 입고 생각을 해보지."

그간 야숙만 해왔던 마야가 은근히 기대의 빛을 드러냈다.

"오늘은 선안에서 쉬고 내일 새벽에 출발하는 것이 낫지 않을까? 역문까지 열흘 안에만 도착하면 된다고 했잖아."

"빨리 도착해서 거기에서 쉬는 것이 낫지 않아?"

"하지만 애뇌산 지리를 잘 모르잖아. 그리고 며칠 동안 씻지도 못했는데……."

투정 부리는 듯한 그녀의 말에 헌원지가 핀잔을 주었다.

"아직도 그딴 것에 연연하나? 지금까지 어떻게 숨어 다녔는지 이해가 가질 않는군. 그런 식으로 하고 싶은 것 다할 한가한 때가 아니라는 점을 항상 생각하고 있었으면 좋겠군."

"그, 그런 식으로 말하지 마."

하지만 헌원지는 지지 않고 더욱 빈정거렸다.

"핀잔을 듣기 싫으면 '난 교주입네' 하는 생각부터 뜯어고쳐. 다 망해가는 교의 교주가 뭐가 그리 높은 벼슬이라고……."

순간 마야가 얼굴을 붉히며 무언가 반박하려 했다. 하지만 그때 창가 쪽 탁자에 홀로 식사를 하고 있던 한 사내가 다가오는 바람에 입을 다물 수밖에 없었다.

"보아하니 여행객들 같은데, 맞습니까?"

사내는 꽤나 준수하게 생긴 이십대 청년이었다. 하지만 잘생긴 얼굴과는 달리 긴 상처가 코를 스쳐 길게 나 있었다. 검을 차고 있는 것으

둘만의 여행

로 보아 무림인이 분명한데, 복장은 그리 좋지 않았고 말투 또한 조금 거친 면이 있었다. 용병이거나 떠돌이 무사 같은 느낌을 주었다.

그의 물음에 헌원지가 왜 물어보냐는 듯한 시선을 던졌다. 그러자 사내가 피식 웃었다.

"애뇌산을 구경하려면 제 도움이 필요할 겁니다."

"무슨 말이오?"

헌원지의 물음에 사내가 더욱 투박한 미소를 지으며 권하지도 않았는데 탁자에 은근슬쩍 앉았다. 그 모습이 거슬렸던 헌원지였지만 궁금증이 들었기에 참아 넘겼다.

"지금 애뇌산에 반란군이 자리를 틀고 있어 위험천만한 지역이 되었습니다. 그래서 나 같이 무공을 익힌 안내자가 필요하다는 말이죠. 이래 뵈도 애뇌산 지리는 손바닥 보듯이 알고 있거든……."

헌원지가 피식 웃었다.

"그대 혼자서 우리를 지켜주겠다는 말이오?"

그러자 사내가 고개를 저었다.

"사실 동료가 세 명 더 있죠."

"어디에 있소?"

"지금 저처럼 다른 곳에서 여행객들을 찾고 있습니다."

"그럼 애뇌산을 안내해 주고 돈을 받은 일을 전문적으로 하는 사람이군."

사내는 고개를 끄덕였다.

"굳이 말을 하자면 그렇고, 용병이라고 할 수도 있고."

"어느 정도 지리를 알고 있소?"

"말했지 않습니까? 손바닥 보듯 한다고."

헌원지가 약간의 흥미를 드러냈다.

"우리를 지켜줄 필요는 없고, 길 안내자만 있으면 되는데, 어떻소?"

"혹시 무공을 익혔습니까?"

사내가 의아한 표정을 지으며 물었지만 헌원지는 고개를 저었다. 그것을 보고 사내가 놀라며 황당하다는 듯 말했다.

"세상 참 편하게 살았군요. 애뇌산이 험준하다는 것은 소문이 자자한데 그런 곳에 가면서 안내자만 찾다니……. 산적들도 간간이 출몰하는 지역이니 호위가 있어야 하는 곳이 바로 애뇌산입니다."

"지리를 잘 안다고 하지 않았소? 그럼 안전한 길로 안내만 하면 됐지 굳이 호위가 왜 필요하다는 것이오?"

"그, 그건 그렇지만……. 어디까지 가십니까?"

"역문."

"역문이라……. 그럼 애뇌산의 천상봉에서 우회해 사십 리는 더 가야 하는데……."

잠시 생각하던 사내가 고개를 절레절레 저었다.

"상당히 위험한 지역입니다. 호위가 없으면 안 될 텐데……. 혹시 돈 때문이라면 싸게 해줄 테니 우리를 고용하십시오. 은전 세 냥으로 해주겠습니다."

그 말에 헌원지가 웃었다. 자신을 상대로 바가지를 씌우려는 앞의 사내가 재밌었던 것이다. 은근 슬쩍 맞장구를 쳐주기 시작했다.

"하하, 은전 세 냥이라……. 너무 많은 거 아니오?"

"많기는 뭐가 많습니까? 애뇌산을 빠져나가려면 이틀은 걸릴 텐데. 당신과 이 소저, 두 분을 호위하기 위해서 네 명이 붙게 되니 결코 비싼 값은 아니죠."

말과 함께 사내가 자랑스러운 듯한 표정을 지었다.

"우리의 무공 실력이라면 세 냥도 아주 적은 편입니다. 싸게 해준 것이니 비싸다는 말을 하지 마시길. 게다가 지금 애뇌산 초입에는 이곳 관할 포쾌들이 지키고 있어 웬만해서는 들여보내 주지도 않습니다. 그것까지 생각하면 더 받아야 하지만……."

 말을 하면서도 사내는 마야를 힐끔힐끔 바라보고 있었다. 그것을 보고 헌원지가 더욱 재밌다는 표정을 지었다.

"당신은 들여보내 준다는 것처럼 들리는군."

"당연한 말씀."

"왜 그런지 물어봐도 되겠소?"

 사내가 기분 좋게 웃음을 흘렸다.

"하하, 사실 이곳 포쾌들과 친분이 많거든요."

"그럼 실력이 어느 정도요?"

"이 일대에서 애뇌사호(哀牢四虎)라고 하면 모르는 사람이 없다면 설명이 되겠습니까?"

"애뇌사호?"

"대형 막충(幕忠), 이형 고진붕(顧陳鵬), 제가 셋째로 고정(古正), 막내가 진주화(秦走火)라고 합니다. 막내는 여자고, 모두 엄청난 무공을 겸비하고 있으니 우리가 호위로 따라붙는다면 별일없을 겁니다."

"말했지만 우린 안내자만 있으면 되는데, 너무 많다고 생각하지 않소?"

"혹시라는 것이 있으니까요. 만약에 반란군들에게 공격을 받으면 어쩌실 겁니까?"

 헌원지는 대답없이 웃기만 했다. 그러자 약간 무안한 기색을 흘리던 고정이 한숨을 쉬며 말했다.

"좋습니다. 얼마를 원하십니까?"

"한 냥!"

"네?"

고정은 기가 막힌다는 듯한 표정을 지었다.

"네 명이 안내와 호위까지 해주는데 고작 한 냥?"

"그럼 말고."

그때 점소이가 소면을 들고 왔다. 젓가락을 쥔 헌원지가 고정을 쳐다보지도 않고 소면을 먹기 시작하자 마야도 배를 채우기 시작했다. 그동안 고정은 한마디도 안 하고 황당하다는 얼굴로 헌원지와 마야를 번갈아 보고 있을 뿐이었다. 그러더니 한참 후 조심스럽게 물었다.

"두 분은 어떤 관계입니까?"

"그건 왜 물으시오?"

"그, 그냥 묻는 겁니다. 혹시 특별한 사이?"

물음을 던지는 고정의 얼굴에 제발 아니길 바라는 듯한 표정이 담겨 있었다. 그런 그를 보며 헌원지는 내심 사내를 비웃으며 능청스럽게 거짓말을 했다.

"내 누이동생이오."

그러자 밝아지는 고정의 표정.

잠시 후, 그가 호탕하게 웃으며 결정한 듯 나직이 외쳤다.

"좋습니다!"

"……?"

"두 냥으로 하는 것이 어떻겠습니까? 특별히 아름다운 소저가 있으니 싸게 해주는 겁니다."

소면을 먹던 헌원지가 피식 웃으며 마야를 보았다.

"좋겠네, 추종자가 또 한 명 생겨서."

그 말에 마야는 인상을 쓰고 고정은 얼굴을 붉혔다. 하지만 헌원지는 상관하지 않고 고정에게 말을 이었다.

"그럼 두 냥으로 정하기로 하고, 정확히 애뇌산을 빠져나갈 때까지 길 안내를 해줘야 하오. 그리고 무슨 일이 생겼을 때는 당신과 동료들이 모든 것을 해결해 주어야 하는 것도 포함되어 있소."

고정이 염려 말라는 듯 고개를 끄덕였다.

"당연한 말씀. 그런데 언제 출발할 생각입니까?"

"언제 출발하는 것이 좋겠소?"

"동료들과 오후에 만나기로 했으니 오늘은 좀 그렇고…… 급히 가야 합니까?"

헌원지가 고개를 젓자 고정이 결정을 내렸다.

"그럼 내일 아침에 출발하도록 하죠. 이 식당 반대편에 청량객잔이 있으니 거기에서 머무십시오. 오늘 저녁에 찾아가 동료들을 인사시켜 드리겠습니다. 그럼 이만."

고정이 고객을 잡았다는 듯한 표정을 보이며 자리에서 일어섰다. 혹시나 헌원지가 생각이 변할까 급히 자리를 떠나 버렸다. 그가 사라지자 마야가 물었다.

"다른 사람을 구하면 안 돼?"

"왜?"

"별로 내키지 않아."

그러자 헌원지가 묘한 미소를 지었다.

"저놈의 표정을 보니 너에게 단단히 반한 것 같은데, 괜스레 따로 사람을 구해봐야 귀찮기만 하지. 제 발로 도와주겠다고 찾아왔는데 왜 사서 고생을 해야 하나? 혹, 무공을 써야 할 귀찮은 일이 벌어질지도 모르는데 잘된 거야, 내가 나설 필요가 없을 테니까. 이런 곳에서 실력을 보이면 귀찮은 일이 벌어질 경우도 있거든."

"하지만……."

헌원지가 인상을 쓰며 소리쳤다.

"쓸데없는 소리 말고 소면이나 먹어!"

"아, 알겠어."

마야는 미안한 기색을 드러내며 다시 소면을 먹기 시작했다.

고정의 말대로 건너편에 청량객잔이 있었다. 헌원지는 방 두 개를 얻어 마야를 안내하고 자신은 반대편 방에 짐을 풀었다. 짐이래 봐야 여벌의 옷과 위급할 때 쓸 금창약이 다였지만.

짐을 탁자 위에 올려놓은 그는 바로 마야의 방으로 갔다. 그가 들어서자 마야가 의아한 표정을 지었다.

"나가자."

"왜?"

"지금 입은 옷이 평범하기는 하지만 안 되겠다. 그리고 애뇌산은 산세가 험하고 거치니 그에 맞는 옷을 새로 사는 것이 좋아."

"그럼 짐 속에 있는 옷은?"

"이미 입었던 것들인데 언제 빨래를 하나? 잔말 말고 따라와."

거리로 나와 옷 파는 상점들이 늘어서 있는 곳으로 향할 때까지 마야의 표정에는 미소가 감돌고 있었다. 처음에는 그냥 넘기려 했던 헌원지가 괜히 기분이 나빠 물었다.

"왜 그렇게 기분이 좋지?"

순간 마야가 살며시 얼굴을 붉혔다.

"이렇게 같이 옷을 고르러 나오니까 꼭 부부 같은 느낌이 들지 않아?"

"뭐?"

그제야 마야의 생각을 알아차린 헌원지가 인상을 찌푸렸지만, 짜증을 내기도 전에 마야과 '와' 하는 탄성을 지르며 갑자기 헌원지의 소매를 끌었다.

"왜, 왜 이래?"

헌원지의 물음에 마야는 대답도 하지 않고 열려 있는 상점 문안으로 들어가 푸른 비단옷 앞에 섰다.

옷을 한 번 쓰다듬은 마야가 천진난만한 미소를 지었다.

"이거 정말 예쁘지?"

"휴!"

헌원지는 대답도 하지 않고 한숨을 쉬었다.

'이럴 줄 알았으면 점소이를 시켜 아무것이나 사 오게 하는 건데.'

후회를 해보았지만 이미 벌어진 일이었다. 마야는 여기저기를 기웃거리며 마음에 드는 옷이 있으면 감탄사를 발하기도 하고 옷을 몸에 대보기도 했다. 어찌나 그 모습이 즐거워 보이는지 헌원지가 성을 낼 수가 없을 정도였다. 연신 한숨만 쉬며 그녀를 따라다닐 뿐.

결국 두 시진이 훌쩍 넘어가자 한 소리를 했다.

"한가하게 이럴 때가 아니니 아무것이나 골라."

말과 함께 헌원지는 상점에 있는 여자 점원에게 물었다.

"여행을 할 건데 그에 맞는 경장이 없소?"

"잠시만 기다리세요."

잠시 후 점원이 헌원지의 몸에 맞는 크기의 옷을 몇 벌 들고 나왔다. 그러면서 부러운 듯 말하길,

"상당히 잘 어울리는 연인이군요. 이렇게 잘 어울리시는 분들은 본 적이 없어요."

헌원지의 표정이 똥 씹은 그것과 같게 변하기 시작했다. 반면 마야는 더욱 미소를 지었고, 그래도 창피한 듯 얼굴을 붉혔다.

헌원지는 고를 생각도 하지 않고 검정색 경장 두 벌을 집어 들었다.

"난 이것으로 하겠소. 이 녀석에게 맞는 옷도 보여주시오."

점원이 다시 여인들이 입을 만한 옷을 가지고 오자 마야는 상점 벽에 걸려 있는 옷을 아쉬운 듯 바라보았다. 그러자 헌원지가 짜증스러움을 드러내며 마야의 옷을 마음대로 세 벌 골라 계산을 해버렸다.

밖으로 나오자 해가 조금씩 기울어져 가고 있었다. 하지만 아직도 밝은지라 많은 사람들이 거리를 걸어 다니고 있었다. 꽤 오랜 시간 여러 상점을 돌아다니느라 청량객잔과는 거리가 멀어져 있었다. 아무런 말 없이 헌원지가 앞서 걷자 마야는 화가 난 것 같은 그의 눈치를 보며 뒤따라 걸어 어색한 침묵이 흐를 수밖에 없었다. 하지만 그런 어색함도 반 각을 걷자 사라져 버렸다.

와장창!

갑자기 무언가가 깨지는 소리가 들리더니 천수루(天水樓)라는 현판이 걸린 술집 창문을 뚫고 한 사내가 밖으로 내동댕이쳐졌다. 그것을 보고 거리를 다니던 사람들이 걸음을 멈추고 구경하기 시작했다.

바닥에 넘어진 사내의 백의 군데군데에 피가 묻어 있어 부상을 당했다는 것을 알 수 있었다. 하지만 그리 큰 부상은 아닌 모양. 사람들의 시선을 느낀 사내가 벌떡 일어서더니 차고 있던 도를 잡아 출수 준비를

했다. 그러자 천수루의 문을 열고 여덟 명의 무사가 모습을 드러냈다.

돌아가는 상황으로 보아 여덟 명의 무사가 사내와 시비가 붙었던 것 같았다. 그것을 증명하듯 여덟 명의 사내 중 선임인 듯한 사십대 초반 정도의 사내가 몇 걸음 걸어 나오며 입을 열었다.

"여기가 흑사방(黑砂幇)의 세력권인 것을 알면서도 나타났느냐? 그리고 술을 마시고 싶다면 조용히 마시고 갈 일이지 왜 시비냐!"

그의 말에 부상당한 백의사내가 소리쳤다.

"시비는 너희들이 먼저 걸었지 않느냐?"

"웃기는군. 장사도 하지 않는 곳에 온 네놈 잘못 아닌가? 그리고 무기만 들고 다니며 무인입네 하는 너 같은 실력없고 겉멋만 잔뜩 든 놈에게 농담 몇 마디 한 것이 어찌 시비란 말이냐? 게다가 감히 나에게 주먹을 휘둘러?"

"닥쳐!"

말과 함께 백의사내가 잡고 있던 도를 뽑아 들었다. 그 모습을 보고 있던 중년 사내가 가소롭다는 듯 비웃으며 주위의 무사들을 향해 명을 내렸다.

"저 녀석에게 따끔한 맛을 보여주거라!"

"존명!"

명이 떨어지기 무섭게 일곱 명의 무사가 백의사내를 둘러싸기 시작했다. 동시에 구경꾼들이 싸움에 휘말릴까 무서워 몇 걸음씩 물러섰다.

궁금증에 구경꾼들 틈에 끼어 있었던 헌원지는 무림에서 흔히 일어나는 일이었기에 바로 몸을 돌리려 했다. 그때 마야가 조심스럽게 물었다.

"도와주는 것이 좋지 않아?"

헌원지가 걸음을 뚝 멈추더니 한심한 듯 바라보았다.

"사정도 모르고 도와주라는 거냐?"

"하지만 한 명을 상대로 여러 명이…… 게다가 부상까지 당했잖아. 저대로 놔두면 어떻게 될지……."

"죽겠지."

헌원지가 보지 않아도 뻔하다는 듯 말하자 마야가 인상을 썼다.

"어떻게 그렇게 쉽게 말할 수 있어?"

헌원지는 그녀를 뻔히 바라보았다. 그러자 마야는 얼굴을 붉게 물들였다. 자신을 한심하게 바라보는 눈빛 때문에 진짜 자기가 한심한 여자가 된 듯한 기분을 느꼈기 때문이다.

"아무리 세상 물정 모르고 자랐기로서니, 어찌 그렇게 맹하냐?"

"그, 그런……!"

헌원지는 마야의 반응에 상관하지 않고 말을 이었다.

"모르는 사람을 위해 나설 정도로 우리가 그렇게 여유가 많나? 저건 저놈의 일일 뿐 우리가 상관할 일이 아니야. 내가 왜 무공을 알면서도 용병을 안내자로 받아들였을까?"

"……?"

"그건 무림 일에 어떤 변수가 있을지 모르기 때문이야. 실력을 숨겨야 할 때는 숨겨야 한다는 말이지. 괜스레 나섰다가 남들의 이목을 끌어 좋을 것은 없다는 말이다. 그리고 실력이 알려지면 귀찮은 일이 벌어질 가능성이 많지. 똑똑히 알아둬, 이 철없는 아가씨야!"

그러면서 헌원지는 다시 몸을 돌려 걸음을 옮겼다. 하지만 십여 장쯤 걷다 걸음을 멈춰 세울 수밖에 없었다. 뒤에서 느껴져야 할 마야의 기척이 없었기 때문이다.

'설마?'

헌원지가 고개를 돌리자 그의 예상대로 마야가 사람들 사이를 지나 원 안으로 들어가 있었다. 그 모습에 헌원지는 머리를 쳤다.
"저 멍청이. 내 말에 자존심이 상해도 그렇지, 젠장!"
어쩔 수 없이 그는 다시 사람들 틈으로 끼어들었다. 하지만 갑자기 음흉한 미소를 지었다.
'아니지. 내가 도와줄 필요까지는 없지.'
그는 생각과 함께 구경하기로 마음먹고는 느긋하게 뒷짐을 지며 모르는 사람인 듯 자리를 지켰다. 내심 그간 마야의 무공이 얼마나 성장했는지 궁금하기도 했던 것이다. 혹시 사내들의 실력이 상당히 뛰어나 마야가 위험에 처하게 될 수도 있겠지만 그 정도의 위기는 자신이 나서서 해결할 자신감이 있었다.
'흐흐, 고생 한번 해봐라. 목숨이 경각에 달리지 않는 이상 도와주지 않을 테니까. 내 말을 거역하면 어떤 고난을 당하게 될지 경험하는 것도 좋겠지.'

마야는 자존심이 상해 있었다. 헌원지를 위해 모든 것을 할 수는 있는 그녀였지만, 자존심까지 버리겠다고 생각했던 터였지만 지금까지 사람들에게 존경과 우러름만을 받으며 떠받들어지듯이 자라온 그녀에게는 철이 없다는 둥, 멍청하다는 둥의 말은 받아들이기 힘든 것이었다. 옷을 고를 때부터 헌원지의 핀잔에 마음이 상했지만 참고 있었던 그녀였기에 더욱 그랬을지도.
어쩌면 그것은 헌원지를 좋아하기 때문에 더욱 깊이 피어오르는 반항심일지도 몰랐다.
"그만두세요!"

마야의 외침에 일곱 명의 무사가 움직이려다 말고 동작을 멈췄다. 그리고는 멍하니 있더니 마야의 얼굴을 살피고는 음침한 미소를 흘렸다. 그리고 그것은 백의사내가 곤죽이 되길 묵묵히 기다리고 있던 중년 사내도 마찬가지였다.

"소저는 누구신데 우리를 방해하시오?"

중년인의 말투는 아이 다루듯 부드러웠다. 마야의 말투 또한 부드러울 수밖에 없었다.

"부상당한 자를 괴롭히는 것은 무인으로 해서는 안 되는 짓이에요."

"그렇지만 저자가 먼저 술집에서 우리를 공격해 왔소. 무사는 자신을 공격한 상대를 무시해서는 안 되는 법."

"그래서 이미 부상을 입혔잖아요."

"그래도 저자가 먼저 무기를 뽑아 들었으니 우리가 멈출 수는 없지 않겠소?"

그때 일곱 명의 사내 중 하나가 노골적으로 마야의 전신을 음흉한 시선으로 훑더니 나섰다.

"소저는 잠시 비켜주시오. 저 녀석에게 따끔한 맛을 보여준 후 소저에게 조용히 이번 일에 대해 설명해 주겠소."

순간 마야의 표정이 차가워졌다.

"닥쳐라!"

하지만 사내들은 여전히 빙글거리고 있었다. 오히려 마야가 화를 내는 것이 즐겁다는 표정들이었다. 중년 사내 또한 그 모습을 즐기듯 허허거리고 있는데 마야의 몸이 움직이는 순간 상황이 반전되었다.

팟!

쉬이익—

이제 묘령도 되지 못한 조그마한 여인의 몸이 순간 사내들의 눈에서 사라지는 듯했다. 그리고 호랑이가 먹이를 낚아채는 듯 구부린 손가락에서 푸르스름한 빛이 발했다.

파곽!

"크윽!"

단말마의 비명과 함께 한 사내가 얼굴에 다섯 줄의 붉은 선이 그어진 채 허공에서 몇 바퀴를 돌아 떨어져 내렸다. 그리곤 '쿵' 하는 소리와 함께 떨어진 충격 때문인지, 마야에게 할퀴어진 상처 때문인지 일어나질 못하고 있었다.

순간 모두가 입을 쩍 하니 벌렸다. 백의사내 또한 믿을 수 없다는 듯 두 눈을 휘둥그렇게 뜨고 마야를 바라보았다.

"이, 이럴 수가! 넌 누, 누구냐?"

중년 사내의 말에 마야는 대답없이 다시 한 사내를 향해 손을 뻗었다. 사내는 어느 정도 예상하고 있었는지 처음 사내처럼 허무하게 당하지는 않았다. 하지만 검으로 마야의 손을 쳐낸 것은 무용지물이었다. 오히려 검이 손에 튕겨지더니 가슴 부위가 완전히 무방비 상태가 되어버렸다.

픽!

이번은 주먹이었다. 가슴에 둔탁한 소리와 함께 사내는 신음 소리도 내지 못하고 뒤로 날아가 기절해 버렸다. 상황이 이쯤 되자 중년 사내도 넋 놓고 있을 수는 없었다.

"고수다! 모두 공격해라!"

일시에 남은 다섯 명의 사내가 마야에게 달려들었다. 백의사내는 이제 볼일도 없다는 듯 오직 마야를 향해 연수합격을 펼쳤다.

제9장
마야의 위기

'호! 대단한데?'

헌원지는 마야와 중년 사내의 대결을 보며 내심 감탄했다. 마야의 무공이 예전 자신이 가르칠 때와는 비교가 되지 않을 만큼 많이 발전되어 있었기 때문이다. 그때도 초식 운영 면에서 천부적인 재능을 드러냈었지만 오늘 보니 더욱 자연스러우면서도, 반대로 저돌적인 면까지 섞여 있었다. 거기에 내력까지 일 년 반이란 시간이 무색할 만큼 높아져 있어 도저히 열여덟 살 여인의 무공 실력이라고 보기에는 무리가 따를 정도였다.

'저런 상태로 계속 실력이 상승된다면 상당한 고수가 되겠군.'

하지만 그는 생각과 달리 고개를 저었다. 그래도 실전 경험이 부족한 탓에 미숙한 점이 보였기 때문이다. 그 증거로 중년 사내와의 대결에서 서서히 밀리기 시작했다. 중년 사내의 실력도 상상 이상이었던 것이다.

"얍!"

마야의 기합성이 터지고, 그와 함께 푸르스름하게 빛을 발하는 손이 중년 사내의 가슴을 노렸다. 사내가 인상을 찌푸리며 뒤로 훌쩍 물러섰다. 막을 시간적 여유가 없었기 때문이다.

검과 권각술의 대결에서 검이 우위를 차지하려면 거리를 벌려야 하지만 마야가 너무 깊이 파고들어 가 있어 사내는 방어에만 몰두했다. 그러나 중년 사내는 이런 류의 싸움을 많이 겪어봤는지 움직임에 여유가 있어 보였다.

채채챙!

중년 사내가 물러선 만큼 마야는 더욱 가까이 파고들어 손을 놀렸다. 검과 손이 부딪쳤지만 쇳소리가 터져 나와 사방을 어지럽혔다. 그리고 다음 순간 중년 사내가 검을 들지 않은 왼손으로 마야의 팔을 잡았다. 검에 튕겨 느려진 손을 정확히 겨냥한 것이었다.

오른손을 잡힌 마야가 왼손을 뒤로 빼더니 충분한 반동을 이용해 앞으로 뻗었다.

쉬이익!

상당한 내력이 실렸는지 쏘아지는 손 주위로 경력이 흘러나왔다.

순간 사내의 입가에 조소가 흘렀다.

"걸렸구나!"

말과 함께 중년 사내는 잡았던 마야의 손을 갑자기 놓아버렸다. 잡힌 손에 무게 중심을 두었던 마야의 균형이 잠시 흐트러지는 것은 당연했다. 중년 사내는 그것을 놓치지 않고 바로 검을 든 손을 움직여 마야의 옆구리를 향해 내질렀다.

하지만 마야도 그의 공격을 예측한 모양. 찔러가던 왼손을 틀어 섬을 막았다. 그리고 그것이 그녀의 가장 큰 실수가 되었다.

"팡!"

검과 손이 부딪치며 상당한 굉음이 터지고, 순간 사내가 왼손을 이용하여 허점이 드러난 마야의 혈도를 짚어버렸다.

"읍!"

마야의 몸이 잠시 경직되었다. 사내가 그 좋은 기회를 버려둘 리 없었다.

"파파팟!"

빠르게 움직인 손은 잠깐 사이에 마야의 세 군데 혈도를 더 짚어버리자 그녀는 힘없이 바닥에 주저앉아 버리고 말았다. 그러자 사내가 마야의 멱살을 잡았다.

"그 손을 놔라!"

중년 사내의 인상이 찌푸려졌다. 워낙 마야의 무공이 뛰어나 일곱 명의 무사를 쓰러뜨리고 중년 사내와 대결을 펼칠 때까지 넋을 잃고 바라보던 백의사내가 그제야 움직였기 때문이다.

"실력도 없는 놈이!"

중년 사내는 가소로운 듯 뒤로 느껴지는 서늘한 기운을 몸을 옆으로 한 걸음 움직이는 간단한 동작으로 피해 버렸다. 다음은 주먹이었다.

"퍽!"

확실히 백의사내의 무공은 별 볼일 없었다. 나이도 젊은 데다 재능도 없는지, 그 나이에 비해서도 상당히 떨어지는 듯했다.

"크악!"

중년 사내의 한 방에 턱이 '덜컥' 거리는 작은 소리를 내며 백의사내가 바닥에 널브러졌다.

중년 사내가 음흉한 웃음을 흘렸다.

"별 거지 같은 놈 덕분에 횡재했군."

그는 곧이어 마야를 일으켰다. 그리고는 어깨에 짊어지더니 아직도 정신을 차리지 못하고 기절해 있는 수하들을 발로 걷어차 깨우기 시작했다.

일곱 명의 사내가 통증을 호소하며 깨어나자 중년 사내가 험악한 목소리로 주위를 향해 외쳤다.

"구경났나? 모두 꺼져!"

상당한 내력이 실린 목소리. 그리고 살기 서린 표정은 구경꾼들을 쫓아버리기에 충분하고도 남았다. 한순간에 썰물 빠지듯 사람들이 제 갈 길로 가버리자 중년 사내가 수하들을 보며 혀를 찼다.

"쯧쯧, 여자 한 명에게 일곱 명이 당하면 우리 흑사방의 체면이 뭐가 되나? 그것도 사람들이 다 지켜보는 앞에서 당하다니……. 에이, 한심한 놈들! 저 녀석을 끌고 들어와라!"

중년 사내가 말과 함께 처음 나왔던 술집으로 들어가자 일곱 명의 수하가 백의사내를 끌고 그 뒤를 따랐다. 그 모습을 사람들 틈에 끼어 걸어가던 헌원지가 건물 골목에 서서 지켜보더니 피식 웃었다.

"아직은 멀었어."

말과 함께 그는 사내들이 들어간 술집으로 다가가 창문을 통해 안을 바라보았다. 거기에는 중년 사내가 탁자 하나를 차지해 앉아 있고 일곱 명의 수하가 그 주위를 둘러서 있는 것이 보였다. 백의사내는 신음을 흘리며 어정쩡하게 무릎을 꿇고 있었다. 마야는 중년 사내 맞은편에 힘없이 앉아 있었다. 그 외에 실내에는 아무도 없다.

'빈 술집이거나 오늘 장사를 하지 않는 것 같은데…….'

헌원지는 생각과 함께 실내의 상황을 유심히 살피며 청력을 끌어올렸다. 그러자 중년 사내의 나직한 목소리가 들려왔다.

"소저, 어찌하여 우리에게 대항을 했소? 분명 흑사방이라 말했을 텐데, 못 들은 것이오? 아니면 다른 지역 사람이라 흑사방에 대해 모르는 건가?"

말과 함께 수하 한 명을 돌아보았다.

"이봐, 흑사방에 대해 설명해 봐."

그러자 수하가 나서며 자랑스러운 듯 입을 열었다.

"흑사방으로 말할 것 같으면 여기 선안의 절반에 달하는 지역을 세력으로 두고 있는 절대 방파로 문도 수가 무려 이천이나 되는 거대한 집단. 흑사방주님은 천독길(千毒吉)이라는 분으로 바로 여기 계신 대주님의 백부가 되시지. 선안에서는 거의 절대적인 위치에 있는 분이시다, 이 말씀!"

그의 말에 흐뭇한 표정을 짓던 중년 사내가 다시 마야에게 말을 건넸다.

"흑사방에 대해서 몰랐소?"

마야는 힘없는 몸과는 달리 두 눈을 표독스럽게 해 중년 사내를 노려보았다.

"자그마한 문파따위는 모른다!"

순간 중년 사내의 표정이 험악하게 변했지만 마야의 아름다운 얼굴을 바라보더니 다시 부드럽게 안색을 풀었다. 그리고 달래듯 다시 입을 열었다.

"뭐, 다른 지방에서 왔다면 모르는 것도 무리는 아니지. 워낙 문파들이 많으니까. 아무튼 그런 이유로 소저를 용서해 줄 수는 있소. 하지만 그만한 대가는 우리에게 줘야 하지 않겠소? 소저께서 많은 사람들이 보는 앞에서 우리 흑사방 무사들을 주물러 줬으니 말이오."

마야는 대답없이 중년 사내를 노려볼 뿐이었다. 그것을 본 중년 사내가 무사들을 향해 고개를 끄덕였다. 그러자 일곱 명의 무사가 음침한 눈빛을 주고받더니 그중 두 명이 약속이나 한 듯 마야의 양쪽 어깨를 잡아 이층으로 끌고 가기 시작했다. 갑작스런 그들의 행동에 마야가 경악하며 외쳤다.

"왜, 왜 이러는 것이냐? 이것 놔라!"

"가만있어!"

오른쪽 팔을 잡아끄는 무사가 거칠게 외쳤다. 하지만 마야가 계속 소리를 치자 인상을 쓰며 혈도를 짚어 아혈을 제압해 버렸다.

"아, 으, 아!"

마야는 이 상황을 벗어나려 부단히 외치려 했지만 아혈이 제압되자 더 이상 소리가 나오질 않았다. 마야가 이층으로 끌려가고 잠시 후, 두 사내가 다시 내려와 중년 사내에게 웃으며 말했다.

"첫 번째 방 침상에 눕혀놓았습니다. 올라가서 즐기기만 하시면 됩니다."

중년 사내도 마주 웃었다.

"흐흐흐, 어제 꿈자리가 좋더라니······."

한 무사가 백의사내를 가리켰다.

"이 녀석은 어떻게 할까요?"

"어떻게 하긴, 죽여야지."

말과 함께 중년 사내는 이층으로 천천히 걸음을 옮기며 명했다.

"너희가 알아서 처리해라. 내가 내려올 때까지 이 술집에 아무도 들어오지 못하게 막고."

"알겠습니다. 좋은 시간 보내십시오."

중년 사내가 사라지고 난 후 무사 하나가 검을 뽑아 들었다. 그러면서 안됐다는 듯 백의사내에게 말했다.

"재수없었다고 생각해라!"

무사는 말과 함께 검을 번쩍 들었다. 그때 백의사내가 최후의 발악을 했다. 검이 들린 그 틈을 노려 앞으로 몸을 쏘아져 나가 버렸다.

퍽!

"크윽!"

부지불식간 복부를 강타당한 사내가 배를 감싸 쥐며 검을 떨어뜨렸다. 그 순간을 놓치지 않은 백의사내가 검을 주워 들더니 좌에서 우로 그어버렸다.

쇄아악!

깨끗한 일검은 한 사내를 죽음으로 몰고 갔다.

"이, 이 녀석이!"

남아 있던 여섯 명의 무사가 경악을 하며 저마다 검을 뽑아 들었다. 순식간에 백의사내를 둘러싼 그들은 공격할 태세를 갖추며 쓰러진 동료를 바라보았다.

"간이 배 밖으로 나왔구나. 감히!"

말과 함께 백의사내 뒤에 있던 무사가 앞으로 쏘아져 나갔다. 하지만 채 두 걸음을 떼기도 전에 갑자기 피를 토하며 그 자리에서 굴러 버렸다. 비명도 지르지 못하고 그 자리에서 절명해 버린 것이다.

"……?"

순간 장내가 조용한 정적에 휩싸였다. 왜 동료가 쓰러졌는지 알 수가 없었기 때문이다. 가만히 있는데 피를 토하며 쓰러진다는 것은 이해할 수 없는 상황임에 분명했다. 그리고 그것은 백의사내도 마찬가지였다. 그 역시 이유를 모르겠다는 듯 고개를 돌려 쓰러진 무사를 황당하다는 듯 바라볼 뿐이었다.

잠시 후,

끼이익―

술집 문이 소리를 내며 열렸다. 그리고 등장한 사내는 황색 난삼에 유건을 쓴 서생 같은 놈이었다. 그렇게 시선을 끌 복장은 아니었지만 자연히 등장 인물에게로 눈이 갈 수밖에 없었고, 상당히 여성스럽게 생긴, 여자깨나 따를 듯한 놈팡이라는 것이었다.

실내의 분위기를 드러내려는 듯 무사 중 한 명이 으르렁거렸다.

"오늘 이 술집은 장사하지 않으니 그냥 꺼져라."

그러면 당연히 갈 줄 알았을 것이다. 한 명은 피를 토해 쓰러져 있었고, 한 놈은 하얀 백의에 피를 묻히고 있으니 말이다. 딱 보고도 분위기 파악을 못한다면 바보이거나 눈치가 굼벵이이거나 둘 중 하나였다. 그런데 막 문을 열고 나타난 서생은 후자인 모양.

검까지 뽑아 들고 있는 사내의 말에 표정 변화도 없더니, 오히려 한 걸음 더 걸어 들어와 술집 문을 닫아버리는 것이 아닌가!

다섯 명의 무사가 인상을 구겼고, 그들에게 둘러싸여 있던 백의사내는 안됐다는 듯 서생에게 시선을 던졌다. 그런데 놀라운 것은 서생의 말이었다. 무덤덤한 표정으로 이렇게 말하고 있었다.

"여기까지다. 그만 하고 위로 끌고 갔던 여인과 중년인을 불러와라."

"……."

다섯 명의 무사가 더욱 인상을 구겼다. 하지만 서생의 행동과 말투가 심상치 않았기에 그중 하나가 떨떠름한 표정으로 정중하게 물었다.

"댁은 뉘시오?"

서생은 그 말에 대꾸도 하지 않고 혼자 중얼거렸다.

"실력없는 놈들이 장수하는 비결이 있지. 하나는 눈치가 빠르거나, 남은 하나는 원한을 가질 만한 일을 애초에 하지 않는 것."

말과 함께 서생이 피식 웃었다.

"훗, 네놈들은 그 둘 다 어겼다. 고로 빨리 죽여달라고 애원하는 격이지. 그럼 소원을 들어주도록 하지."

말과 함께 서생이 걸음을 떼며 손을 움직여 소매를 펄럭이기 시작했다. 그 이후로는 처절한 비명의 연속이었다.

마야는 부단히 몸을 움직이려 노력했다. 하지만 혈도가 단단히 제압당했기에 꼼짝할 수 없었다. 두 무사에 의해 침상에 눕혀지고 잠시 후 중년 사내가 문을 열고 들어서는 것이 눈에 들어왔다.

마야의 표정은 핼쑥해질 수밖에 없었다.

"아어, 아아!"

뭐라고 말을 하려고 했지만 목에 무언가가 꽉 막힌 듯 의미를 알 수 없는 작은 소리만 흘러나올 뿐이었다. 그러는 사이 중년 사내가 침상까지 다가와 눈을 가늘게 뜨고는 음침한 미소를 지으며 마야의 전신을 훑었다.

"흐흐, 어디에서 이런 물건이 흘러 들어왔는지 모르겠지만, 좋군! 오히려 나서줘서 고마울 정도야. 흐흐흐!"

마야의 위기 113

말과 함께 중년 사내는 마야의 어깨를 들어 침상에 비스듬하게 앉혔다. 그리고는 징그러운 손이었다.

사내의 거칠면서도 뱀 같은 손이 마야의 볼을 쓰다듬는 것이다. 애정이 듬뿍(?) 담겨 있는 행동이었다.

"으읍!"

"호호호! 왜, 너도 흥분되나?"

급기야 마야의 눈이 글썽이더니 이내 볼을 타고 한줄기가 눈물이 떨어져 내렸다. 지금 이 순간 그녀는 한 사내의 얼굴을 떠올리고 있었다.

'지아!'

입 밖으로 나오지 않는 이름은 마음속으로밖에 외칠 수 없었지만 그럴수록 헌원지의 얼굴이 더욱 또렷이 그녀의 얼굴에 잔상이 되어 남기 시작했다. 그리고 그에 대한 원망스러움과 그의 말을 듣지 않아 생기게 된 지금 상황의 후회가 눈물을 계속 흘러내리게 했다. 하지만 그것도 잠시, 중년 사내의 손이 그녀의 몸을 더듬으며 풀어헤치자 마야는 경악한 눈으로 그를 바라보더니 이내 두 눈을 질끈 감아버렸다.

'안 돼! 안 돼!'

주문처럼 터져 나오는 마음속의 외침은 아무런 소용도 없었다. 결국 사내의 손이 그녀의 속살을 드러나게 했다. 이제 남은 것은 속옷뿐이었다.

사내가 잠시 손을 뗐다. 그리고는 음충 궂은 시선으로 감상하듯 마야의 몸을 바라보았다.

"호호, 정말 얼굴도 얼굴이지만 몸은 끝내주는군! 지금까지 숱한 여인들을 품어봤지만 너 같은 물건은 처음이다."

말과 함께 그는 아쉬운 듯 입맛을 다셨다.

"생각 같아서는 아혈을 풀어주어 같이 소리를 지르며 즐기고 싶다만… 네가 워낙에 무공이 높아서 어쩔 수 없구나. 그럼 시작해 볼까?"

중년 사내의 손이 마야의 젖가리개를 향해 다가왔다. 그런데 그때 아래층에서 비명성이 들려왔다.

"크아악!"

"허억!"

순간 사내의 손이 멈췄다. 아슬아슬하게 당겨져 어깨에 걸린 젖가리개가 처량하게 보일 때쯤이었다.

"크악!"

또다시 비명성이 들리자 매듭을 풀고 있던 손이 완전히 젖가리개를 포기하고 말았다. 마야로서는 천행일 수밖에 없었지만 중년 사내는 인상을 찌푸리며 침상 옆에 내려놓은 검을 주워 들었다.

"젠장! 도대체 무슨 짓을 하고 있는 거야?"

나 잡아먹으라며 고이 누워 있는 먹이를 앞에 두고 시간을 지체해야 한다는 것이 사내의 인상을 구겨지게 만들었다. 그는 다시 한 번 마야를 바라보더니 아쉬운 한숨을 내쉬며 말했다.

"잠시 아래층에 갔다 올 테니 그동안 얌전히 있거라. 어차피 혈도가 막혀 있어 움직일 수는 없겠지만."

말과 함께 그는 문을 열고 나와 계단 밑을 내려다보았다.

"도대체 사람 한 놈 죽이는데 왜 이렇게 소란을……!"

순간 중년 사내는 입을 다물어 버렸다. 죽어 있어야 할 백의사내는 멀쩡히 있고, 오히려 자신의 수하 일곱 명이 바닥에 뒹굴고 있었기 때문이다. 일층은 온통 붉은 피로 바닥을 흥건히 적시고 있었다.

중년 사내의 두 눈이 경악으로 부릅떠졌다.

"이, 이게 어떻게……!"

순간 그의 눈에 황색 난삼을 입고 있는 처음 보는 놈이 들어왔다. 실내의 상황으로 보아 백의사내가 원흉일 수는 없을 것이고, 직감적으로 난삼을 입고 있는 사내가 수하들을 죽였을 것이라 판단한 중년 사내가 인상을 쓰며 확인차 물었다.

"네놈이냐?"

난삼을 입은 서생 같은 사내가 계단을 올려다보며 비웃음을 흘렸다.

"짧은 시간이었지만 그래도 재미 좀 보셨나?"

중년 사내의 인상이 더욱 구겨졌다.

"누구냐? 처음부터 우릴 지켜본 것 같은데, 어느 문파의 첩자냐?"

"첩자? 하하하!"

서생은 웃음을 터뜨리며 계단으로 올라가기 시작했다. 그럴수록 중년 사내의 손이 검으로 점점 다가갔다.

탁!

검의 손잡이가 손에 잡혔을 때 서생과 중년 사내의 걸리는 계단 다섯 개가 남아 있었다. 중년 사내는 여차하면 검을 뽑아 서생을 베어버릴 수 있도록 자세를 잡았다. 그런데 놀라운 점은 서생은 전혀 긴장감도 드러내지 않은 채 뒷짐을 지고 계단 중앙에 서 있다는 것이었다.

다섯 계단이 남아 있었지만 이 정도 거리라면 충분히 검이 뽑힘과 동시에 토막이 날 수 있었다. 눈 깜짝할 사이에 저승 문턱에 들어갈 수 있는 거리였다. 그런데도 서생은 여유로운 표정. 그것이 중년 사내를 압박하기 시작했다.

서생이 범상치 않은 인물인 것을 알아차린 중년 사내가 떠듬거리며 물었다.

"누, 누구시오? 나와 원한이 있는 것이오? 아니면 위층에 있는 여인과 일행이라 그러는 것이오?"

서생은 빙글거리고만 있을 뿐. 그것이 마음에 걸린 중년 사내가 시키지 않았는데도 절로 주절댔다.

"만약 위에 있는 여인과 일행이라면 걱정 마시오, 아직 손을 대지는 않았으니. 여인을 넘길 테니 그녀를 데리고 조용히 물러난다면 나도 더 이상 상관하지 않겠소. 수하들의 일은 그냥 눈감아……."

중년 사내는 더 이상 말을 이을 수가 없었다. 서생이 한 계단 올라섰기 때문이다.

이대로 당할 수 없다고 생각했는지 중년 사내는 손에 잡힌 검을 더욱 거세게 그러쥐었다.

'이대로 베어버려? 하지만 생각보다 강한 자라면?'

두 가지의 생각이 중년 사내의 머리를 휘저어놓고 있었다. 별거 아닌 것 같이 느껴지는데도 이상하게 검을 뽑으면 오히려 자신이 죽을 것만 같다는 생각이 강하게 들었던 것이다.

이윽고 서생의 입이 떨어졌다. 그는 아직도 무엇이 재밌는지 빙글거리고 있었다.

"아직 재미를 보지 않았다?"

"재, 재미라고 말하기에는……."

"따라와라."

서생은 한마디를 내뱉고 그대로 계단을 올라 중년 사내를 지나쳐 이층으로 올라가기 시작했다. 그 뒷모습을 보고 중년 사내는 더욱 갈등해야 했다. 적을 앞에 두고 등을 보인다는 미친 짓을 하는 것으로 보아 또다시 두 가지 경우가 머리 속을 혼란스럽게 했기 때문이다.

마야의 위기 117

그만큼 자신감이 있다는 것. 그것이 아니라면 일곱 명의 수하를 한꺼번에 처리할 만큼의 실력은 있지만 강호 경험이 없는 초짜라는 것이었다.

'젠장! 어떻게 하지?'

갈등과는 달리 중년 사내는 자신도 모르게 자세를 풀고 서생을 따라가기 시작했다.

"어디냐?"

서생의 물음과 동시에 중년 사내가 앞으로 나가 첫 번째 방문을 열었다.

드르륵!

"여, 여기요."

서생이 그를 지나쳐 방 안을 살폈다. 그리고 비릿한 미소를 지었다. 속옷만 남기고 모두 벗겨진 마야가 비스듬하게 앉아 있는 것이 보였기 때문이다.

서생이 몸을 돌려 중년 사내를 바라보았다.

"꽤나 재미를 볼 시간에 방해를 한 것 같군."

그러면서 서생이 다시 마야를 바라보는데 마야도 서생, 헌원지를 발견하곤 아미를 찡그렸다. 수치심에 못 견디겠다는 그런 표정이었다.

헌원지가 고개를 돌려 방 안을 바라보고 있자 중년 사내가 슬며시 다시 검을 잡았다. 상대는 완전히 무방비 상태, 그것도 완전히 뒤로돌아 방 안에만 신경 쓰고 있지 않은가!

'지금이면……'

그때 서생의 입에서 귀찮은 듯, 그리고 짜증나는 듯한 목소리가 흘러나와 중년 사내를 경직시켰다.

"죽고 싶으면 뽑아라."

순간 중년 사내의 이마에 식은땀이 흘렀다. 실력만 출중한, 경험 없는 애송이가 아니라 진짜 자신감이 있는 고수라는 것을 이번 한마디로 느꼈기 때문이다. 하지만 완전히 무방비 상태의 서생을 검만 뽑으면 바로 벨 수 있는 거리에서 포기하기란 여간 힘든 것이 아니었다. 그것은 중년 사내 자신도 어느 정도의 실력을 자신하고 있었기 때문이다.

하지만 때는 늦었다. 중년 사내가 갈등하고 있는 사이 헌원지가 몸을 돌렸기 때문이다. 이렇게 가까운 거리에서 검을 든 자와 권각을 다루는 자의 우위는 후자였다. 헌원지의 몸에 무기가 없는 것으로 봐서는 권각의 고수임이 분명하다고 판단한 중년 사내가 포기한 듯 검에서 손을 뗐다. 그런데 중년 사내로서는 땅을 치고 후회할 황당한 일이 벌어졌다.

탁!

"크윽!"

헌원지는 상대가 검을 손에 놓자 기다렸다는 듯 손을 뻗어 중년 사내의 목줄을 쥐었다. 중년 사내가 기겁하며 떠듬거렸다.

"왜, 왜 이러시오?"

헌원지가 비소를 흘렸다.

"후후, 멍청한 놈! 차라리 공격을 하지. 나 같으면 공격을 했겠다."

중년 사내가 인상을 찌푸렸다. 이럴 줄 알았으면 차라리 상대의 말처럼 공격을 해보는 것이 나았을 것이다. 괜스레 겁을 먹고 있다가 저항 한 번 못해보고 목을 잡혔으니…….

하지만 억울하다는 생각을 할 만한 시간적 여유는 없었다.

퍽!

목줄이 잡혀 있는 상황에서 상대가 주먹으로 복부를 가격했다.

"헉!"

명치에 재대로 맞았는지 신음도 크게 나오질 않았다. 다음은 목 뒤였다. 본능적으로 배를 가격당하며 고개를 숙였는데, 상대가 목을 잡았던 손을 놓더니 팔꿈치로 뒷목을 찍어버렸다.

퍽!

팔꿈치가 쇠몽둥이라도 되는 모양이었다. 아찔한 기분이 드는 것과 동시에 중년 사내가 바닥에 엎어져 버렸다. 그리고 그 위로 압력이 느껴졌다.

"흐흐. 어때, 후회되지?"

말과 함께 헌원지는 상대를 밟은 발에 더욱 힘을 가하기 시작했다. 그러자 중년 사내의 입에서 고통의 신음이 흘러나왔다.

"흐으으윽! 사, 살려주시오!"

"흐흐, 정말 살고 싶나?"

중년 사내는 필사적으로 고개를 끄덕였다. 그러자 발에 가해지던 힘이 사라져 버렸다. 하지만 그렇다고 해서 중년 사내의 고통이 사라진 것은 아니었다. 일어서지도 못하고 바닥을 기며 온몸에 힘을 주려고 노력해야 했다. 명치와 목을 가격당하니 전신이 물먹은 솜마냥 무겁게 느껴졌던 것이다.

중년 사내가 바닥에서 신음하고 있을 때 헌원지는 마야에게 다가가 혈도를 풀어주었다. 아혈까지 모두 풀어지자 순간 마야가 참았던 서러운 눈물을 흘리며 흐느끼기 시작했다. 옷이 벗겨진 것도 잊은 채 두 손으로 얼굴을 가리고는 서럽게 울었다.

"그만 좀 징징대지 그래?"

"흑흑흑!"

마야는 눈물을 그치지 않았다. 그러자 헌원지가 짜증난 듯 버럭 소리쳤다.

"그러기에 왜 내 말을 안 듣고 나서! 그 정도 실력으로 남의 일에 상관하면 오늘 같은 일은 자주 당할 거다. 내가 있었기에 망정이지."

"너무해. 누구 때문에 그랬는데……. 그리고 난 지아가 바로 도와줄 줄 알았는데……."

"닥치고 옷이나 입어라! 못 봐주겠다."

그제야 마야가 화들짝 놀라며 눈물 범벅이 된 얼굴을 닦으며 주섬주섬 옷을 입기 시작했다. 그러면서도 홍당무처럼 붉어진 얼굴로 헌원지를 향해 창피한 듯 말했다.

"보, 보지 마!"

그러자 아무런 생각 없이 마야를 보고 있던 헌원지가 헛기침을 몇 번하더니 고개를 돌렸다. 그때까지 중년 사내는 바닥에 반쯤 엎드려 있는 상태였다. 헌원지가 그를 향해 걸어가 멱살을 잡고 일으켰다.

"가만 생각해 보니 안 되겠다."

중년 사내가 힘겹게 헌원지의 손에 일으켜지며 경악했다.

"무, 무슨 소리요?"

"이 일을 아는 사람이 없으니 너만 조용해지면 될 것 같거든."

"오늘 일에 대해서는 함구하겠소! 그러니 제발!"

"흐흐흐, 난 사람을 믿지 않지. 특히 너 같은 놈은 더 더욱!"

음침한 미소를 흘리며 하는 헌원지의 말에 중년 사내의 표정에 절망감이 드러났다. 하지만 헌원지는 그에 상관하지 않고 손을 번쩍 치켜들었다.

"고통없이 죽여주지."

막 손이 중년 사내의 머리를 가격하려 할 때 계단에서 다급한 외침이 들렸다.

"멈추시오!"

순간 헌원지가 인상을 찌푸리며 소리가 들리는 쪽을 바라보았다. 거기에는 백의사내가 서 있었다. 헌원지가 고개를 갸웃거렸다.

"널 괴롭힌 놈을 죽여주는데 반가워해야지 왜 말리나?"

"이곳에서 흑사방을 건드리면 상당히 곤란한 일들이 일어날 것이오."

헌원지가 피식 웃었다.

"그럴 수도 있겠군."

말과 함께 그가 중년 사내를 보며 물었다.

"묻는 말에 거짓없이 대답하면 바로 놓아주지."

그 말에 희망이 담긴 표정으로 중년 사내가 고개를 끄덕였다. 그와 함께 헌원지의 물음이 시작되었다.

"오늘 이 술집에 왜 장사를 안 하지? 꽤 큰 술집인 것 같은데 이 시간쯤이면 손님들이 있어야 할 것이 아닌가?"

"이 술집은 우리 흑사방이 운영하는 곳입니다. 내부 수리를 위해 며칠 장사를 하지 않고 있었죠."

"그럼 너와 네 수하들은?"

"방주님께서 금주령을 내린 덕분에……."

"흐음, 그럼 몰래 술을 마시기 위해 여기에 있었다는 말이로군."

"그, 그렇습니다."

"그럼 이곳에 사람들이 잘 오지 않겠군?"

"우리 흑사방의 무사들이 아니면 이틀 동안은 오지 않을 겁니다. 이틀 후에야 수리가 시작되거든요."

그 말을 듣고 있던 헌원지가 백의사내를 바라보았다.

"어때?"

"……?"

"지금 이 녀석을 죽여도 아무런 문제가 없겠지?"

그러자 중년 사내가 원망스러운 듯 두 눈을 부릅떴다.

"사, 살려준다고 하지 않았소?"

"흐흐흐, 널 죽여도 아무런 증거가 없는데 왜 살려줘야 하나? 게다가 사람들이 올 때쯤이면 난 이미 이곳에서 멀리 떠난 후거든."

"이 자식이!"

중년 사내는 급히 손을 움직여 검을 잡았다. 하지만 그것은 헛된 동작일 뿐. 손잡이를 잡기도 전에 헌원지의 손이 그의 머리를 가격했다.

탁!

그리 크지 않은 소리가 이상하게 기분 나쁘게 복도를 울렸다.

"고맙습니다. 이 은혜는 잊지 않겠습니다."

백의사내의 말에 헌원지가 심드렁하게 대꾸했다.

"운 좋은 줄 알아."

귀에 거슬리는 하대였지만 은인에게 함부로 할 수 없었기에 백의사내는 헌원지를 멍하니 바라볼 수밖에 없었다. 그러자 헌원지가 한쪽에 아직도 울먹이며 서 있는 마야를 가리켰다.

"저 녀석 버릇을 가르쳐 주기 위해 나선 것뿐, 넌 덤이었어. 그러니 고마워할 필요도, 오늘 있었던 일을 기억할 필요도 없다. 그냥 잊어버려."

하지만 어쨌든 헌원지 덕택에 죽은 목숨이 살아난 것은 변함이 없었다. 은근히 기분이 나쁜 백의사내였지만 정중하게 포권을 했다.

"그렇게 말씀하시면 따르겠습니다. 하지만 이곳을 벗어날 때까지는 모습을 최대한 드러내지 않는 것이 좋을 겁니다. 많은 사람들이 저 소저와 저를 끌고 이 술집으로 들어오는 것을 봤으니까요. 뭐, 이틀 동안은 문제없겠지만……. 그대도 조심하십시오. 그럼 저는 이만."

그가 뒷문으로 술집을 빠져나가자 헌원지도 자리에서 일어서며 마야에게 말했다.

"우리도 가자. 오래 있다가 혹시 사람들 눈에 띄면 골치 아픈 일만 생길 테니까."

그러면서 그는 마야에게 신경도 쓰지 않고 백의사내가 나간 뒷문을 향해 걸어갔다. 그때 등 뒤에서 갑자기 마야가 달려오더니 헌원지를 와락 안아버렸다.

그녀의 갑작스런 행동에 헌원지는 인상을 썼지만 뒤에서 조용한 마야의 목소리 때문에 다른 말을 할 수가 없었다.

"고마워, 날 지켜줘서……."

헌원지는 한참 동안 그 자리에 서서 난감한 표정을 지어야 했다. 그리고 마야가 더욱 등 뒤로 파고들려 할 때 어색한 기침을 내뱉으며 그녀를 뿌리쳤다.

"앞으로 그딴 자존심 좀 버려."

한마디를 툭 내뱉고 나가 버리는 헌원지였다.

그 뒷모습을 보며 마야가 살짝 미소를 지었다. 목 뒤로 붉어진 살결이 눈에 들어왔기 때문이다. 아마 얼굴을 더욱 붉어졌을 거라 생각한 그녀는 헌원지가 사라지고서야 부랴부랴 그를 따라 나갔다.

제10장
애뇌사호

나이가 제일 많아 보이는 자는 강한 인상을 주고 있었다. 저 옛날 항우도 부러워할 만한 덩치에 거대한 부월을 허리에 매고, 수염은 장비의 호랑이 수염이었다.

"이분이 대형 막충이라고 합니다."

고정의 말에 막충이라 불린 자가 고개만 약간 숙여 보였다. 행동으로 보아 말을 상당히 아끼는 자이거나, 앞에 있는 헌원지와 마야가 별로 마음에 들지 않거나 둘 중 하나인 것 같았다.

다음으로 소개된 자는 해골이라 불리어도 전혀 어색하지 않은 자였다. 말 그대로 빗자루에 옷 한 벌 걸쳐 놓은 느낌이 들 정도랄까? 그는 양 허리에 검날이 일 척 정도의 단검이 걸려 있었다.

"이분은 이형 고진붕이라고 합니다."

소개와 함께 고진붕이라는 자가 활짝 웃으며 '우리가 안전하게 모실

애뇌사호 125

테니 염려 붙들어매십시오.' 라며 가는 목소리로 입을 열었다. 생긴 것과는 달리 제법 서글서글한 성격인 모양이다. 대형 막충과 성격을 바꾼다면 딱 어울릴 것 같았다. 다음은 막내이자 애뇌사호의 유일한 홍일점인 진주화라는 여인이었다. 그녀는 그리 예쁘지도, 그렇다고 박색하지도 않은 평범한 외모였다. 인상적인 것은 허리에 거대한 도를 차고 있다는 것이었다. 여인임에도 도를 쓰는 모양이었다.

애뇌사호의 소개가 끝나자 고정이 헌원지와 마야를 소개하려 했다. 하지만 생각해 보니 이름조차 묻지 않았다는 것을 알고 쑥스럽게 물었다.

"성함이 어떻게 되십니까?"

"헌영! 그리고 내 동생은 헌야라고 합니다."

"헌야……."

고정은 마야의 얼굴을 힐끔 바라보더니 이름을 작은 소리로 되새겼다. 그러자 이형인 고진붕이 고정을 한 번 툭 친 후 헌원지에게 당부했다.

"내일 새벽 유시 초(酉時初)에 선안 동쪽으로 오십시오. 거기에 대나무 숲이 있고 그 앞에 사자상 하나가 세워져 있을 겁니다. 거기에서 기다리고 있겠습니다."

"일찍 가면 우리야 좋지만 너무 이른 거 아니오?"

헌원지의 말에 이번에는 진주화가 말했다.

"거기에서도 애뇌산 초입까지 한 시진 반은 걸어가야 해요. 그러니 조금 이르더라도 일찍 가는 것이 더 좋죠. 그쪽이 무공을 익혔다면야 상관없겠지만 그렇지 않다고 하니 일부러 시간을 일찍 잡은 겁니다."

"그렇다면 어쩔 수 없겠군. 알겠소, 시간 맞춰서 나가도록 하지요."

그러자 고정이 마지막으로 걱정스러운 듯 덧붙였다.

"혹시 술이라도 마시고 싶다면 나가지 말고 여기에서 마시십시오."

헌원지가 고개를 갸웃거렸다.

"왜 그러시오?"

"좀 전에 살인 사건이 나서 거리가 조금 스산합니다. 그러니 괜히 돌아다니다가 휘말리면 골치 아프죠."

"살인 사건?"

"네. 이곳에 흑사방이라고 있는데, 거기의 대주가 여기에서 좀 떨어진 술집에서 시체로 발견되었답니다. 어제부터 안 보이기에 수소문을 해서 찾은 모양인데, 시체로 발견되었으니……. 그것 때문에 흑사방에서 검문을 하는 모양입니다."

"누구 짓인지는 아직 안 밝혀진 모양이오?"

"시체의 상태로 봐서는 무공 실력이 상당한 자의 소행 같다고 하더군요. 아무튼 무기를 든 무사들이 거리를 활보하고 있으니 그냥 여기에서 머무는 것이 좋을 겁니다."

헌원지가 약간의 흥미를 드러냈다. 자신이 한 일이었으니 당연했다.

"고 소협이 생각하기에 범인은 누구인 것 같습니까?"

그 말에 고진붕이 고개를 저었다.

"그야 우리도 모르죠. 아마 흑사방을 견제하는 다른 문파의 소행이 아닐까 추측하고는 있지만. 오다가 아는 흑사방 무사에게 물어보니 그런 쪽으로 수사를 진행하는 것 같았습니다. 그래도 조금 회의적인 생각을 가지고 있더군요."

말과 함께 고진붕이 웃었다.

"살인을 해놓고 선안에 가만있을 바보가 어딨겠습니까? 벌써 도망가도 멀리 도망갔겠죠. 소문에 의하면 낮에 여인 한 명과 백의를 입은 무사가 시비가 붙어 술집을 끌려갔다는 것 같던데……."

그때 묵묵히 듣고 있던 대형 막충이 처음으로 입을 열었다.

"쓸데없는 말로 피곤하게 하지 말고 가자!"

"……!"

그 말에 남은 세 명의 애뇌사호는 아무 대꾸도 하지 못하고 그를 따라 방을 나가 버렸다. 그러자 마야가 걱정스러운 듯 물었다.

"차라리 약속 장소에 지금 가서 새벽까지 기다리는 게 좋지 않을까?"

"훗, 저들 말 못 들었어? 고진붕이라는 자의 말대로 범인은 멀리 도망갔을 거라고 생각할 것이 뻔하니, 형식적인 검문만 할 거다. 우리를 의심할 사람들은 없지. 너만 이 방에서 얼굴을 드러내지 않으면 아무도 몰라."

"그래도 걱정되는데……."

"그런 생각하지 말고 잠이나 자둬."

말과 함께 헌원지는 자신의 방으로 가버렸다.

헌원지의 예상대로 아무 일도 일어나지 않았다. 다만 새벽인데도 불구하고 흑사방의 무사들이 거리를 배회하고 있어 드러내 놓고 선안을 빠져나가기에는 조금 무리가 있어 보였다. 검문이 있다 하더라도 상관은 없었지만 혹시나 했던 것이다.

헌원지는 마야와 함께 낮에 샀던 경장을 입고 조용히 경공술을 펼쳤다. 건물 지붕과 지붕 사이를 도약하며 선안을 빠져나와 약속 장소로 걸음을 재촉하자 고정의 말대로 대나무 숲이 보이고 그 앞 공터에 색이 바랜 사자상 하나가 눈에 들어왔다. 그 주위로 네 명의 인영이 보이자 헌원지가 입을 열었다.

"애뇌사호?"

그러자 고정이 달빛 아래로 모습을 드러냈다.

"일찍 오셨군요. 애뇌산 초입까지 당도하려면 빨리 출발하는 것이 좋습니다."

말과 함께 애뇌사호가 앞서고 헌원지와 마야가 뒤를 따랐다.

*　　*　　*

"쳐랏!"

내공이 실린 폭풍 같은 일갈과 함께 모용제성은 선두에서 중무장한 반란군을 향해 먼저 달려나갔다. 그 뒤로 사백여 명의 모용세가 무사들이 뒤를 따르고, 그 뒤를 다시 관군들이 따라 달렸다.

"와아아!"

거대한 함성과 수천의 관군이 내달리는 모습은 장관이었다. 사기는 하늘을 찌를 수밖에 없었다. 며칠간의 압박. 모용제성의 계획으로 제대로 된 공격보다는 치고 빠지기 식의 공격을 반복하며 반란군들의 전의를 상실하게 한 다음 오늘을 결전의 날로 삼았으니 당연했다.

그간 당했던 복수를 하려는 듯, 그리고 선두에는 무공을 익힌 무사들이 방패막이가 되어주고 있으니 관군들은 신이 난 듯 함성을 지르며 사기가 충천되고 있었다. 그들이 치고 들어오자 반대편 절벽을 끼고 있던 일천여 명의 반란군들이 일제히 화살을 쏘아대기 시작했다.

태태탱!

모용제성은 허공을 가르고 자신에서 쏟아져 오는 화살을 검으로 튕겨내며 속도를 줄이지 않았다. 그것은 그를 따르는 사백여 명의 모용세가 무사들 또한 마찬가지였다. 워낙 많은 화살이 쏟아지는 덕에 약간의 사상자가 나고는 있었지만 전투 양상이 뒤바뀔 정도는 아니었던 것이다.

잠깐 사이에 화살비가 그치고 지척까지 다가온 모용세가의 무사들을 향해 반란군들도 무기를 들고 부딪치기 시작했다.

채채챙!

쏴아악!

"크악!"

모용제성은 급히 자신을 향해 내지르는 세 개의 창을 검으로 쳐낸 후, 그중 한 명을 향해 위에서 아래로 검을 베어나갔다. 번뜩이는 검광(劍光) 속에서 한 사내가 두 토막 나며 피를 뿌렸다.

초반 격돌은 모용세가의 승리였다. 반란군 선두에서 모용세가와 정면으로 부딪친 자들이 집단 베어지듯 쓰러지고 있었다. 하지만 전투의 양상은 잠시 후 다시 팽팽하게 균형을 잡아가기 시작했다. 긴 창에 중무장한 병사들이 오랜 시간 동안 손발을 맞춘 듯 전투 대형을 유지하며 대응해 오자 무공을 익혔다지만 전쟁술에 약점을 보이는 모용세가의 무사들이 제대로 뚫고 들어가기가 힘들었던 탓이다.

하지만 아무리 반란군들이 군부에서 오랜 시간 집단전을 위주로 훈련했다고는 하나, 인간의 한계를 넘어선 힘을 발휘하는 무인들에게 서서히 밀릴 수밖에 없었다. 결국 누군가가 퇴각 명령을 내리자 썰물 빠지듯 물러나기 시작했다.

"어딜!"

모용제성은 반란군 한 명의 배에 검을 쑤셔 박으며 가소로운 듯 외쳤다.

"한 놈도 남김없이 추살하라!"

명과 함께 스스로 반란군들을 쫓던 그가 서서히 속도를 줄이며 뒤처지기 시작했다. 더 이상 나설 필요를 못 느꼈기 때문이다. 이미 전세가 기울어져 후퇴하는 반란군에게는 자신이 빠진다 한들, 또 계속 무위를 자랑한들 무슨 큰 영향을 미치겠는가. 뒤로 빠져 흘러가는 전투 양상을 전체적으로 지휘할 생각이었던 모용제성은 모용세가의 무사들 뒤로 빠지고, 모용세가의 무사들을 뒤따르는 관군들 틈에서도 서서히 처지기 시작했다.

그런데 문제가 발생했다.

묘용세가와 관군이 적들을 추살하기 위해 일 리 정도를 달렸을 때였다. 모용제성의 눈에 절벽 두 개가 눈에 들어왔다. 반란군들이 퇴각하는 길 앞쪽에 솟아 있는 두 개의 절벽이 수상하게 보였다.

'신중해서 나쁠 것은 없지.'

생각과 함께 그가 외쳤다.

"추격을 멈춰라!"

그런데 갑자기 뒤쪽 나무숲에서 함성이 일어났다.

순간 모용제성의 표정이 핼쑥해졌다. 함성이 들리는 쪽을 바라보자 반란군의 것이 분명했기 때문이다. 하지만 정작 그를 난감하게 한 것은 반란군들의 수와 실력이었다. 사백여 명 정도가 되는 중무장을 한 병사들의 무공 실력이 상당했던 것이다.

모용세가의 무사들은 앞쪽에 적들을 추격하고 있었다. 뒤에는 관군들이 있었으니 당연히 관군들의 피해가 극심할 수밖에 없었다. 숲을 뛰쳐나올 때부터 괴이한 화살을 쏘아대며 관군들을 쓰러뜨리더니 지척까지 다다라 무기를 뽑아 관군들을 베어 넘기기 시작했다.

"빌어먹을!"

욕지거리와 함께 모용제성이 외쳤다.

"전투 대형을 유지해라!"

하지만 그의 외침에도 불구하고 제대로 된 대형 유지는 힘들었다. 관군들이 내몰리며 도망치듯 앞으로 쏟아져 나가기 시작했기 때문이다. 승냥이에게 내몰린 양 떼처럼 죽지 않으려 발악을 하며 앞으로 도망치기 시작했다. 그러니 일순 추격을 포기했던 모용세가의 무사들이 그에 밀려 다시 앞으로 나아갈 수밖에 없었다. 게다가 도주하던 앞의 반란군들이 뒤돌아 다시 공격해 오기 시작하니 앞뒤로 적을 맞게 된 격이 되었다.

'이렇게 되면 어쩔 수 없지!'

모용제성으로서는 선택의 여지가 없었다. 비교적 무너뜨리기 쉬운 앞의 반란군을 처리한 후 뒤돌아 공격하는 수밖에! 그때까지 관군들이 상당한 피해를 입겠지만 그의 생각대로 어쩔 수 없는 일이었다.

"공격!"

말과 함께 잠시 멈췄던 대형이 다시 움직였다. 관군들은 뒤로 밀고 들어오는 반란군을 막으며 후퇴하고, 모용세가의 무사들은 앞으로 나아가며 공격하는 형상을 유지하기 시작했다.

하지만 문제는 그것으로 그치지 않았다. 모용제성까지 다시 선두에 서며 반란군을 죽여 나가길 일각쯤 했을까? 관군과 모용세가의 무사들의 위치가 처음 수상하게 보였던 절벽 밑으로까지 도착했을 때, 갑자기 무언가 터지는 소리가 들렸다.

콰콰콰쾅!

순간 모용제성은 '아차' 하며 지형을 살폈다. 그때까지 적을 죽이는 데 열을 올리고 있어 상황 파악을 제대로 하지 못했기 때문이다.

"모두 절벽으로 붙어!"

모용제성은 말과 함께 먼저 몸을 날렸다. 굉음과 함께 양쪽에 솟아 있는 절벽이 무너져 내리기 시작했기 때문이다. 앞뒤로 반란군들이 막고 있으니 피할 곳은 결국 절벽밖에 없었다. 하지만 그 많은 인원이 절벽에 달라붙을 수는 없는 일. 무섭게 떨어져 내리는 바위에 깔려 죽는 관군은 수를 헤아릴 수가 없었고, 무공을 익힌 모용세가의 무사들은 그나마 나았지만 그들 역시 하늘 전체가 무너져 내리는 듯한 바위 공격에는 완전히 벗어날 수 없었다.

그 후 전투는 완전히 역전되어 버렸다. 바위틈에서 운 좋게 살아남은 관군과 모용세가의 무사들이 하나둘씩 몸을 일으키자 대기하고 있던 반란군들이 사냥을 하듯 휘몰아쳐 왔기 때문이다. 그리고 모용제성도 예외일 순 없었다.

팍!

절벽에 기대어 있는 반 장 높이의 바위를 내력을 이용해 밀어버린 모용제성이 몸을 솟구쳤다. 그러자 주위에서 거의 학살하다시피 관군과 모용세가의 무사들을 도륙 내고 있던 반란군들 몇 명이 그에게로 몰려들었다.

모용제성은 급히 주위를 둘러보았다. 관군들은 변변한 저항 한 번 못하고 있었고, 대부분 부상자들이었다. 자신이 이끌고 온 모용세가의 고수들은 그나마 나았지만 그들에게는 무공을 익힌 반란군들이 붙어 있어 얼마 버티지 못할 것이 분명했다.

"퇴각해라!"

본능적으로 외쳤지만 이런 집단전에서 퇴각하기 위해서는 무리를 이루어야 가능했다. 자신 또한 달려드는 적병을 뿌리치기 위해 제대로 걸음도 떼지 못하고 있지 않은가. 막아주고 받쳐 줄 인원이 모일 기회가 전혀 만들어지지 않았다.

슈캭!

모용제성은 진기를 끌어올려 좌에서 우로 검을 내질렀다. 그러자 반 장 길이의 푸른 검기가 일어나며 달려드는 세 명의 반란군을 무기와 함께 토막 내버렸다.

수천 명이 이루는 전투에서는 내력을 제대로 사용할 수가 없게 된다. 사용한다 하더라도 밀집된 곳에서 검기나 검강을 쓰게 되면 같은 편도 다칠 수 있기 때문에 자제를 해야 하는 것이다. 하지만 지금 상황은 걸리는 것이 모두 적병이었다.

모용제성은 내력을 있는 대로 끌어올려 그간 참아왔던 분노와 수하들의 죽음에 대한 원한을 터뜨려 반란군을 죽여 나가기 시작했다. 미친 듯 휘두르는 검끝에 걸리는 반란군이 이십여 명쯤 죽어나갔을 때였다. 무공을 익힌 반란군 십여 명이 달려들기 시작했다.

꽤나 힘든 싸움을 치른 데다 분노와 원한으로 이성을 잃은 모용제성은 이미 목숨을 포기하고 있었다. 그런 그에게 반란군들은 오히려 그 주위를 둘러쌀 뿐 감히 다가들지 못했다. 그때 묵직한 목소리가 울렸다.

"비켜라!"

모용제성은 검을 휘두르다 그 목소리에 움직임을 멈추고 소리가 들리는 쪽으로 고개를 돌렸다. 그러자 목소리와 함께 모용제성을 둘러싸고 있던 반란군들이 고개를 숙이며 포위를 풀기 시작했고, 한 사내가 모습을 드러냈다.

　검은 갑주에 검은 투구!

　얼굴도 알아볼 수 없게 투구 앞에는 안면 보호대까지 차고 있는 두 눈만 보이는 사내였다. 온몸이 무거운 갑옷으로 둘러쳐진 사내는 범상치 않아 보였다. 모용제성은 한눈에 이자가 반란군의 수장, 태진극이라는 것을 알 수 있었다.

　"태진극이냐?"

　두 눈만 드러난 투구와 안면 보호대가 까딱거렸다. 그 후 안면 보호대 안에서 묵직한 물음이 흘러나왔다.

　"그대가 모용세가에서 왔다는 소리는 들었다. 수백 리 떨어진 곳에서 왜 여기까지 와 우리에게 검을 겨누는 것인가? 관을 위해 수많은 수하들의 목숨을 내줄 정도로 은혜를 입은 것인가?"

　"닥쳐라!"

　"……!"

　"반란도의 말을 듣고 싶지는 않다! 나는 여기에서 죽을 뿐. 여러 말하지 말고 덤벼라!"

　그 말에 안면 보호대 위로 드러난 눈빛이 차가워졌다.

　"한 가지만 말하지. 우리는 살기 위해 저항할 뿐 반란군도, 덧없는 이상을 위해 목숨을 거는 영웅도 아니다. 너는 적장에 대한 예우로 풀어주겠으니 가라. 가서 관군을 지휘하는 자에게 전하라. 먼저 공격하지 않으면 우리도 조용히, 그리고 미련없이 떠나겠노라고."

　하지만 모용제성은 그러지 않았다. 검에 모든 내력을 뿜어내며 태직극을 향해 빠르게 쏘아져 나갔다. 그러자 태직극의 입에서 안타까운 듯한 중얼거림이 흘러나왔다.
"어쩔 수 없구나."
말과 함께 태진극의 묵직한 장군검이 푸른빛을 발했다.

*　　　*　　　*

"어쩐 일인가?"
헌원지 일행이 애뇌산에 당도하자 초입을 지키고 있던 포쾌 한 명이 애뇌사호를 알아보고 물음을 던졌다.
반란군이 있기는 있는 모양. 초입에는 이십여 명의 관군과 세 명의 포쾌가 사람들의 진입을 막기 위해 지키고 있는 중이었다.
"길 안내를 맡았습니다."
고정이 나서며 대답하자 포쾌가 애뇌사호와 함께 있는 헌원지와 마야를 바라보았다. 그리고는 슬며시 고개를 저었다.
"오늘은 안 되니 돌아가게. 지금 애뇌산은 상당히 위험해."
그 말에 고정이 슬며시 미소를 짓더니 포쾌의 팔을 잡아끌었다. 그는 조금 떨어진 나무 밑으로 포쾌를 데리고 갔다. 그리고 서운하다는 듯한 목소리.
"이거 왜 이러십니까? 하루 이틀 장사하는 것도 아니고."
말과 함께 그가 품속에서 동전 몇 개를 꺼내 포쾌의 품속으로 쑤셔 넣듯 집어넣었다. 그러자 포쾌가 주위를 두리번거리더니 난감하다는 표정. 하지만 입가에 걸린 미소를 감추지는 못하고 볼멘소리를 해댔다.
"아아, 이러면 안 되는데……. 들키면 내가 곤란해진단 말일세."

"안 되긴요. 적지만 이걸로 오늘 목이나 축이십시오. 나중에 따로 장 포쾌님, 지 포쾌님과 함께 술자리를 마련하겠습니다."

"아, 진짜 이러면 안 되는데……."

그러면서도 수긍의 뜻으로 당부의 말을 잊지 않았다.

"오늘 아침부터 대대적인 반란군 토벌이 있을 거라는 소문을 들었으니 조심하게. 그리고 혹시 관군과 마주치면 절대 내가 통과시켜 줬다는 말은 하지 말고."

고정이 미소를 지었다.

"그럼요. 저흰 분명히 다른 길로 애뇌산에 들어간 겁니다. 절대 이쪽으로 통과하지는 않았죠."

"그럼 됐네."

말과 함께 포쾌가 주위를 향해 외쳤다.

"관의 협조를 받은 자들이니 통과시켜라!"

그 말과 함께 헌원지 일행의 애뇌산 진입은 별문제없이 이루어졌다.

제11장
천투

 애호산에 들어선 지 한 시진이 흘러가고 있었다. 새벽부터 선안을 빠져나왔기에 아직도 해는 중천에 다가서지 못하고 있었다.
 수를 헤아릴 수 없는 거친 절벽들이 우뚝우뚝 솟아나 있고, 종을 알 수 없는 고목나무와 들풀들이 앞을 가로막고 있어 좀체 걸음을 빨리하기 힘들 수밖에 없었다. 다행인 것은 고정의 말처럼 애뇌사호가 애뇌산의 지리를 정확히 알고 있는 듯 그나마 완만한 길로 가고 있다는 것, 그리고 병풍처럼 솟아 있는 절벽과 그에 조화를 이루는 푸른 나무들이 눈을 즐겁게 해준다는 것이었다. 하늘에 닿을 듯한 봉우리와 그에 걸린 안개와 구름 또한 장관이라고 할 수 있었다.
 "좀 쉬었다 갈까요?"
 절벽 몇 개를 지나치고 경사가 급한 숲 정상에 올랐을 때 고정이 입을 열었다. 무인에게는 크게 힘든 길이 아니었지만 미아와 현원지가 무공을 익히지 않았다고 하니 걱정되어 건넨 말이었다. 특히 헌원지보다는 마야에게 신경을 쓰고 있는 고정이었다. 하지만 마야는 그에 대답하지 않았다. 그녀는 은근히 고정을 무시까지 하고 있었다. 그가 간간이 어색한 분위기를 바꾸려 말을 걸어올 때면 대답없이 헌원지에게 붙을 뿐이었다. 그것이 못내 아쉬운 고정이었지만 어쩔 수 있나.

고정의 물음에 한참 후에게 헌원지가 대답했다.

"저기가 좋겠소."

헌원지는 앞이 탁 트인 내리막을 가리켰다. 그곳에 숲이 끝나고 쉴만한 공터가 자리잡고 있었다. 그의 말에 고진붕이 넉살 좋은 표정으로 고개를 끄덕였다.

식사는 애뇌사호가 준비한 육포가 개인당 두 개씩, 어른 두 주먹 크기의 만두가 하나씩 돌아갔다. 역시 마야에게는 고정이 건네주었다.

"맛있게 드십시오."

활짝 웃으며 건넨 음식이었지만 마야는 그것을 받아 쥐더니 곧바로 헌원지에게 먼저 주었다. 그 모습에 고정이 무안한 듯 얼굴을 붉히자 헌원지가 재밌다는 듯 피식 웃었다.

"내 동생이 원래 사람 대하는 것을 싫어하니 신경 쓰지 마시오."

"그, 그렇습니까?"

자신이 싫다는 소리는 아니었으니 다행이라 생각한 고정은 그나마 어색한 표정을 조금 풀 수 있었다. 그리고는 급히 짐 속에서 육포와 만두를 꺼내 마야에게 내밀었다. 이번에는 마야가 음식을 받아먹기 시작하자 고정도 기분 좋은 듯한 표정을 짓더니 머리를 슬며시 긁으며 동료들에게 다가가 식사를 시작했다.

"그런데 같이 먹으면 좋을 텐데 왜 따로 무리를 갈라서 먹습니까?"

고정이 마야와 같이 식사를 못하게 된 것이 아쉬운 듯 묻자 막내인 진주화가 나직이 대답했다.

"이상한 점이 있어서 조금 경계하는 것뿐이에요."

"뭐가?"

"무공을 모른다고 했죠?"

"그랬지."

"그런데 여기까지 오는 동안 별로 지친 기색이 아니잖아요. 그리고 오누이 둘이서 여행하는 것도 수상하고. 그리고 가장 중요한 것은 오누이 사이가 아닌 것 같은 분위기죠."

고정이 인상을 썼다.

"설마?"

"아니에요. 이건 제 직감인데 오누이가 아닌, 분명 무슨 사연이 있는 사람들일 거예요."

그녀의 말에 고정도 이상한 점이 있었던지 힐끔 고개를 돌려 헌원지와 마야를 바라보았다. 그때 마야와 눈이 마주친 고정이 휙 하니 고개를 제자리에 돌려놓았다. 고진붕이 그런 고정을 보며 빈정거렸다.

"단단히 빠졌군. 사실 저 소저와 같이 마주 앉아서 식사하고 싶어서 그런 것 아니냐?"

"내, 내가 무슨……."

"하하, 말 안 해도 알 수 있지. 두 냥밖에 못 받으면서도 이번 일을 꼭 맡아야 한다고 우길 때부터 수상했어. 하지만 저 오누이라는 자들의 행동이 의심스러운 것은 어쩔 수 없으니 주의는 해야 할 거다. 뭐, 우리야 돈 받고 무사히 애뇌산을 빠져나갈 때까지 안내만 해주면 상관할 바는 없겠지만."

그러자 대형 막충이 무뚝뚝하게 입을 열었다.

"시답잖은 소리 말고 밥이나 빨리 먹어라. 갈 길이 멀다."

식사 시간은 그리 길지 않았다. 막충의 말대로 갈 길이 멀었기에 한곳에서 오랜 시간 지체할 수 없었기 때문이다. 일각이라는 식사 시간을 끝으로 일행은 다시 걸음을 재촉했다.

"여기서부터 저 봉우리를 넘어야 합니다."

반 시진을 걷고 나서 고진붕 앞을 가로막는 산을 가리켰다. 산이라기보다는 손오공의 여의봉 같은 일자형의 절벽이었다. 우뚝 솟아 있는 봉우리가 자못 위세 등등했지만 다행히 절벽을 둘러 사람 두세 명 정도는 지나갈 수 있는 길이 나 있었다.

"저 절벽 정상에 다리 하나가 있습니다. 그 다리를 건너면 지네봉인데, 거기에서 아래로 내려가 북쪽으로 삼십 리 정도를 더 가면 천산봉이 나옵니다."

"절벽이 꽤 높군요. 발을 헛디디면 끝이겠군."

헌원지는 구름에 가려 보이지 않는 산 정상에 시선을 두었다. 그러자 고정이 피식 웃었다.

"여기에서부터는 육체적인 고통이 따르죠. 하지만 다리를 건너 지네봉을 내려간 후에는 독충과 독사들이 우글대는 곳이니 위험하기는 그곳이 더합니다. 단단히 마음먹어야 할 겁니다."

말과 함께 그가 앞장서 길을 열고, 그 뒤로 애뇌사호의 막내 진주화가 따랐다. 그리고 마야, 헌원지, 마지막 고진붕과 막충이 뒤를 이었다. 마야와 헌원지를 보호하기 위한 대형이었다. 혹시 몰라 밧줄을 마야와 헌원지의 허리에 묶은 다음 고진붕과 진주화가 앞뒤로 잡고 산을 탔다. 떨어질 때를 대비해서였다.

절벽 정산까지 오르는 데 다시 한 시진이라는 시간이 걸렸다. 그리고 해가 중천에 올라 있었다.

다리를 반 넘어 건너고 있을 때 마야가 처음으로 감탄하며 입을 열었다.

"끝이 있을까?"

깊고 깊은 절벽 밑은 아무것도 보이지 않았다. 그녀는 다리 밑을 바라보고 있었다.

아래에서부터 타고 올라오는 거센 바람이 다리를 흔들 정도라 보통 사람이라면 쳐다보지도 못할 것이 분명했다.

"어딘가에는 끝이 있겠지."

헌원지는 말을 툭 내뱉고는 갑자기 걸음을 멈춰 세웠다. 그러자 뒤따라오던 고진붕과 막충이 멈춰 섰고, 연결된 줄 때문에 더 이상 갈 수 없게 된 마야, 마야의 허리에 매여 있는 줄을 잡고 있던 진주화가 걸음을 멈췄다. 사실 가장 먼저 멈춘 것은 고정이었다. 갑자기 다리 건너편 절벽에서 발자국 소리가 들렸기 때문이다.

고정이 긴장감을 드러내며 재빨리 외쳤다.

"빨리!"

그는 일행을 돌아보지도 않고 경공술을 펼쳐 빠르게 쏘아져 나갔다. 그 후 다리를 등지고 검을 뽑아 들어 경계를 했다. 혹시 적이라고 판단되는 자들이 나타나게 된다면 다리에 있는 것은 최악의 상황이 되기 때문이다.

그가 다리를 건너자 진주화를 선두로 헌원지 일행 또한 걸음을 두 배로 해 다리를 건널 수 있었다. 헌원지와 마야를 제외하고 모두들 무기를 뽑아 들었다. 잠시 후 나무숲 저편에서 발자국 소리가 점점 더 가까워지더니 이십여 명의 중무장한 사내들이 장창을 들고 모습을 드러냈다.

애뇌사호의 표정에 절망감이 어렸다. 복장을 보아 관군이 아니었기 때문이다. 관군이 아닌데 무장한 병사들이란 반란군을 뜻하고 있었다.

선두에 있던 사내가 헌원지 일행을 발견하고는 적의를 드러내며 달려들기 시작했다.

"쳐라!"

그의 외침과 함께 이십여 명의 병사가 일제히 창을 앞으로 세우고 달려왔다.

"이런 젠장!"

고진붕이 욕지거리와 허리에 찬 단검을 양손에 뽑아 쥐더니 앞으로 쏘아져 나갔다. 그 옆으로 고정이 달렸고, 양 옆으로 비스듬하게 진주화가 거대한 도를 들고, 막충이 부월을 들고 따라 달렸다.

채채챙!

고진붕의 단검이 찔러 들어오는 장창 몇 개를 옆으로 흘려내며 반란군의 중앙으로 섞여들었다. 장창은 거리를 벌린 상태에서는 유리하다. 하지만 근접전에서는 상당한 허점을 드러내는 불리함이 있었다. 고진붕은 그것을 이용하려 했다.

고정은 일반적인 검수들이 사용하는 방법을 자랑했다. 찔러오는 창을 힘으로 쳐내고 각술을 펼치거나 아니면 창을 피한 후 빈틈을 노렸다.

가장 강력한 힘을 자랑하는 자는 바로 여인인 진주화였다. 그녀의 거대한 도가 한 번씩 휘저어질 때마다 무사할 수 있는 반란군은 없었다.

대형 막충은 건성으로 반란군을 상대했다. 그는 가장 뒤에 처져 있었다. 하지만 그것이 실력이 떨어져서라기보다는 오히려 반대였다. 그는 세 명의 애뇌사호를 뚫고 오는 반란군을 처리해야 했기 때문이다. 그것은 그가 헌원지와 마야를 안전하게 지키기 위한 마지막 방어선이 되기 위해서였다.

반란군과의 대결은 치열하다기보다는 일방적으로 애뇌사호 쪽으로 유리하게 흘러가고 있었다. 지켜보던 헌원지가 외외라는 표정을 지었다. 애뇌사호의 실력이 절정까지는 아니더라도 용병 일을 하고 살기에는 아까울 정도로 뛰어난 실력을 겸비하고 있었던 것이다. 특히 헌원지가 눈여겨본 것은 막충이었다. 그의 움직임에는 여유가 있었고, 실제로 세 명의 애뇌사호를 뚫고 들어오는 반란군을 아주 쉽게 처리하고 있었다.

부월을 사용하는 대부분은 힘을 이용한 공격인 데 반해 그는 전혀 다른 무공을 사용하고 있는 것이 인상적이었다. 부월을 흡사 검법처럼 사용하고 있었던 것이다. 힘도 남다른지 한 손으로 꽤나 무게가 나갈 것 같은 부월을 다루었는데, 특별히 내공을 사용하지 않는 것 같아 보였다. 순수한 근력으로 부월을 다루는 것이라면 그 힘을 짐작하게 했다.

"크아악!"

마지막 적을 쓰러뜨린 것은 고진붕이었다. 단검 두 개가 안쪽에서 바깥쪽으로 교차하듯 적의 복부를 갈랐다. 이십여 명의 반란군이 쓰러지는 데는 그리 긴 시간이 걸리지 않았다. 그만큼 애뇌사호의 실력일 뛰어나다는 것을 증명한 것이지만 그들의 표정에는 더욱 긴장감만 흘렀다.

가장 먼저 입을 연 것은 고정이었다. 그는 헌원지와 마야를 향해 말했다.

"여기에 반란군이 나타날 줄은 몰랐습니다. 이곳은 애뇌산에서도 가장 험한 곳이라 아무도 없을 줄 알았는데……. 잘못 판단한 것 같습니다."

그때 또다시 거친 사내의 목소리가 멀리서 들려왔다.

"저곳에서 비명성이 들렸다! 수색해라!"

소리와 함께 잠시 후 사십여 명의 반란군이 달려오는 모습이 보였다. 진주화가 인상을 찌푸리며 다급히 외쳤다.

"다시 다리를 건너요!"

동시에 그녀가 다리에 발을 옮기려 할 때 고진붕이 그녀의 어깨를 잡으며 고개를 저었다.

"활을 들고 있다."

그의 말대로 이번에 달려오는 자들은 어깨에 활을 메고 있었다. 게다가 달리는 속도로 보아 놀랍게도 무공을 익히고 있다는 것을 알 수 있었다. 그렇다면 다리로 피신하기에는 무리가 있었다. 몸을 피할 곳 없이 직선으로만 가야 하는 다리를 건넌다면 모두는 아니더라도 두 명 이상은 목숨을 내놔야 하기 때문이다.

보통 사람이 쏘는 화살도 위협적일 텐데 무공을 익힌 사람, 그것도 사십여 명이 쏘아대는 화살을 완전히 피할 수는 없는 일이었다.

판단은 빨리 해야 했고, 그 몫은 대형 막충이었다.

"저곳으로!"

그가 가리킨 곳은 절벽을 끼고 도는 숲이었다. 경사가 급한 곳이라 위험하기는 했지만 어쩔 수 없었다. 그의 말과 함께 이번에는 진주화가 앞장서서 길을 열었다. 그리고 마야와 헌원지, 그 뒤에는 고정과 고진붕, 막충이었다. 적이 화살을 쏠 때를 대비한 대형이었다. 애뇌사호 중 진주화는 거대한 도를 들고 있었기에 도주하며 화살을 막기에는 무리가 있어 선두에 선 것이고, 남은 세 명이 헌원지와 마야를 화살로부터 보호하기 위한 것이었다.

'훗 재밌는 자들이군.'

헌원지는 앞서 달리는 진주화를 보며 속으로 웃었다. 용병답게 여러 경험을 한 모양이고, 그만큼 판단과 대처가 빠른 것이 마음에 들었다. 오늘 꽤 재밌는 일을 많이 겪는구나, 라는 생각으로 달리고 있을 때 뒤를 따라오는 고정의 짜증스런 목소리가 들려왔다.

"젠장! 이번 토벌에 관에 무림인들도 참여했다더니, 우리를 적으로 오해하고 있나 보군!"

그때 최초로 화살 한 발이 섬전같이 날아들었다.

쐐에엑!

고정을 향해서였다. 그런데 고정이 투덜거린다고 날아오는 화살을 감지하지 못한 모양이었다. 지척까지 다가와 뒤통수가 뚫릴쯤에야 본능적으로 '헉' 하는 신음을 흘렸다. 하지만 옆에 있던 막충이 그를 살려주었다. 거대한 부월을 번뜩이며 옆으로 움직이더니 날아오는 화살을 부월의 옆면으로 튕겨냈던 것이다.

고정은 간담이 서늘했으나 아무 소리 없이 달릴 수밖에 없었다. 막충이 짧게 못을 박았기 때문이다.

"닥치고 달려!"

그 뒤로 화살이 본격적으로 날아오기 시작했다. 하지만 길이 직선이 아니었고 중간중간 바위와 나무가 방패가 되어주었기에 산을 완전히 내려올 때까지 전원 무사할 수 있었다. 문제는 다음이었지만 말이다.

"도대체 왜 이곳에서……."

산을 내려와 널찍한 공터에 들어선 애뇌사호는 질린 듯한 표정을 지었다. 뒤에서는 무공을 익힌 반란군들이 쫓아오고 있었고, 앞에는 아수라장이었기 때문이다. 적을 피해 도망쳤건만 그곳이 더 위험천만한 곳이라니……!

관군과 반란군이 뒤섞여 치열한 접전을 펼치고 있는 모습에 진주화가 막충을 바라보았다.

"어떡하죠?"

막충이 자신들이 도망쳐 온 숲을 바라보았다. 기척이 점점 가까워지는 것으로 보아 무공을 익힌 반란군들이 계속 추격을 해오고 있는 모양이었다.

막충은 다시 시선을 돌려 공터를 바라보았다. 수백에 달하는 관군과 반란군들이 서로 죽고 죽이고 있었다. 전체적인 전황은 관군이 밀리고 있어 보였다.

이번에는 막충도 별다른 수가 생각나지 않는지 말없이 주위를 둘러볼 뿐이었다. 그러자 고진붕이 외쳤다.

"이쪽으로!"

그가 몸을 날린 곳은 공터를 우회해 빠져나가는 길이었다. 나무와 들풀이 빽빽이 자라 있어 길이라고 하기에는 뭐했지만 그래도 어쩔 수 없었다. 이런 상황에서는 앞뒤 가리지 않고 행동하는 것이 좋을 것이었다.

고진붕이 달려가자 기다렸다는 듯 애뇌사호가 마야와 헌원지를 보호하며 뒤를 따라 달렸다. 그런데 이게 웬일? 나뭇가지와 억센 들풀에 긁히는 것도 감수하고 한참을 달렸는데 또다시 공터가 나왔고, 거기에서도 이백여 명의 반란군과 관군이 병장기를 부딪치며 싸우고 있었던 것이다. 쫓기기도 하고 쫓기도 하며 공터 전체를 활용하고 있었는데, 지금까지 상황으로 보아 애뇌산을 드넓게 사용하며 지역전으로 전투가 벌어지고 있다는 것을 알 수 있었다. 다행히 여기에서는 관군이 우위를 점하고 있었다. 그것을 보고 막충이 결연한 표정을 지으며 말했다.

"뚫고 나간다!"

고정이 그 말에 인상을 찌푸렸다.

"차라리 전투가 잠잠해질 때까지 숨어 있는 것이……."

그의 말은 더 이상 이어지지 못했다. 몇 명의 반란군이 그들을 발견하고는 창과 도를 비켜 들고 달려들고 있었기 때문이다.

"젠장!"

고정은 욕지거리와 함께 진주화에게 외쳤다.

"너는 이분들을 보호하며 따라와!"

그가 보호하라는 자는 마야와 헌원지였다. 그들을 지목한 그는 달려오는 반란군을 향해 검을 휘두르며 마주 달려나갔다.

애뇌사호인 고정과 고진봉, 막충을 막을 수 있는 자는 거의 없었다. 하지만 적들은 중무장을 하고 있는 데다, 관군과 얼키설키 뒤섞여 있었기에 제대로 된 힘을 발휘할 수도 없었다. 잘못했다가는 관군도 다칠 수 있기 때문이다. 게다가 무공을 익혔는지 제법 격식을 갖추어 공격해 대는 반란군도 중간중간 있었기에 길을 뚫기가 여간 힘든 것이 아니었다.

가장 큰 문제는 헌원지와 마야였다. 그들을 보호하며 전쟁터를 가로 지르는 것은 애뇌사호만 길을 뚫고 나가는 것보다 세 배 이상의 집중력과 체력을 필요로 했다.

하지만 보호를 받는 당사자인 헌원지는 마야와 함께 이리저리 달리며 겁먹은 표정과는 달리 속으로 웃고 있었다. 자신을 보호하기 위해 진땀을 빼는 애뇌사호의 표정이 재밌었던 것이다. 그것 때문에 실력을 계속 숨기기로 마음먹은 터였다. 이들과 있으면 안전할 수 있을 것 같으니 굳이 실력을 드러낼 필요성을 못 느꼈고, 실력을 드러낸다 하더라도 귀찮은 일이 벌어질 가능성이 농후하다고 판단했기 때문이다. 그렇기에 애뇌산을 빠져나갈 때까지는 계속 지켜보기로 한 헌원지였다.

"이얍!"

고진붕이 단검을 휘둘러 옆을 공격해 오는 반란군 하나를 죽였다. 그때가 뒤엉켜 있는 전쟁터를 거의 빠져나왔을 시기였다. 그런데 오늘은 운이 없어도 단단히 없는 것 같았다. 빠져나가려는 길을 향해 에움을 뚫었건만 그곳에서 갑자기 함성이 들리며 백여 명의 반란군들이 몰려오고 있었기 때문이다.

전세는 치고 들어오는 반란군에 의해 다시 관군이 불리해지기 시작했다. 그런데 잠시 후, 옆 숲에서 청의를 입은 여인이 다시 백여 명의 관군들을 데리고 몰려나와 전투에 가세를 해왔다. 그 때문에 애뇌사호는 앞으로 가지도 못하고 전쟁터에서 어쩔 수 없이 관군을 돕는 일을 해야 했다. 그렇게 이각 정도를 더 싸웠을까?

뿌우우우우─!

나팔 소리가 울리고 반란군들이 전투 중에도 서서히 대열을 정비해 물러나기 시작했다. 그와 함께 폭죽 터지는 소리가 들리더니 관군 또한 반란군을 추격할 생각을 버리고 대열을 정비하기 시작했다.

반란군이 완전히 물러나자 관군 중에서 유일하게 중무장을 한 중년 사내, 반란군 토벌의 책임자인 정남철이 한숨을 쉬며 청의여인에게 물었다.

"어떻게 된 것이오?"

그러자 청의여인이 어두운 표정을 지었다.

"숙부께서 부상을 입으셨어요."

"흠, 일이 틀어진 줄 알고 급히 진채에 남아 있는 관군을 모조리 이끌고 왔건만 결국은 그렇게 됐군. 그래, 생명에는 지장이 없겠소?"

청의여인은 모용애희였다. 그녀는 걱정스러운 듯 고개를 저었다.

"저도 잘 모르겠어요. 사형과 같이 숙부를 구했지만 퇴로를 확보하는 중에 따로 떨어져 버렸어요. 그 이후로는 애뇌산을 돌아다니며 전투를 했는지라……. 하지만 사형에게 숙부를 진채로 옮기면 폭죽을 터뜨리라고 했으니……."

"흐음. 그렇다면 부상자를 수습한 후 돌아갑시다. 가보면 알 수 있겠지요."

애희는 고개를 끄덕였다. 그녀를 일별한 정남철이 이번에는 한쪽에서 쉬고 있는 여섯 명의 남녀에게로 시선을 돌렸다.

제12장
반란군의 기습

"예?"

고정이 황당하다는 표정을 지었다. 그것은 애뇌사호의 막충과 고진붕, 진주화도 마찬가지였다. 사람이 부족하니 반란군을 진압할 동안 관의 통제에 따라 전투에 참가하라니……!

정남철의 어조는 부탁이었지만 그 안에는 반강제적인 의미가 담겨 있었다.

"말했지 않나! 자네들의 무공을 잘 보았네. 지금 반란군의 기세가 워낙 드세서 사람이 모자랄 지경이야. 관군의 피해가 막심하니 잠시 우리를 도와주어야겠네."

그 말에 고진붕이 난감한 표정을 드러내며 헌원지와 마야를 가리켰다.

"하지만 우리는 일을 해야 합니다. 관군도 아닌데 생업을 포기하면서까지 우리가 반란군을 진압해야 할 이유는 없습니다."

반란군의 기습 151

정진남이 슬쩍 미소를 지었다.

"지금은 전시 상황. 마땅히 나라의 백성으로 관의 통제에 따라야 하는 것은 당연한 일이 아닌가. 설마 반란군에 호의적인 생각을 가지고 있는 것은 아니겠지?"

진주화가 인상을 찡그렸다. 돕지 않으면 반란군으로 단정 짓겠다는 뜻이 노골적으로 담겨 있었기 때문이다.

"당치 않은 말씀이십니다."

"그럼 됐네. 당분간 우리를 돕게. 자네들같이 무공도 높고 애뇌산 지리도 잘 아는 자들이 절실히 필요한 때네."

"하지만 이들을 애뇌산 밖까지 안내해야 합니다."

그녀의 말에 정남철이 헌원지와 마야를 바라보았다.

"바쁜 일이 아니면 자네들도 관의 통제에 따라야 할 걸세. 이삼 일 정도 늦어도 상관없겠지?"

모두의 시선이 헌원지의 입으로 향했다. 애뇌사호는 무슨 핑곗거리를 대서라도 꼭 애뇌산을 빠져나가야 된다고 말하라는 듯한 애절한 표정으로 그를 바라보고 있었다. 그런데 헌원지는 그들의 기대를 저버렸다. 피식 웃음까지 흘리며 고개를 끄덕였다.

"크게 바쁜 일은 없습니다."

정남철이 그것 보라는 듯 애뇌사호에게 입을 열었다.

"그럼 됐군. 이들은 우리 군막에서 당분간 보호를 할 테니 자네들은 관을 도와 반란군 진압에 앞장서 주게. 용병이라고 했으니 그만한 대가는 일이 끝나는 대로 지불하지."

말과 함께 정남철은 애뇌사호의 불평을 더 들을 필요도 없다는 듯 몸을 돌려 관군에게 명했다.

"부상자를 수습했으면 모두 진채로 퇴각한다!"

"도대체 왜 그런 거예요?"
 조용히 관군을 따라가며 진주화가 헌원지에게 불만스러운 표정으로 물었다. 그러자 헌원지가 능청스럽게 어깨를 으쓱거렸다.
"뭘 말이오?"
"당신 때문에 우리가 팔자에도 없는 반란군 진압에 나서게 됐잖아요."
"난 사실을 말했을 뿐이오. 실제로 그렇게 시간을 재촉할 일이 없었소. 사실을 말한 것이 그렇게 잘못된 것이오?"
"그건 둘째 치고라도 분위기 파악을 했어야죠. 이번 일이 얼마나 위험한 줄 아세요. 당신이야 관군들의 보호를 받겠지만 우리는 선봉에 서서 적들과 싸워야 한단 말이에요."
"그건 미안하게 됐소."
 헌원지는 간단한 사과 한마디로 진주화의 말을 넘겨 버렸다. 미안하다는 데야 어쩔 수 있나. 얄밉다는 눈초리로 헌원지를 한참 동안 쏘아보던 진주화는 이내 한숨을 푹 쉬었다. 그러자 옆에 있던 고진붕이 그녀를 달랬다.
"됐다. 어차피 벌어진 일이니 누굴 탓하겠어?"
 그러자 진주화는 대형 막충을 바라보았다. 막충 또한 썩 기분 좋은 얼굴은 아니었지만 투덜대거나 얼굴에 짜증스러움을 표시를 하지는 않았다.

"이들을 모용세가가 있는 막사에 잠시 머물게 해주시오. 병사들과 함께 있는 것보다 모용세가의 진채에 있는 것이 나을 것 같아 드리는 부탁이오."

정남철은 애뇌사호와 헌원지, 마야를 가리키며 애희에게 부탁했다. 애희는 고개를 끄덕이며 그들을 데리고 모용세가의 천막이 있는 곳으로 안내했다. 가는 도중 헌원지가 은근슬쩍 궁금증을 드러냈다.

"모용세가의 무사였습니까?"

애희가 고개를 끄덕이며 의아함을 드러냈다.

"네. 그런데 왜 그러시죠?"

"아닙니다. 모용세가의 위명을 워낙 많이 들어서, 정말인지 물어본 것뿐입니다."

그 말에 애희는 어색한 미소를 띠며 헌원지를 바라보았다. 평소였다면 자랑스러운 듯한 표정을 지으며 겸양을 떨었겠지만 오늘은 처참하게 패한 데다 숙부인 모용제성까지 부상을 입은 터였기에 기분이 좋지 못했던 것이다.

"그렇게 말씀해 주시니 감사합니다."

모용세가의 천막이 있는 곳으로 들어서자 애희가 입을 열었다.

"부상자들이 워낙 많아 따로 천막을 드릴 수 없으니 불편하더라도 잠시만 참아주세요. 정리가 되는대로 빈 막사를 준비해 따로 지낼 수 있게 해보겠어요."

"저희야 어디든 상관없습니다."

헌원지의 말에 별 관심이 없는 듯, 애희는 모용세가의 천막들이 나열되어 있는 곳에서 가장 중앙에 있는 천막으로 향했다. 그중 하나를 가리키며 헌원지에게 말했다.

"우선 공자께서는 여기에 짐을 푸세요. 제 사촌 오빠가 지내는 곳이에요."

그리고는 마야와 진주화를 보며 바로 옆 막사를 가리켰다.

"소저들께서는 바로 옆에 있는 막사에 저와 함께 쓰면 될 거예요."

마지막으로 막충, 고진붕, 고정을 건너편 막사로 안내한 애희가 어두운 표정으로 입을 열었다.

"제 숙부님이 부상을 당해 가봐야 해요. 따로 무사에게 지시를 해놓을 테니 침상이 오면 적당한 곳에다 자리를 잡으세요. 그럼."

그녀가 사라지자 고정이 기다렸다는 듯이 투덜댔다.

"젠장, 빼도 박도 못하게 생겼군."

고진붕이 그런 고정을 보며 고개를 저었다.

"형님도 가만히 계신데 더 이상 투덜거리지 마라."

"하지만 너무하지 않습니까? 보상을 해주겠다고는 했지만 솔직히 얼마나 주겠습니까?"

"어쩔 수 없지. 이 시기에 애뇌산에 들어온 우리 잘못이다. 그런데 모용세가가 관군을 돕고 있을 줄은 몰랐군."

고진붕이 더 말을 하려는데 막충이 그의 말을 끊었다.

"언제 전투에 참가해야 할지 모르니 쉬어라. 어떻게든 되겠지."

그러면서 막사로 들어가자 고진붕과 고정도 뒤따라 들어갔다. 진주화도 말없이 애희의 막사로 들어가고 난 후, 마야가 헌원지에게 걱정스러운 듯 물었다.

"괜찮을까?"

"뭐가?"

"우리는 모용세가를 공격하러 가는 길이었잖아."

"그게 무슨 상관?"

말과 함께 헌원지가 음흉한 웃음을 흘렸다.

"후후, 차라리 잘됐지. 분명히 이용해 먹을 가치가 있을 거다."

"……."

"으으윽!"

모용제성이 신음을 내뱉으며 눈을 떴다. 그러자 모용용제가 재빨리 다가가 그의 손을 잡았다.

"괜찮으십니까, 아버지?"

"여, 여기는 어디냐?"

"우리 진영입니다."

"어떻게 된 것이냐? 난 분명히 적장에게……."

"갑자기 굉음이 울리기에 아버지가 걱정되어 정 장군과 함께 진채에 대기하고 있던 남은 관군과 일백의 무사들을 모두 이끌고 나갔습니다. 다행히 빨리 당도할 수 있어 아버지를 구할 수 있었습니다. 아무튼 이제 걱정하지 마십시오."

하지만 모용용제는 어두운 표정을 지었다.

"나 때문이다. 내가 조금만 더 신중했더라면 이런 일은 없었을 텐데……. 정 장군에게 미안하게 됐구나."

"그런 말씀 마시고 우선 안정부터 취하십시오."

모용제성은 힘겹게 고개를 끄덕이며 말했다.

"이만 나가 보거라. 혼자 있고 싶다."

그의 말에 모용용제는 한참 동안 걱정스러운 듯 제성을 바라보더니 이내 자리에서 일어나 막사를 나섰다. 그러면서 막사 문 앞에 대기 중인 수하 무사에게 당부를 잊지 않았다.

"아버지를 잘 보살펴 드려야 한다. 부상이 어느 정도 나으시면 바로 모용세가로 돌려보낼 것이다."

"알겠습니다."

그가 나오자 기다리고 있던 애희가 급히 다가왔다.

"어때? 깨어나셨어?"

"그래. 하지만 부상이 심해. 왼쪽 어깨가 부러지셨고, 허리에 검상을 입으셨어."

말과 함께 모용용제는 이를 갈며 말했다.

"두고 봐! 적의 수괴를 꼭 내 손으로 잡아 죽여 버릴 테니까!"

애희는 분노에 찬 용제의 눈을 보며 어깨를 토닥였다.

"그렇게 해. 그리고 숙부님이 깨어나셔서 다행이야. 우선 오늘 전투를 치른다고 힘들었을 테니 가서 쉬어."

말과 함께 막사로 걸어가던 그녀가 무언가 생각난 듯 입을 열었다.

"참! 오빠 막사에 다른 사람이 한 명 있을 거야. 이틀 정도 같이 지내야 할지도 몰라."

"누군데?"

"이름은 아직 못 물어봤어. 사정이 있어서 오빠와 같이 지내게 됐어."

"사정?"

"응."

애희는 고개를 끄덕이며 오늘 있었던 일을 설명하기 시작했다.

용제와 애희는 같이 막사에 들어섰다. 애희의 말대로 막사 안에는 한 사내가 침상에 앉아 있었다.

"모용용제라 하오."

용제는 그의 아버지인 제성 때문에 기분이 좋지 못했으나 어쩔 수 없이 사내, 헌원지를 보고 포권을 했다. 그러자 헌원지도 자리에서 일어나 마주 포권했다. 그런데 그 모습이 꽤나 건방졌다. 용제의 얼굴은 쳐다보지도 않고 건성으로 포권을 하며 바로 침상에 앉아버렸기 때문이다.

안 그래도 기분이 좋지 못한 용제의 표정이 살짝 찡그려졌다.

"저도 이름을 밝혔는데 그쪽도 밝혀줘야 하는 것이 예의일 것 같은데?"

그러자 헌원지가 귀찮다는 표정을 노골적으로 드러내며 입을 열었다.

"헌영이오."

"……!"

"어쩔 수 없이 이곳에 신세를 지내게 됐지만 나에게 신경 쓰지 마시고 하던 일 하시오."

그 말에 용제의 표정이 더욱 구겨졌다. 한주먹 거리도 되지 않을 것 같은 녀석이 하는 말투나 행동이 건방져도 너무 건방졌던 것이다. 평소라도 참지 않았을 텐데, 지금 그의 기분은 아버지의 부상 때문에 폭발 직전에 있었으니…….

하지만 용제는 헌원지에게 함부로 할 수가 없었다. 같이 뒤따라 들어온 애희가 분위기를 알아채고 그의 어깨를 잡았기 때문이다.

"그의 말대로 신경 쓰지 말고 그만 쉬어."

모용용제는 한숨을 쉬고는 반대편 침상에 가서 털썩 주저앉았다. 그러면서 헌원지보고 들으라는 듯 나직이 중얼거렸다.

"나와 우리 모용세가를 건드리는 놈은 절대 가만 놔두지 않을 거다. 그리고 아버지를 부상 입힌 그 태진극이라는 놈을 절대 용서치 않아."

그때 키득거리는 웃음소리가 잠깐 들렸다. 더 이상 참지 못한 용제가 험악한 표정을 드러내며 비소를 흘리고 있는 헌원지를 쏘아보았다.

"무엇 때문에 웃는 것이오?"

그러자 헌원지가 고개를 저으면서도 여전히 웃고 있어 용제의 심기를 건드리기 시작했다.

"하하, 아니오. 난 그저 재미난 말이 생각나서 웃었을 뿐이오."
"그 재미난 말이 뭐요?"
반신반의하며 묻는 말에 헌원지가 불을 지폈다.
"장부의 원한은 말로 하지 않고 행동으로 한다 했다던가……."
"이 자식이!"
결국 참지 못한 용제가 자리에서 벌떡 일어서더니 헌원지에게 다가가 멱살을 잡아챘다.
"감히 나를 욕보이려는 거냐!"
헌원지가 능청스럽게 고개를 저었다. 그 모습이 더욱 용제의 긁고 있었다.
"내가 언제 소협을 욕보였다고 그러시오?"
"그럼 네가 한 말이 무엇이냐? 날 두고 한 말이 아니냐?"
"말했지 않소? 그저 갑자기 생각났던 것뿐이라고. 혹시 찔리는 것이라도 있으시오?"
용제가 분노에 몸을 부르르 떨었다. 그때 그의 갑작스런 상황에 놀란 애희가 달려들어 헌원지의 멱살을 잡고 있는 용제의 팔목을 잡아끌었다.
"무슨 짓이야, 무공도 모르는 사람에게?"
그녀의 말에 용제는 헌원지를 노려보더니 침상으로 거칠게 밀쳤다.
"멱살을 잡은 것은 미안하지만 앞으로 입조심하시오."
헌원지는 미소만 지을 뿐 아무런 대꾸도 하지 않았다.
'흐흐, 꼴에 무공을 익힌 무인이라 이거냐? 가소롭지만 좀 더 지켜보도록 하지.'
생각과 함께 헌원지는 침상에 누우며 이불을 뒤집어썼다. 그 행공을 애희와 용제는 멍하니 바라볼 수밖에 없었다. 힘도 없는 것이 어디서 이런 배짱과 건방짐으로 무장을 했는지 황당했던 것이다.

잠시 침묵이 흐른 후 애희가 걱정스러운 듯 말했다.

"언제 다시 전투가 벌어질지 모르니 이분에게는 신경 쓰지 말고 쉬어. 난 이만 가볼게."

애희가 사라진 후론 용제와 헌원지가 있는 막사 안은 묘한 침묵으로 일관되었다. 그리고 그날 새벽 용제에겐 자신의 다짐을 증명할 복수의 기회가 찾아왔다.

*   *   *

화르르륵!

갑자기 관군들의 진채에서 삼십여 장 떨어진 벌판에 수백 개의 불이 밝혀졌다. 일렬로 쭉 나열된 불은 누군가의 외침에 따라 동시에 허공을 갈랐다. 불화살이었다. 그것은 한 번으로 그치지 않았다. 화살이 쏘아짐과 동시에 다시 화살에 불이 밝혀졌고, 어김없이 관군들의 진채를 향해 날아들었다.

잠깐 사이에 수백의 화살이 몇 번이나 쏘아졌을까? 화공에 놀란 관군들이 '적이다', '불이야!'를 외치며 우왕좌왕 허둥대기 시작했다. 일변 불을 끄고, 일변 날아오는 불화살을 막아내는데, 갑작스런 기습이라 정신없는 것은 매한가지였다. 그때 진채 밖에서 반란군들이 쏟아져 들어오기 시작했다.

불을 끄기에도 정신없는데 수백의 병사들이 치고 들어오자 뿔뿔이 흩어져 있던 관군들이 막아낼 재간이 있을 리 없다. 변변한 저항 한 번 해보지 못하고 목을 잃고 나가떨어지기 일쑤. 단 이각 만에 이루어진 기습은 관군에게 엄청난 피해를 안겨주었다.

후다닥!

헌원지는 누워 있는 중에도 슬며시 눈을 떠 옆에서 다급히 옷을 입고 무기를 챙기는 모용용제를 바라보았다. 좀 전부터 적의 기습을 알리는 종이 울리고, 천막 밖에서 보초들이 소란스럽게 기습을 외치고 있었지만 헌원지는 계속 자는 척을 하고 있었다. 보다 못한 모용용제가 복장을 완전히 챙긴 후 헌원지에게 일갈을 날렸다.

"적이 기습했는데 뭐 하시오! 빨리 일어나 안전한 곳으로 피하시오!"

말과 함께 모용용제는 재빨리 밖으로 뛰쳐나갔다. 그제야 헌원지는 자리에서 일어나 느긋하게 옷을 챙겨 입었다.

천막을 나오자 사방이 붉은빛으로 뒤덮여 있는 듯했다. 모용세가의 진채까지는 불길이 옮겨 붙지는 않았지만 전방에 있는 관군의 진채는 절반 이상이 타고 있음이 분명했다.

헌원지가 밖으로 모습을 드러내자 옆 천막에서도 마야가 나왔다. 헌원지가 그녀를 보며 입을 열었다.

"구경이라고 가볼까?"

"구경이라니? 관군과 반란군의 전투를?"

"아니. 모용세가의 무사들이 어느 정도 실력을 가지고 있는지 한번 봐두는 것도 나쁘지는 않지. 어때? 귀찮으면 잠이나 더 자던가."

마야는 고개를 저었다.

"같이 가."

둘은 상황과 전혀 맞지 않는 대화를 나누고, 또 이리저리 진땀을 빼며 돌아다니는 무사들과는 동떨어진 느긋한 태도로 천막들을 지나치기 시작했다. 모용세가의 진채를 벗어나자 바로 관군의 진채가 나타났다.

생각보다 불길이 심하게 옮겨 붙고 있었다. 그에 따라 관군들도 불을 끄기 위해 쩔쩔매고 있었다.

"아쉽군."

헌원지의 말에 마야도 수긍하며 아쉬운 표정을 지었다. 그들이 관군의 진채에 도착했을 때는 이미 반란군들이 수백의 관군을 도륙하고 썰물 빠지듯 물러나고 있는 중이었기 때문이다. 하지만 불길을 잡아야 했기에 관군은 도주하는 반란군을 쫓을 생각도 하지 않고 있었다. 진채가 모두 불에 타버리면 버틸 수가 없기 때문이었다. 게다가 제대로 된 명령이 하달되지도 않고 있는 상태였다.

해는 보이지 않았지만 동쪽 하늘이 서서히 밝아오고 있었다. 그때 분주히 돌아다니던 고정이 헌원지와 마야를 발견하고는 기겁하며 다가왔다.

"여기에서 뭐 합니까?"

"구경 좀 하려고 나왔소."

헌원지가 느긋한 소리를 해대자 고정이 인상을 썼다.

"죽고 싶습니까? 여긴 위험하니 빨리 모용세가가 있는 곳으로 돌아가십시오!"

"적들도 모두 달아나지 않았소. 그런데 뭐가 위험하다는 거요?"

"불길을 잡고는 있지만 심상치 않습니다. 산에 불이 한번 붙으면 정말 위험하니 천막으로 돌아가 있다가 불길이 잡힐 기미가 보이지 않으면 최대한 멀리 도망치십시오."

"그 정도까지 불길이 번질 것 같지는 않은데……."

"좀 전부터 바람이 불기 시작했습니다. 바람이 치명적인 거죠. 들어가세요."

그러면서 마야를 향해서도 으름장을 놓았다.

"빨리 들어가지 않으면 나중에 제가 지켜 드리려고 해도 여의치 않게 됩니다. 찾기 쉽게 원래 있던 곳으로 돌아가세요."

헌원지는 속으로 웃으면서도 그의 말대로 마야와 함께 몸을 돌렸다. 잠시 후 고정이 사라지자 헌원지가 깔깔거렸다.

"너에게 단단히 빠진 것 같지 않아?"

마야가 야속하다는 듯 헌원지를 바라보았다.

"난 상관 안 해."

"훗, 그래도 이용 가치가 상당하니 좀 잘 대해 줘봐."

"다른 사람의 호의를 그런 식으로 기만하기는 싫어!"

"흐흐, 또 철없는 소리하는군. 이용할 가치가 있을 때 충분히 이용할 줄 아는 것도 처세술 중 하나지. 그런 면에서는 너도 나에게는 이용할 수 있는 최적의 조건을 갖춘 사람밖에 안 되는 거고."

"무, 무슨 소리야?"

"두고 보면 알게 돼."

말과 함께 헌원지는 건들거리며 계속 걸었다. 하지만 그가 멀어질 때까지 마야는 걸음을 떼지 못했다. 툭 내뱉은 말 같지만 의미가 있어 보였기 때문이다.

'날 그런 식으로밖에······.'

생각과 함께 헌원지의 짜증 섞인 목소리가 들렸다.

"안 오고 뭐 해?"

마야는 한숨을 쉬더니 곧이어 고개를 저었다.

'아닐 거야, 지아는 절대 날 이용하지 않아!'

제13장
도주자의 갈등

 반란군은 관군을 그냥 두지 않았다. 어렵사리 불길을 잡아갈 때쯤 다시 일천여 명이나 되는 반란군이 전투 대형으로 벌려선 채 서서히 다가오기 시작했다. 그 일로 관군과 반란군의 입장이 반대가 되어버렸다. 토벌하는 입장에서 토벌당하는 입장으로.

 새벽부터 날이 밝을 때까지 불을 끄느라 지친 관군의 얼굴에는 망연자실한 표정이 숨김없이 드러날 수밖에 없었다.

 "어떻게 해야 좋겠소?"

 정남철은 지금 상황으로는 도저히 반란군을 막을 수 없을 것 같아 급히 모용용제와 애희를 불러 물었다. 그러자 애희가 먼저 대답했다.

 "이대로 잠시 적의 기세가 꺾일 때까지 애뇌산에서 물러나는 것은 어떨까요?"

 그 말에 복수의 화신에 홀린 모용용제가 단호하게 고개를 저었다.

"언제 다시 진열을 가다듬고 애뇌산으로 들어온단 말이야. 차라리 피해를 보더라도 이번 기회에 적들을 완전히 쓸어버리는 것이 좋지! 장군, 차라리 총공격을 명하십시오!"

정남철이 난감한 기색을 드러냈다.

"하지만 지금 관군의 숫자는 이천여 명이 조금 넘는 정도요. 거기다 부상자가 삼 할이고, 남은 자들 또한 지칠 대로 지쳐 있소."

"우리 모용세가의 무사들 중에 아직 싸울 수 있는 자가 백여 명이 있습니다. 적도 어제의 전투로 상당수의 고수들을 잃었을 테니, 고수의 숫자도 비슷할 겁니다. 게다가 적들은 일천여 명 정도. 수에서도 우리가 압도적이니 피해를 감안하고 전투를 치른다면 충분히 승산있습니다."

"그렇기는 하지만 기세가 워낙 꺾인 터라……. 군은 실력 싸움이 아니라 기세 싸움이오."

"알고 있습니다. 그럼 제게 기회를 주십시오. 제가 적의 수괴를 목 베어 사기를 올려놓겠습니다."

"그것이 가능하겠소?"

모용용제는 자신감 넘치는 표정으로 고개를 끄덕였다.

"맡겨만 주십시오!"

"하지만 적장인 태진극은 군부 최고의 고수요."

"걱정없습니다. 군부와 무림의 무공은 하늘과 땅 차이. 제가 입증해 보이지요."

워낙 자신감있게 나오자 정남철도 믿음이 생기는지 허락의 의미를 내비쳤다.

"알겠소. 밖에 누구 없느냐!"

말과 함께 병사 하나가 뛰어들어 와 보고부터 올렸다.

"적이 계속 진격해 오고 있습니다. 벌써 진채에서 사십 장 가까이 다가왔습니다."

"대규모 전투를 벌일 예정이다. 전 병력을 진채 앞으로 집결시켜라!"

명과 함께 병사가 밖으로 다급히 나갔다.

"그대만 믿겠소."

모용용제는 고개를 한 번 끄덕이는 것으로 답하고 모용세가의 무사들을 점거하러 막사를 나갔다. 그를 따라가던 애희가 걱정을 드러냈다.

"정말 괜찮겠어? 복수하고 싶은 마음은 알겠지만, 적장의 실력이 대단하다고 들었어."

"군부의 무공이래 봐야 뻔하지."

"하지만 숙부님도……."

그녀의 말에 용제가 버럭 소리쳤다.

"아버지는 무공으로 당할 분이 아니야! 그전에 부상을 입었거나 적의 속임수에 당한 거겠지!"

애희는 아무런 말도 하지 못하고 묵묵히 용제를 따를 수밖에 없었다. 더 이상 말하면 사촌 오빠의 자존심을 상하게 할 것 같았기 때문이다.

반란군은 급히 서두르지 않았다. 서서히, 한 걸음씩 관군의 진채로 다가오고 있었다. 그것이 오히려 관군을 압박해 왔다. 그리고 이십여 장까지 다가왔을 때 완전히 대형이 정지했다. 그때쯤 관군도 진채를 등진 채 늘어서 반란군을 향해 언제든지 공격할 수 있게 준비를 마친 상태였다.

"와아아아아!"

갑작스럽게 반란군 쪽에서 함성이 들끓었다. 그리고 선두에선 태진극이라 짐작되는 무장이 부월을 치켜들자 선두에 서 있던 병사들이 양편으로 갈라졌다. 병사들이 문이 열리는 듯한 형세로 퍼지자 뒤에 있던 오백여 명의 반란군이 함성에 힘입어 관군에게로 폭풍같이 달려오기 시작했다.

'두두두두!' 거리는 병사들의 걸음 소리가 땅을 울리자, 안 그래도 사기가 떨어진 관군들의 표정이 핼쑥해지고 있었다. 그 순간 모용용제가 칼을 들어올렸다. 그러자 관군 쪽에서 이백의 궁수가 일제히 정면을 향해 화살을 쏘아붙였다. 하지만 반란군에게는 아무런 피해도 입히지 못했다.

반란군들이 갑자기 멈춰 서며 뒤에 있던 자들이 앞으로, 앞에 있던 자들이 뒤로 빠졌기 때문이다. 뒤에 있던 자들은 미리 준비해 두었던 나무 방패를 들고 촘촘히 앞을 막았다. 뒤에 있던 자들은 바짝 몸을 숙여 화살로부터 몸을 보호했다.

타타탁!

화살은 어김없이 나무 방패에 박혀들었다. 잠깐 동안 한 방패에 십여 개의 화살이 꽂혔을 때쯤 관군도 더 이상 활을 쏘지 않았다.

"쳐라!"

모용용제는 소리와 함께 먼저 앞으로 내달렸다. 그 뒤로 모용세가의 무사들이 빠르게 뒤따랐고, 그 뒤는 관군이 쫓았다. 하지만 반란군들이 그것을 그냥 보아 넘기지를 않았다.

거리가 지척까지 가까워지자 방패 뒤에 숨어 있던 반란군들이 갑자기 몸을 일으키더니 수백 명의 궁수들로 변해 있었다.

"쏴라!"

누군가의 외침에 일제히 정면을 향해 화살이 쏘아졌다. 안 그래도 전력을 다해 달려가는 터에 앞에서 화살이 쏟아지자 피할 수가 없었다. 당연히 관군의 피해는 엄청났고, 그중 선두에 섰던 모용세가의 무사들이 가장 많은 피해를 입었다. 반란군의 궁수 대부분이 무공을 익혔는지, 얼떨결에 화살을 쳐내기는 했지만 제대로 막을 수가 없었던 것이다.

반란군은 삽시간에 한 명당 십여 개의 화살을 쏘아붙여 관군과 모용세가의 무사들을 쓰러뜨렸다.

"빌어먹을 놈들!"

모용용제는 쏟아지는 화살을 피하며 이를 갈았다. 어느 순간 화살 공격이 그치자 그가 다시 외쳤다.

"돌격!"

그와 함께 반란군 쪽에서도 외침이 들렸다.

"퇴각!"

앞서 나왔던 오백의 반란군이 외침과 함께 뒤로 빠르게 물러서고 있었다. 방패도 필요없다는 듯 모두 버리고 뒤로 물러서는 것이었다. 수상쩍었지만 이미 내친걸음. 모용용제는 거리낌없이 도주하는 반란군들을 향해 따라 달렸다.

"병신 같은 놈들."

관군의 진채 안에 있는 나무 위에서 헌원지가 혀를 찼다. 옆에 있던 마야가 고개를 갸웃거렸다.

"왜?"

"보고도 모르겠나?"

"……?"

"반란군은 지금 관군을 유인하고 있어. 안 그러면 처음부터 자리를 지키고 있는 오백여 명의 반란군들은 왜 도망치지 않고 있겠냐?"

마야도 뒤에 있던 반란군들을 확인하고 고개를 끄덕였다. 잠시 후 헌원지의 말대로 도주하던 반란군들이 양편으로 갑자기 갈라졌다. 그러자 처음 문을 열 듯 갈라섰던 반란군들이 이미 뭉쳐서 사열로 자리하고 있는 것이 눈에 들어왔다.

가장 선두는 낮게 앉아 있었고 그 다음은 무릎을 꿇고 있었다. 다음 열은 구부정하게 서 있었고, 마지막 열은 완전히 서 있었다. 모두의 손에는 화살이 들려 있었다.

모용용제도 그것을 보았다.

"피해!"

하지만 그의 발악 같은 외침은 아무런 소용도 없었다. 벌판에서 피할 곳이 어디 있나?

파파팟!

화살이 쏟아지고 관군은 또 한 번 엄청난 피해를 입어야 했다. 그리고 마지막으로 반란군의 가장 뒤에 있던 태진극이 부월을 내렸다. 그것을 신호로 화살을 쏘던 반란군이 무기를 집어 들고 앞으로 공격해 들어가고, 양편으로 도주하던 반란군 또한 몸을 돌려 다시 관군을 공격하기 시작했다.

새벽부터 시작된 기습, 오전의 전투.

모든 것이 관군들의 피해만 있을 뿐, 반란군들은 사기충천 승리를 위한 전진만 하고 있었다. 하지만 그 속에서도 분노에 결사항전을 외치는 인물이 있었다.

"넌 내가 죽인다!"

모용용제는 에움을 뚫고 전신을 갑옷으로 감싸고 있는 태진극에게로 다가갔다. 걸리적거리는 적이 있다면 무조건 베어 넘긴 그의 옷은 이미 붉은색 피로 질척거리고 있었다.

휘잉!

"크아악!"

옆에서 찔러 들어오는 적병 하나를 횡으로 갈라 버린 그의 검에는 모용세가의 촉망받는 후기지수답게 파란 불빛이 서려 있었다. 적병이 쓰러지자 그것을 마지막으로 태진극에게 일검을 내질렀다.

쐐에엑―!

분노까진 담긴 일검이었기에 상당한 경기가 동반되며 검기까지 번뜩였다. 하지만 상대는 분노의 일격을 손쉽게 막아버렸다. 군부의 무사라 얕잡아보았기에 모용용제는 놀랄 수밖에 없었다. 하지만 그것으로 그칠 그가 아니었다.

적의 묵직한 장군검에 아래로 튕긴 반탄력을 이용하여 원을 그리듯 손안에서 검을 돌려 투구를 베어나갔다. 하지만 이번에는 부월이 진로를 막고 나섰다.

챙―!

모용용제는 부월과 검이 부딪치는 순간 가슴 쪽의 허점을 내주기 싫어 급히 뒤로 물러섰다. 다행히 태진극은 그 자리에 가만히 서 있었다. 잠시 후 안면 보호대 안에서 굵직한 목소리가 흘러나왔다.

"꽤 제대로 무공을 배웠군."

순간 모용용제의 인상이 찡그려졌다.

"닥쳐라!"

태진극의 도발이라면 도발일지도 모른다는 생각이 들었지만 모용용제는 상관하지 않고 다시 달려들었다. 그때 장군검이 아래에서 위로 들렸다. 묵직한 장군검이 깃털이라도 되는 듯 가볍게 들려 올라가자 거기에서 푸르스름한 빛이 번뜩였다.

"허억!"

모용용제는 자신의 실수를 뼈저리게 깨달으며 검로를 바꿔 장군검을 막았다.

캉!

모용용제의 두 눈이 동그랗게 변했다. 장군검과 부딪친 검에는 상당한 내력을 쏟아 부어넣었다. 그런데 그것이 부러진 것이다.

모용용제는 본능적으로 몸을 뒤로 뺐다. 하지만 몸을 훑고 지나가는 장군검의 푸른 빛은 그를 그냥 놔두지 않았다. 순간적으로 호신강기를 만들기는 했지만 무용지물이었다.

"크아악!"

"오빠!"

멀리서 반란군과 치열한 접전을 벌이던 모용애희가 경악하며 소리쳤다. 처음부터 모용용제를 주시하고 있었던 것이다.

그가 제대로 저항 한 번 하지 못하고 쓰러지자 그녀는 사방으로 검초를 펼쳐 적병을 뿌리친 후 모용용제에게로 달려갔다. 장군검의 검끝이 아래로 향해 떨어지고 있는 찰나였다.

창!

단번에 모용용제의 몸에 구멍을 낼 듯 떨어지는 장군검이 애희의 검에 방향을 틀었다.

애희는 장군검과 부딪치며 전해지는 손끝의 떨림에 팔이 저려옴을 느끼면서도 안도의 한숨을 쉬었다. 다행히 장군검이 모용용제의 왼쪽 어깨에서 한 치 정도 떨어진 바닥을 뚫었기 때문이다. 그녀는 그것을 확인한 즉시 태진극을 향해 방어 자세를 잡으며 모용용제의 뒷덜미를 잡아당겼다. 그와 함께 주위에 있던 모용세가의 무사 세 명이 태진극에게 달려들었다.

* * *

모용세가의 가주 모용곽은 집무실에서 한가로이 차를 마시고 있었다. 은은한 아침 햇살을 맞으며 즐기는 장미향의 차는 삼 년 전 처음 맛본 이후 아직까지 단 한 번도 거른 적이 없는 아침의 일과가 되어 있었다.

"들어가도 되겠습니까?"

습관적으로 찻잔 속에 담긴 붉은색 액체를 바라보고 있을 때 문밖에서 노인의 목소리가 들려왔다.

"들어오게."

말과 함께 문을 열고 백발을 곱게 빗어 넘긴 노인이 들어서며 고개를 숙였다.

"무슨 일인가?"

노인이 조금 황당하다는 듯한 표정으로 입을 열었다.

"조금 웃긴 상황이 벌어졌습니다."

"웃긴 상황이라니?"

"진룡문이 움직였습니다."

그의 말에 모용곽은 의미를 모르겠다는 듯 고개를 갸웃거렸다.

"진룡문이 움직여? 무슨 뜻인가?"

"일천여 명의 진룡문 정예고수가 이곳 역문으로 향하고 있다는 보고가 들어왔습니다. 은밀히 움직이고 있었는데, 우연히 포착할 수 있었답니다."

모용곽이 피식 웃었다.

"이거 원, 뒤통수칠 생각을 가지고 있었나 보군."

"그런 것 같습니다."

"하지만 그들만으로 우리에게 대항할 생각을 할 수 있을 리가 없지 않은가? 그들도 그것을 모를 정도로 바보는 아닐 텐데? 게다가 진룡문주의 아들, 조양황을 인질로 잡고 있질 않나?"

"저도 그 점이 수상해 따로 사람을 풀어놨습니다."

"그럴 필요 없이 금천방을 주시하면 될 텐데……. 그들의 움직임은 어떤가?"

"조용합니다. 평소대로 일꾼들과 무사들만 드나들 뿐, 그 외 특별한 사람이 빠져나갔거나 들어왔다는 보고는 없었습니다."

"흐음! 그럼 진룡문이 미치지 않고서야 어찌 우리를 기습할 생각을 할 수 있나?"

"알아보고 있으니 염려치 않아도 될 것입니다. 그보다 진룡문은 어떻게 처리할까요?"

"글쎄… 자네는 어떻게 했으면 좋겠나?"

"중간에 매복을 숨겨놓았다가 역습을 가하는 것이 어떻겠습니까?"

"하하, 진룡문으로서는 황당해하겠구만. 하지만 조금 신중해질 필요도 있어. 혹시 아나? 역문으로 오는 것이 아닐지."

"은밀하게 이동하는 것과 방향으로 봐서는 우리를 공격하려는 의사가 확실합니다."

"그럼 역문으로 오는 길목인 천평에 무사들을 매복시켜 놓게. 그곳을 지난다면 분명 역문으로 들어오려는 것이겠지. 문주는 사로잡게, 혹시 동조한 세력이 있는지 알아봐야 하니까."

"알겠습니다."

*　　　*　　　*

관군은 대패했다. 부상자도 돌볼 틈 없이 우왕좌왕하다 반란군들에 의해 목을 잃고, 배를 찔리고, 피를 뿜어냈다. 뭉쳐서 저항했다면 그나마 나았을지도 몰랐다. 하지만 기가 질려 도망치기에 바빴으니 그 피해는 더욱 극심했다.

반란군은 여세를 몰아 추격전에 나섰다. 관군을 완전히 쓸어버린다면 한동안 병력을 투입해 올 일이 없다고 판단했기 때문이다. 수천의 병력을 다시 애뇌산으로 집결시키는 일은 하루 이틀로 되는 일이 아니었으니, 그사이 애뇌산을 빠져나가 남만으로 들어갈 작전을 초반부터 계획하고 있었던 것이다. 그래서 관군을 처절하게 짓밟아 버릴 작정이었다.

헌원지도 도주자들 사이에 끼어 있었다. 물론 마야도 같이였고, 고정의 배려 하에 애뇌사호가 그들을 보호하고 있었다. 거기에 일행은 더 끼어 있었다. 공교롭게도 부자가 나란히 부상당한 모용제성과 용제, 그리고 그들을 보호해 도주한 애회와 모용세가의 무사 네 명, 관군 십여 명이었다.

도주의 선두는 역시 애뇌산의 지리를 잘 알고 있는 애뇌사호가 맡고 있었다. 반 시진 정도? 이리저리 내달리다 아는 곳이 나오자 애뇌사호는 처음 목적지였던 역문으로 빠져나가는 길목으로 방향을 잡아 나아가기 시작했다. 언제 추격대가 따라붙을지 모르니, 그래서 속도를 늦추지 않았다.

"잠깐 쉬었다 가요."

어느 정도 도주를 했다고 생각했는지 모용애희가 앞서 가던 애뇌사호를 향해 말하자 고진붕이 난감한 듯 고개를 저었다.

"안 됩니다. 추격이 계속되고 있을 테니 좀 더 간 후에……."

"하지만 오빠는 다리를 절고, 숙부님은 걷지도 못해요."

그러자 고정이 짜증스러운 표정을 드러내며 나섰다.

"우리도 지금 미칠 지경이오. 우리만 도망쳤다면 벌써 추격을 벗어났을 것이오. 부상자들까지 돌보며 도주하는 우리 사정도 생각해 줘야 할 것 아닙니까?"

스르룽!

순간 검이 뽑히는 소리가 주위를 울렸다. 소리와 함께 애뇌사호 또한 무기를 뽑아 들었다. 모용세가의 무사들이 모용제성이 누워 있는 들것을 내려놓고 검을 겨눴기 때문이다.

"감히 누구에게 말대꾸를 하는 것이냐!"

한 무사의 외침에 고정이 마주 외쳤다.

"누구 때문에 여기까지 왔는데, 감사하다는 말은 못할망정 한판 싸워보자는 거요?"

일순 긴장감이 감돌기 시작했다. 그러자 그들과 상관없는 열 명의 관군이 어찌할 바를 몰라 침묵을 지켰고, 헌원지와 마야는 자신과 상관없는 일이라는 듯 뒷짐 지고 강 건너 불 구경하듯 했다.

"우리는 당신들과 함께 가야 할 이유가 없어! 괜스레 시비를 걸 거면 여기에서 찢어지면 그만! 쉬었다 가든 따라오든 당신들 마음대로 하시오."

"이놈이!"

성질 급해 보이는 무사가 앞으로 치고 나가려 할 때 모용용제의 목소리가 그를 막았다.

"그만둬라. 그들의 말이 맞다."

"하지만 공자님, 이 녀석들의 말이 무례하기 짝이 없습니다!"

"난 상관없어. 단지 아버지가 걱정인데……."

말과 함께 모용용제가 불만 가득한 표정의 고정에게 시선을 돌려 막충에게 제안을 했다.

"그대들이 우리를 안내해 준 것은 고맙게 생각하고 있소. 하지만 이대로 그대들만 가겠다는 건 너무한 처사가 아니오?"

막충이 나직이 물었다.

"그래서 어떻게 해달라는 것이오?"

"명당 금전 두 냥씩 주겠소."

고정의 눈빛이 가장 먼저 흔들렸다. 금전이라는 단어가 주는 효과는 대단했다. 막충도 마찬가지로 놀랍다는 표정을 드러내며 침묵을 지켰다. 그러자 모용용제의 말이 계속 이어졌다.

"여기에서 조금만 쉰 후 우리를 애뇌산 밖까지 안내해 주는 대가로 줄 것이오. 그 후에 모용세가로 같이 가면 돈을 더 지불해 주겠소."

"……."

애뇌사호는 아무런 말도 하지 못했다. 모두들 돈이 궁한 용병들이었으니 막대한 금액에 할 말을 있을 리 없었다. 조금 쉰다 한들 뭐가 문제가 되겠는가! 그 잠깐의 휴식으로 받을 수 있는 금액이 모두 합해 금전 여덟 냥이라는 거액을 받을 수 있는데 말이다.

가장 먼저 나선 것은 진주화였다.

"정말 금전 두 냥씩 지불하실 건가요?"

"나는 실언을 하지 않소. 내 이름을 걸고 돈을 지불해 주겠소. 단, 아버지의 부상을 확인하고 붕대를 다시 감은 후 출발하는 것이 조건이오."

애뇌사호는 잠시 눈빛을 교환했다. 그리고 대형인 막충이 고개를 끄덕였다.

"좋소."

그는 그 한마디밖에 하지 않았다. 그것으로 쉬는 것이 결정되었고 오히려 관군들이 '왜 우리는 아무런 대가도 없이 위험한 곳에 기다려야 하나?'라는 표정으로 눈치를 볼 뿐이었다.

제14장
근부 최강의 고수

샤샤샥—

순간 모든 것이 정지되었다. 무언가 다가오는 소리가 들렸기 때문이다. 모용제성의 부상을 제대로 살펴보지도 못한 채 모용세가의 무사들이 다시 들것을 슬며시 들어 올리는 것도 동시에 일어난 일이었다. 추격대가 왔다면 바로 내빼야 했던 것이다.

사삭!

소리는 점점 가까워지고 있었다. 가장 불안해한 것은 고정이었다.

'뒤로 넘어져도 코가 깨지는 경우가 있다더니……'

잠시간 금전 두 냥에 눈이 멀어 해서는 안 될 짓을 한 것이 후회가 되기 시작했다. 하필 그 잠깐 사이에 추격대가 지척까지 다가와 있을 줄을 누가 알았겠느냐 말이다.

스윽.

고정은 자신의 검을 집었다. 모용세가의 무사들이 중앙에 위치해 모용제성을 호위하고, 그 옆에 모용용제가 섰다. 그리고 나머지는 그들을 둘러싸 방어하는 대형을 이뤘다.

사악―

수풀을 헤치고 나무 사이에서 중무장한 병사 하나가 슬며시 얼굴을 내비쳤다. 그와 동시에 애희가 앞으로 쏘아져 나갔다.

스팟!

검이 빛을 뿌리고 시원스럽게 무언가가 절단된 소리가 작게 울렸다. 반란군은 자신이 어떻게 죽었는지도 몰랐을 것이다. 비명조차 지르지 못하고 목이 떨어졌으니. 그 후로 잠시 침묵이 흘렀다. 이름 모를 새소리와 풀벌레 우는 소리만 애뇌산을 울리고 있을 뿐.

그때 멀리서 거친 외침이 들려왔다.

"저기닷!"

아무런 낌새가 없자 안도의 한숨을 쉬던 애뇌사호와 모용세가 일행, 그리고 관군들의 표정이 핼쑥해질 수밖에 없었다. 소리와 함께 수를 파악하기 힘든 발소리가 요란하게 접근해 오기 시작했기 때문이다.

"이리로!"

애뇌사호는 작은 외침과 함께 재빨리 달리기 시작했다. 앞에는 진주화와 고정이, 양 옆에는 고진붕과 막충이 일행을 이끌고 길을 열기 시작했다. 그 후로 일각 정도의 추격전이 애뇌산에서 벌어졌다.

첫 번째 희생양은 경공이 떨어지는 관군들이었다. 그들은 따라잡힌 반란군에게 잔인할 정도로 난도질을 당하며 죽어나갔다.

재수 없게도 반란군의 추격자들 중에 무공을 익힌 자들이 상당수 있는 모양. 모용용제와 모용제성 때문에 발걸음이 느려진다고 하더라도 보통 사람들이 쫓아올 수 있는 속도는 아니었다. 그런데도 거리가 점점 좁혀지고 있다는 것은 추격의 무리들이 경공술을 익히고 있다는 증거였다.

그나마 관군들이 희생되면서 어느 정도 시간은 벌었지만 그것도 한계가 있었다. 고개를 돌리면 바로 적들의 얼굴을 구별할 수 있을 정도로 가까워지자 막충이 외쳤다.

"갈라져! 추격을 뿌리친 후 우리가 자주 가는 곳에서 합친다!"

그의 말과 동시에 고정이 갑자기 왼쪽으로 방향을 틀었다. 진주화는 직선으로 달려 두 갈래로 무리가 나뉠 수밖에 없었다. 한곳으로 도주하는 것보다 이렇게 분산해 도주하는 것이 나았기 때문이다.

헌원지는 진주화 쪽으로 따라갔다. 물론 그와 떨어질 수 없다는 듯 마야 또한 같은 방향이었다. 진주화를 따라간 일행은 애희와 고진붕, 용제, 모두 여섯 명이었다. 나머지는 고정을 따라갔을 것이다.

"젠장!"

한참을 달렸을까? 고진붕이 때 아닌 욕을 내뱉었다. 조금 떨어진 옆쪽에서 추격자들의 소리가 들렸기 때문이다. 뒤에서도 옆에서도 적이 있다는 것은 자신들을 한쪽으로 몰고 있다는 의도밖에 되지 않았다.

진주화도 그것을 알아차렸는지 방향을 틀려 했지만 여의치 않았다. 워낙 뒤에서 쫓아오는 반란군들이 가까이 붙어 있었던 것이다.

"피해요!"

애희가 소리치며 바짝 뒤따라오던 반란군 하나를 향해 발을 뻗었다. '퍽' 하는 소리와 함께 가장 뒤처졌던 헌원지를 향해 도를 내지르려던 적병 하나가 뒤로 나뒹굴었다.

"고맙소."

헌원지는 달리는 중에도 고마움을 표시했다. 하지만 사실 말과는 다르게 그는 불편해 죽을 지경이었다. 이런 급박한 상황에서 실력을 숨긴다는 것이 생각보다 상당히 불편했던 것이다. 특히 애희가 자신과 마야에게 계속 신경을 써주었기에 더욱 그랬다. 차라리 자신에게 신경 쓰지 않고 도주하고 있었다면 남몰래 반란군을 처리하며 편하게 일행의 뒤에서 따라 달렸을 것이다. 그런데 애희가 자신과 마야를 보호한답시고 속도를 맞추어 옆에 붙어 있으니……. 어색한 걸음걸이로 달려가랴, 숨 가쁜 듯 연기하랴!

'꼴에 무인이라고 보호해 주겠다는 건가? 차라리 네 안위나 신경 쓸 것이지, 젠장!'

내심 짜증까지 솟구치고 있는 헌원지였다.

요란스럽게 도주하자 반란군들이 여기저기에서 소리치며 헌원지 일행에 따라붙는 것이 느껴졌다. 진주화가 앞서 길을 뚫으면서 난감한 듯 고진붕에게 입을 열었다.

"길을 잃었어요."

그러자 고진붕이 대답했다.

"우선 숲을 빠져나가!"

다행히 숲은 그리 크지 않았다. 하지만 숲을 빠져나오자 절벽이 앞을 가로막고 있었고, 그 절벽을 끼고 양 옆으로 길이 나 있었다.

"어디로 가죠?"

급히 묻는 진주화의 말에 고진붕이 대답없이 오른쪽 길로 몸을 날렸다. 이런 급박한 상황에서는 생각보다 몸이 먼저 움직여야 하는 것이다. 생각한다고 뾰족한 수가 있는 것도 아니니까. 하지만 고진붕에게는 오늘 운이 따라주지 않는 모양이었다. 하필 고른 길이 막다른 곳이었으니 말이다.

절벽을 끼고 얼마 달리지도 않았는데 바로 앞에 다시 큰 절벽이 이루어져 더 이상 갈 곳이 없자 일행은 불안한 표정을 지을 수밖에 없었다. 그리고 그들과는 반대로 따라오는 반란군들이 멀리서 멈춰 서며 승리의 미소를 짓고 있었다. 풍기는 기도로 보아 무공을 익힌 것이 분명해 보였는데, 모두 열다섯 명이었다. 하지만 그들이 다가 아니라 잠시 후 이십여 명의 병사가 다시 모여들었고, 조금 더 있자 그 수가 오십여 명이나 되었다.

"이렇게 되면 어쩔 수 없지."

고진붕이 결연한 표정으로 단검을 뽑아 들었다. 진주화도 거대한 도를 뽑아 들자 애희도 무기를 뽑았다. 모용용제는 부상을 당한 터에 지금까지 억지로 참고 달렸기에 싸울 처지가 아니었다. 태진극의 장군검이 쓸고 지나간 앞가슴에서 피가 계속 흘러내리고 있었다.

"더 달릴 수 있겠소?"

고진붕이 서서히 거리를 좁혀오는 반란군을 바라보며 모용용제에게 말했다.

"달리는 정도는 할 수 있을 것 같은데……."

피를 철철 흘리면서도 일행에 짐이 되기 싫었던 모용용제의 대답에 고정이 고개를 끄덕였다. 그리고는 모용용제의 허리에 매어져 있는 검을 빼서 헌원지에게 내밀었다.

"받으시오."

"……?"

"지금은 당신들을 지켜줄 수 없으니 스스로 보호해야 할 거요."

"난 무공을 모르는데……."

"남자면 남자답게 행동해요! 몇 명이 살아 나갈지 아무도 장담 못해요!"

상황 모르는 애들 같은 소리에 진주화가 짜증이 솟구치는지 버럭 소리쳤다. 그러자 애희가 끼어들어 헌원지 편을 들어주었다.

"우리가 앞장서서 길을 뚫고 저들을 뒤에서 따라오게 해요. 무공도 모르는 사람에게 무턱대고 싸움을 하라고 할 순 없잖아요."

명문정파의 자존심이라도 새우고 싶었던 모양인지, 아니면 그녀의 성격이 원래 그런지, 아무튼 지금 상황에서는 그녀 또한 상황 파악 못 하는 소리로 들리는 진주화였다. 인상을 찡그리며 애희를 한 번 보더니 더 이상 말하기 싫은지 다시 다가오는 적들을 바라보았다. 고진붕이 결정한 듯 말했다.

"그럼 내가 가장 선두에. 주화가 내 오른쪽 뒤를 맡아라. 그리고 소저는 내 왼쪽 뒤를 맡아주시오."

삼각형의 대형을 만들어 뚫고 가자는 소리였다. 그 의미를 알아듣고 주화와 애희가 동시에 대답했다.

"그리고 헌영 소협은 동생 분과 모용용제 소협을 부축해 대형 가운데에 위치해 우리를 따라오십시오. 절대 처지면 안 됩니다."

'그래도 죽을 가능성이 높지만…….'

마지막 말은 마음속으로 흘려 버린 고진붕이 우렁찬 목소리로 외쳤다.

"출발!"

말과 함께 그를 선두로 모두들 정면에 있는 반란군을 향해 달려들었다. 하지만 반란군의 선두에 선 열다섯 명의 병사를 뚫기가 상당히 힘들었다. 무공을 익혔을 뿐만 아니라 장창의 이점을 잘 살리며 두꺼운 갑옷으로 중무장까지 하고 있었기 때문이다. 절벽으로 난 길이 좁았기에 망정이지 그렇지 않았다면 헌원지 일행은 벌써 포위되어 위험한 처지에 놓였을 것이었다.

고진붕이 두 명을 쓰러뜨리기는 했지만 그 다음부터는 무리였다. 여기저기 장창이 찔러 들어오니 단검을 든 그가 불리할 수밖에 없었다. 보다 못한 애희가 대형을 이탈해 앞으로 치고 나갔다. 확실히 모용세가에서 기대를 받는 후기지수답게 그녀가 나서자 반란군들이 주춤주춤 물러서기 시작했다. 화려하게 펼쳐지는 검초에 잠깐 사이 세 명의 병사가 피를 뿜으며 바닥에 누웠기 때문이다.

"빨리!"

애희는 약간의 틈이 생기자 말과 함께 계속 검초를 펼쳤다. 검에서 뿜은 검기가 어려 반란군을 위협하던 그녀는 계속 전진해 나갔다. 그러나 그사이에도 반란군이 창을 찔러 넣었기에 그녀의 몸에 상처가 생길 수밖에 없었다. 생명에는 지장없는 상처였지만 모용세가의 힘을 등에 업고 금지옥엽으로 자랐던 그녀에게는 치명적인 것은 분명했다. 하지만 어쩌겠나? 목숨이 경각에 달린 판에!

문제는 애희보다는 그녀를 뒤따르던 일행이었다. 고진붕과 진주화가 애쓰고는 있었지만 반란군이 쉽게 그들을 놓아주지 않았다. 옆, 뒤로 따라붙으며 창을 내지르는데 정신이 없을 정도였다. 특히 고진붕은 옆구리를 창에 찔려 출혈이 심한 상태까지 되었다.

그런데 그런 급박한 사이에도 태평스러운 것은 헌원지였다. 고진붕이 건넨 검을 가지고 휘두를 생각도 하지 않은 채 애희를 뒤따를 뿐이었다. 그 모습을 지켜보다 더 참다못한 모용용제가 다리를 저는 중에도 입을 열었다.

"검을 주시오."

"뭘 하려고……."

대답할 사이도 없이 모용용제는 거칠게 헌원지의 손에서 검을 뺏어 들었다. 그리고 고전하고 있는 고진붕의 옆으로 재빨리 몸을 옮겨 공격해 들어오는 창을 쳐냈다.

채챙!

애희가 길을 뚫고 나가는 데도 시간이 흐르자 한계에 부딪치기 시작했다. 내력을 적절히 분배해 사용했다고는 하나 오전 전투에 참가한 후부터 지금까지 싸우고, 또 도주를 반복한 그녀였기에 지칠 대로 지쳐 있었던 것이다. 그때 그녀가 다급히 몸을 돌려 검을 뻗었다. 적병 하나가 그녀를 버려두고 대형 안에 있는 마야를 향해 창을 찔러 넣었기 때문이다.

순간 마야가 본능적으로 손을 움직여 창을 막으려 했다. 하지만 헌원지가 그녀의 팔을 잡아 제지시켰다. 애희가 검으로 장창을 튕겨 버렸던 것이다.

마야는 고개를 약간 움직여 애희에게 고마움을 표시했다. 하지만 애희는 그것을 받아들일 시간적 여유가 없었다.

"아압!"

애희의 옆에서 갑자기 무거운 갑옷을 입은 사내가 일 장이나 뛰어오르더니 기합성을 질렀다. 그러는 사이에도 애희는 주위에 있는 반란군을 떨쳐 내느라 정신이 없었기에 제대로 방어를 할 수가 없었다. 그것을 알아차린 진주화가 어쩔 수 없이 삼각 대형을 이탈해 마주 뛰어올랐다. 이중에서 애희가 가장 강했기에 그녀가 무너진다면 다 같이 죽

군부 최강의 고수

을 수밖에 없다고 판단했던 것이다.

캉!

공중에서 거대한 도와 창이 부딪치며 불똥이 튀었다. 그 충격에 사내가 뒤로 튕겨 나가고 진주화 또한 튕겨 나갔다. 떨어지는 그녀를 향해 몇몇의 반란군이 밑에서 창을 겨누자 이번에는 고진붕이 자신의 자리를 모용용제에게 넘기고 그녀를 향해 몸을 날렸다.

고진붕은 생각 같아선 훨훨 비상해 동생을 데리고 빠져나가고 싶었지만 그 역시 오랜 전투로 내력이 상당히 상실된 상태. 가까스로 진주화의 허리를 안은 후 몸을 날리기 전에 한 손에 옮겨 쥐었던 단검 두 자루를 반란군을 향해 집어던졌다.

"크아악!"

"커억!"

두 명의 관군이 동시에 쓰러지자 빈틈이 생겨났다. 고진붕은 진주화를 안고 그곳으로 떨어졌다. 오랜 시간 알고 지낸 만큼 둘의 호흡은 잘 맞았다. 고진붕이 착지와 동시에 관군의 몸에 박혀 있는 단검을 빼는 사이 진주화가 그를 보호하려는 듯 원을 그리며 대도를 휘둘렀던 것이다. 반란군을 죽일 수는 없었지만 물러서게는 할 수 있었다. 그 후 두 사람은 급히 다시 자신의 자리로 돌아갔다.

이제 남은 것은 시간이었다. 모두들 지쳐 있었고, 싸울 힘과 의지를 잃어가기 시작했다.

얼마 버티지 못할 것같이 아슬아슬한 상황이 계속되는 가운데 반란군 또한 상당한 희생을 치르고 있었다. 단 여섯 명의 상대, 그것도 직접 싸우는 사람은 네 명밖에 없는데, 그 넷은 아직 그대로 있으니 자신들의 안전도 장담할 수 없는 입장이 되어버린 것이다. 절반의 동료만 바닥에 쓰러져 있으니 양편 다 고역이긴 마찬가지였다.

곱게 보내줄 수는 없고, 잡자니 더 희생을 치를 것 같고……. 반란군 또한 진이 빠지고 있었다. 그런데 그때 이 끈질긴 사투를 종식시킬 목소리가 들려왔다.

"멈춰라!"

모두들 앞을 기약할 수 없는 싸움을 버려두고 약간씩 거리를 벌렸다. 반란군들의 얼굴에는 승리의 미소가 감돌기 시작했다. 반면 헌원지 일행은 헌원지와 마야를 제외하고는 죽을상이었다. 다른 반란군들과 차원이 다른 중갑 옷에 두 눈만 덩그렇게 내놓은 투구와 안면 보호대가 눈에 들어왔기 때문이다. 한 손에는 장군검, 그리고 또 한 손에 들려 있는 부월은 잊으려야 잊을 수 없는 모습이었다. 그리고 그를 수행하는 다섯 명의 병사도 범상치 않게 보였다.

태진극의 나직한 명령에 반란군들이 물러서기 시작했다. 그러면서도 도주로를 철저히 막는 대형을 유지했다. 태진극이 한발 앞서 나오며 헌원지 일행을 향해 입을 열었다.

"항복하면 살고 거절하면 죽는다."

고진붕과 애희 등은 절망적인 표정을 지었다. 그것은 모용용제와 진주화도 마찬가지였다. 이미 기력이 다해 싸울 수조차 없는 몸 상태였기 때문이다. 지금까지 버틴 것은 목숨이 왔다 갔다 하는 급박한 상황 속에서 나오는 처절한 몸부림이었다. 그런데 갑자기 반란군을 물리니 그런 인간의 한계를 넘어선 의지조차 상실되는 것은 당연했다. 태진극이 그것을 노렸다면 정확히 맞아떨어진 셈이고, 그는 적의 심리를 정확히 간파하는 뛰어난 명장 중 명장이라 할 수 있을 것이다.

그나마 반란군과 관군의 대치에 상관없는 고진붕이 먼저 입을 열었다.

"항복하면 우리에게 주어지는 것이 뭐요?"

"인질이다."

"그 다음은?"

"우리가 남만으로 빠져나갈 때 다시 생각해 볼 것이다."

"살려줄 수도, 그때 가서 죽일 수도 있다는 뜻이군. 그렇다면 항복할 바에야……"

말과 함께 그가 단검을 들어올려 자세를 잡았다.

"끝까지 해보는 수밖에."

동시에 애희와 진주화, 모용용제도 힘겹게 무기를 들어 공격 자세를 잡았다. 그러면서도 애희는 마지막으로 무인다운 부탁을 했다.

"이들은 보내주세요. 이번 일과는 아무런 상관 없는 여행객들이고, 무공도 할 줄 모릅니다."

그녀는 헌원지와 마야를 가리키고 있었다.

태진극이 의외라는 듯한 눈빛을 드러내며 헌원지와 마야를 바라보았다.

"관의 통제 때문에 들어올 수 없었을 텐데?"

고진붕이 힘없이 중얼거렸다.

"세상에는 언제나 편법이 있는 법이지. 그 때문에 나는 죽게 생겼지만……"

의미를 알 수 없는 그의 말엔 신경 쓰지 않는 듯 태진극이 고개를 끄덕였다. 무기도 없고 복장도 여행객들이 흔히 입는 것이었기 때문이다.

"가라!"

그러자 헌원지가 떨떠름한 표정을 지었다.

"이거 원, 이런 기분은 처음 느껴보는군. 누워서 절 받는 기분이랄까? 아무튼 곱게 보내준다니 가야지."

갑자기 변한 것 같은 헌원지의 말투 때문에 일행들이 모두 의아함 반, 놀람 반으로 인상을 찡그렸다. 하지만 헌원지는 그에 전혀 상관하지 않고 마야의 소매를 잡아끌었다.

"가자."

"……."

"뭐 해? 가자니까."

"하, 하지만……."

마야는 헌원지에게 주춤주춤 끌려가면서도 애희를 바라보았다. 하룻밤이라는 짧은 시간 동안이지만 애희가 많은 신경을 써줬기 때문이다. 게다가 좀 전에는 급박한 상황에서도 몸을 돌보지 않고 자신을 찔러 들어오던 창까지 막아주지 않았던가. 물론 막아주지 않아도 마야로서는 상관없는 것이었지만……. 사람을 많이 대해보지 못한 마야로서는 그녀의 배려가 상당히 끌릴 수밖에 없었다. 하지만 헌원지도 거역할 수 없다.

마야는 애처로운 표정으로 애희를 한 번 바라보더니 고개를 돌려 헌원지를 따라갔다.

"정말 이렇게 가도 괜찮아?"

그녀의 물음에 헌원지가 인상을 썼다.

"나와 상관없는 족속들이야. 그동안 관심이 가서 지켜보기는 했지만, 내가 저놈들의 일을 해결해 줄 필요는 없지."

"하지만 저들은 이용할 가치가 있다고 했잖아."

"뭐, 실력 파악은 어느 정도 했으니 이젠 볼일 다 봤지."

마야는 걸으면서도 힐끔힐끔 뒤를 바라보았다. 그녀는 아직도 포기를 못한 모양인지 은근히 헌원지를 설득하려 하고 있었다.

"지리는?"

"……?"

"애뇌사호가 지리를 알잖아."

"훗, 그래서 구해줘야 한다? 뭐 하러 작은 일 때문에 수고로움을 자청해야 하나? 역문으로 가는 길이 동쪽이니 동쪽으로 애뇌산을 뚫고 가면 어딘가에는 마을이 나오겠지. 마을을 찾은 후 사람들에게 물어보면 돼. 시간은 상당히 걸리겠지만."

그때 마야가 걸음을 멈춰 세웠다. 그녀는 수시로 뒤를 돌아보고 있었고, 그녀의 눈에 태진극이 서서히 애희 등에게 걸어가는 것이 들어왔기 때문이다. 그녀가 멈추자 헌원지가 짜증스러움을 드러냈다.

"애뇌산에 들어오기 전에도 내 말 듣지 않아 고생하더니, 이번에도 그러고 싶어?"

하지만 마야는 그의 말을 듣지 않고 있었다. 뚫어져라 애희가 있는 쪽을 바라보고 있을 뿐이었다.

"안 되겠어."

말과 함께 그녀가 몸을 돌렸다. 헌원지의 눈이 가늘어지기 시작했다.

"네 상대가 아니니 나서봐야 목숨만 내놔야 할 거다."

말과 함께 덧붙였다.

"오전 전투에 저놈이 눈에 띄어 유심히 지켜봤는데, 화경까지는 아니더라도 거의 끝에 다다른 놈이야. 군부에서 저 정도의 무사를 키워낸 것이 의아할 정도니까."

"하지만 이대로 못 본 척할 수는 없어."

결심한 듯 다시 애희가 있는 쪽으로 달려가는 마야를 보며 헌원지는 혀를 찼다.

"멍청한 놈! 교주씩이나 되는 놈이 정이 저렇게 많아서야……."

하지만 말끝을 흐린 그가 갑자기 좋은 생각이 났다는 듯 예의 기분 나쁜 비소를 흘렸다.

"나중을 위해 도와줘도 손해를 볼 것 같지는 않군."

"멈춰라!"

태진극이 장군검을 들어올리다 말고 고개를 돌렸다. 그리고 갸웃거렸다. 평민인 것 같아 인정을 베풀었건만 헌원지와 마야가 다시 걸어오고 있었기 때문이다.

안면 보호대 위로 드러난 눈이 잠시 흔들렸다.

"뭔가?"

헌원지가 손을 들어 고진붕 등을 가리켰다.

"저들도 같이 데려가야 할 것 같거든."

그 말에 반란군들이 황당하단 표정을 지었다. 제대로 칼도 한 번 못 휘둘러보고 보호만 받던 놈이 명령조로 말하고 있으니 황당할 수밖에 없었던 것이다. 그것은 태진극도 마찬가지였다. 그때 마야가 반란군들을 지나쳐 고진붕 쪽으로 달려갔다. 그녀를 보며 애희가 걱정스러움을 드러냈다.

"왜 왔어요?"

"두고 갈 수가 없어서……."

애희가 인상을 찡그렸다.

"죽고 싶은 거예요? 빨리 돌아가세요."

"괜찮아요. 지아가 있으니까요."

"지아?"

마야는 헌원지를 바라보았다.

"저 사람이 지아라고 해요."

그녀의 말에 고지붕과 진주화가 나섰다.

"역시 신분을 속이고 있었군요."

"죄송해요. 사정이 있어서……."

"그건 됐어요. 하지만 저자가 있는 것하고 우리하고 무슨 상관이죠?"

마야가 밝게 미소를 지었다.

"걱정 마세요. 지아는 강해요."

이번에는 모용용제가 나섰다.

"아무리 강해도 저 태진극이라는 반란군의 수장의 실력을 당할 수는 없을 거요. 직접 겨뤄봤는데, 무림의 실력으로 따져도 거의 절정의 수준이오."

하지만 마야는 미소만 짓고 있을 뿐이었다. 그녀를 대신해 헌원지가 다가오며 툭 내뱉었다.

"믿기 싫으면 안 믿어도 상관없소."

그가 다가올 동안 반란군은 황당해서인지 아니면 명령이 떨어지지 않아서인지 지켜보고만 있었다. 헌원지의 말에 모용용제가 자존심이 상한 듯 말했다.

"괜히 나섰다가 목숨 날리지 말고 떠나시오."

"나도 그러고 싶다만, 이 녀석이 당신들을 잘 본 모양이거든. 그 때문에 나선 것이니 나중에라도 내게는 고맙다고 하지는 마시오. 그에 대한 대가는 이 녀석에게 다 받아낼 생각이니까."

마야가 고개를 갸웃거렸다.

"대가라니?"

"나중에 시간이 지나면 알 수 있을 거다."

흡사 자신이 나서면 다 처리할 수 있다는 자신감 넘치는 말에 모용용제는 물론이고 애희나 고진붕, 진주화까지 황당한 표정이 될 수밖에 없었다. 결국 진주화가 입을 열었다.

"당신들은 누구죠? 무림인인가요?"

"무공을 익힌 사람이 무림인이라면 그렇다고 볼 수 있지."

"어느 문파의……."

"시시콜콜한 건 묻지 말고 물러나 있으시오, 말려들었다가 다치면 책임지지 않을 테니까."

진주화는 묻다 말고 입을 다물어 버렸다. 워낙 자신있는 말투와 눈빛에 왠지 모를 기대감이 생겼기 때문이다. 그리고 지금 상황에서는 믿을 것이 헌원지밖에 없기도 했으니 방해할 생각이 없었다.

헌원지의 말대로 일행이 서서히 물러서기 시작했다. 그래도 반신반의한 표정은 지우질 못하고 있었는데, 그들이 뒤로 걸음을 떼기 무섭게 헌원지가 건방진 표정으로 반란군을 향해 입을 열었다.

"시간 아까우니 한꺼번에 덤벼!"

그 말에 태진극이 마주 말했다.

"무림인이었나? 실력을 숨기고 있었던 모양이군."

헌원지가 여유롭게 뒷짐을 지더니 피식 웃었다. 그리고는 한 손을 들어 손가락을 까딱거렸다.

"입으로 싸울 생각이냐?"

그러자 반란군들이 일제히 달려들려 했다. 하지만 태진극이 장군검을 옆으로 들어 그들을 막았다. 순간 헌원지의 몸에서 미약하기는 했지만 괴이한 기운을 감지했기 때문이다.

"너희들 상대가 아니다."

말과 함께 그가 다시 헌원지를 향해 말을 이었다.

"너와 나! 둘이 승부를 겨룬다."

"훗, 꼴에 수하들을 살리고 싶은 거냐?"

태진극의 눈이 다시 흔들렸다. 싸우겠다는 의사와 함께 갑자기 흘러나오는 기운이 범상치 않게 느껴졌기 때문이다. 생각만 가지고 내력을 은연중에 뿜어낼 정도라면 제대로 내력을 끌어올리면 상당할 것이란 생각이 머리 속을 울리고 있었다.

"네가 이기면 그것으로 끝. 수하들은 보내주도록 해라!"

"그럴 리는 없지만 네가 이긴다면?"

"너와 같이 있던 여인은 보내주겠다."

"흐흐, 내가 죽으면 그녀도 필요없으니 첩을 삼든 시녀로 쓰든 마음대로 해. 그리고 내가 이긴 후, 네 수하들이 귀찮게 덤비지만 않는다면 보내주는 것은 일도 아니지."

그 말에 반란군들과 마야 등이 인상을 찌푸렸다. 하지만 그와는 상관없이 태진극이 외쳤다.

"모두 물러나라! 그리고 내 신변에 일이 생기더라도 나설 생각은 마라! 명령이다!"

반란군들이 포위를 풀고 멀찍이 물러서자 태진극이 부월을 바닥에 버렸다. 그 후 장군검을 두 손으로 잡더니 헌원지를 향해 겨눴다.

"대단하군! 군부에 그대 같은 고수가 있었다는 것이 믿어지질 않아."

"선수를 양보하지."

헌원지는 사양하지 않았다. 그가 갑자기 한기를 뿜어내자 그것을 지켜보던 사람들이 경악성을 내질렀다.

"저, 저럴 수가!"

헌원지의 몸에서 한순간에 뿌연 빛이 퍼져 나오며 주위를 차갑게 하기 시작했다. 그와 동시에 헌원지가 태진극에게 득달같이 달려들었다. 음공의 사용하지 않고 순수한 권각으로 상대할 생각이었던 것이다.

헌원지가 지척까지 다가오자 천 년 고목처럼 부동을 지키던 장군검이 순간 아래에서 위로 움직였다. 그와 함께 장군검이 빛을 뿌리며 반 장이나 되는 굵직한 검기가 헌원지를 쓸어왔다.

"역시 잘못 보지 않았어. 거의 화경의 끝에서 멈췄군!"

여유롭게 말을 내뱉은 헌원지는 더욱 진기를 끌어올렸다. 그러자 뿌연 빛이 더욱 강렬해지더니 원형의 막을 형성했다.

쾅―!

검기와 막이 부딪치며 굉음이 터져 나왔다. 그리고 충격에 못 이긴 태진극이 몇 발짝 뒤로 물러섰다.

반란군들을 표정이 핼쑥해졌다. 믿었던 군부 최강의 고수가 단 한 번의 부딪침으로 밀려났다는 것이 믿어지지 않기 때문이다. 반면 애희 등은 기쁨보다는 믿을 수 없다는 불신의 표정을 짓고 있었다. 좀 전에 자신들에게 보호를 받은 사내가 맞나 싶을 정도로 강한 모습이 이해가 가지 않을 정도였던 것이다.

"설마 반로환동의 고수?"

모용용제는 스스로 말하고도 놀라 급히 입을 다물었다. 보이는 나이로는 절대 그 정도의 고수가 될 수 없다고 생각했던 것이다.

싸움은 헌원지의 일방적인 공세로 치닫고 있었다.

쾅쾅쾅!

헌원지가 손을 뻗을 때마다 주먹에서 거대한 막대형 빛이 뻗어 나오기 시작했다. 그 때문에 태진극은 방어만 할 뿐, 감히 공격을 하지 못했다. 헌원지의 움직임이 너무 빨랐기 때문이다.

다행히 내공에 반비례한 것이 초식이었다. 그냥 초식만 놓고 본다면 상당히 뛰어난 운용이지만 내공에 비해서는 이해가 안 될 정도로 턱없이 수준이 낮았던 것이다.

쾅쾅!

연이어 권과 거대한 장군검이 부딪치며 폭음이 애뇌산을 울렸다. 부딪칠 때마다 태진극은 뒤로 계속 밀려나고 있었다. 그렇게 몇 번을 더 물러서던 순간, 태진극의 눈이 번뜩였다.

'지금!'

헌원지의 초식 속에 허점을 발견한 그는 무서울 정도로 빠르게 들어오는 주먹을 몸을 틀어 피하더니 장군검을 마주 찔러 나갔다. 장군검에서도 푸른 검기가 헌원지의 옆구리를 노리며 뻗어나가고 있었다.

쉬이익!

거대한 경기가 검기 주위를 휘감으며 괴이한 바람 소리를 흘렸다. 하지만 헌원지에게는 먹히지 않았다.

"어딜!"

가소롭다는 듯 헌원지는 자신의 옆구리를 노리고 들어오는 검기를 보며 검지와 엄지를 튕겼다. '탁' 하는 소리가 울림과 동시에 믿을 수 없는 광경이 사람들을 경악시켰다.

펑!

파지직!

검기가 허공에서 갑자기 더욱 밝은 빛을 번쩍 뿌리며 사라지더니, 그 힘 때문인지 아니면 다른 무언가의 힘 때문인지 부러지지 않을 것 같은 굵은 장군검이 갈라져 몇 조각으로 흩어져 버렸다. 거기에 헌원지가 이번에는 바닥에 발을 찍었다.

'쿵' 하는 소리와 함께 태진극을 감싸고 있는 무거운 갑옷이 군데군데 터져 나갔다.

상당한 충격이었을 텐데도 태진극은 신음 한 번 흘리지 않았다. 터져 나간 것에는 안면 보호대도 속해 있어 그의 얼굴이 드러났다. 의외로 우락부락한 얼굴이 아니라 상당히 남자답고 준수하게 생긴 사십대 중년인이었다.

무기도 없어지고 갑옷도 떨어져 나간 그를 향해 헌원지가 다시 주먹을 뻗었다. 그와 함께 묵직해 보이는 흐린 빛이 태진극의 가슴을 때렸다.

팍!

촤아아악—!

타격이 대단했던 모양. 태진극은 이 장이나 밀려났다. 하지만 역시 신음을 흘리지 않았다. 그런 그를 보며 헌원지가 인상을 찡그렸다.

"너 같은 놈은 처음이군!"

이미 상대가 저항할 힘을 잃은 것 같았기에 헌원지는 내력을 갈무리한 상태였다. 소풍이라도 나온 사람처럼 뒷짐을 진 채 입을 열었다.

"장수로서의 자존심인가?"

"죽여라."

"……."

잠시 침묵 후, 헌원지가 피식 웃었다. 그러더니 다시 살기를 내뿜었다.

"소원이라면!"

헌원지는 태진극에게 다가가 목을 쥐었다. 손에 힘을 가할수록 태진극의 얼굴이 붉게, 그리고 시간이 좀 더 지나자 푸르게 변하기 시작했다.

그런데 갑자기 헌원지가 손을 놓았다.

"이렇게 죽일 수는 없지. 그래도 수천의 병사들을 이끌었던 수장이 아닌가."

말과 함께 헌원지가 손을 뻗자 땅에 뒹굴고 있던 칼 하나가 그의 손에 이끌리듯 날아와 잡혔다. 허공섭물이라는 고상한 기술이 아니라 순수한 음공이었다. 칼에서 흘러나오는 음파를 감지해 조종한 것이다. 그것을 알 리 없는 애희 등은 또 한 번 감탄할 수밖에 없었다.

"그럼 잘 가라!"

헌원지는 말과 함께 칼을 횡으로 그었다.

스팟!

태진극의 수하들이 그를 구하기 위해 다급히 달려들었지만 이미 늦어버린 상태였다.

제15장
재회

침묵 속에서 마야를 제외한 모든 사람들이 헌원지의 눈치만 보고 걷고 있었다. 좀 전에 보여주었던 악마 같은 그의 모습이 머리 속에서 지워지지 않고 있었기 때문이다.

태진극이 죽자 두려움에 떨면서도 달려드는 삼십여 명에 달하는 반란군들을 잔인하게 죽이는 헌원지는 분명 악마였다. 강한 적을 쓰러뜨리기 위해서는 어쩔 수 없이 잔인해질 필요가 있다지만 반란군들은 헌원지에게 전혀 위협이 못 되지 않았던가! 그런 그들을 잔인하게 토막 내는 모습은 일행에게 충격을 주기에 충분했다. 그것은 싸움이 아니라 도살에 가까운 행위일 뿐이었다.

한 치의 망설임도 없이 사람들을 토막 내는 그 잔인한 모습이란……!

그들은 그렇게 한 시진 정도를 헤매고 나서야 약속 장소를 찾을 수 있었다. 약속 장소에 도착하자 막충과 고정, 그리고 모용세가의 무사 두 명이 모용제성의 상처를 돌보고 있는 것이 보였다. 운 좋게 두 무사의 희생으로 추격대를 따돌릴 수 있었다는 간단한 설명을 들은 후, 그들은 급히 애뇌산을 벗어나기 위해 걸음을 재촉했다.

걸어가던 중 심상치 않은 분위기를 느낀 고정이 진주화에게 무슨 일이 있었냐고 묻기 시작했다. 하지만 진주화는 헌원지의 눈치만 살필 뿐 선뜻 말을 하지 않았다. 고정이 거의 반 시진이란 시간 동안 뒤에 처져서 그녀를 닦달해서야 전후 사정을 들을 수 있었다. 그리고 경악하는 그의 목소리!

"정말이야?"

자신도 모르게 소리친 그는 급히 입을 틀어막았다. 그리고 나직이 진주화에게 다시 물었다.

"정말 그렇게 고수란 말이야?"

"네. 우리 같은 사람은 상상도 할 수 없을 정도로……. 그 순간 정말 하늘 위의 하늘처럼 보였어요. 인간이 어떻게 그렇게 강할 수 있는지……!"

"믿어지지가 않아."

"당연하죠, 저는 보고도 못 믿겠는데. 아무튼 거기에 있던 사람들 모두 충격이었으니 지금은 말할 기분이 아닐 거예요. 모른 척하세요. 괜히 입을 열었다 저분의 심기를 건드리지 말고요."

진주화는 앞서 여유 부리며 걷고 있는 헌원지를 가리켰다. 그래도 고정은 도저히 믿을 수 없다는 듯한 표정을 지우지 못하고 있었다. 하지만 진주화가 그런 거짓말을 할 일은 없다고 생각했기에 더 이상 묻지 않고 묵묵히 걷기 시작했다. 그러니 일행의 분위기는 더욱 무겁게 가라앉을 수밖에 없었다.

                    *   *   *

 채채챙!
 역문으로 가는 길목 중 하나인 천평. 천평을 막 빠져나오는 길 숲 속에 때 아닌 병장기 부딪치는 소음이 울려 퍼지고 있었다. 삼백여 명이 넘는 진룡문의 무사들과 백여 명의 모용세가가 충돌한 것이었다.
 거의 세 배에 가까운 인원이었지만 갑작스런 기습을 당한 데다, 무사들의 실력 차가 워낙 커 진룡문이 고전을 면치 못하고 있었다.
 "웨, 웬 놈들이냐?"
 사방에서 무사들이 피를 튀기며 싸우고 있는 중에 진룡문주 조막이 외쳤다. 그러자 청의를 입은 이십대 후반 정도의 사내가 혼전 중에도 그와는 전혀 상관없다는 듯 천천히 다가오며 입을 열었다.
 "진룡문주께서는 어이하여 이 많은 고수들을 데리고 역문으로 가는 길이시오?"
 "서, 설마……."
 조막은 앞서 걸어오던 중년 사내의 외모를 보고 경악했다. 언젠가 한 번 봤던 자였기 때문이다.
 "진용파(振龍破), 진용파가 아닌가?"
 모용세가는 칠천의 고수들을 보유한 방대한 집단. 그 칠천의 인원이 모두 모용씨는 아니지만 적어도 오백여 명 이상이 모용씨를 쓰고 있었다. 나머지는 가솔들로 대대로 모용세가에 몸을 담고 있는 무사이거나, 무림에서 세를 자랑하기 위해 세가에서 직접 어린아이들을 사들여 무공을 가르쳐 키워낸 자들이었다.

모용세가에는 무공 기재가 많기로 유명한데, 그중 가장 유명한 자들이 바로 모용사봉(慕容四鳳)과 모용이성(慕容二星)이었다. 모두 서른다섯이 안 된 젊은 후기지수들로서 무림에서도 그 실력을 입증받은 최고의 무사들이었다. 특히 이성의 이름이 드높았는데, 이성 중 모용량(慕容倆)은 서른둘의 나이로 모용세가의 쟁쟁한 고수들을 제치고 실력이 열 손가락 안에 든다고 소문이 났을 정도였다. 하지만 그와 쌍벽을 이루는 젊은 실력자가 있었으니, 바로 모용씨가 아닌 진씨 성의 용파라는 사내였다.

집안 대대로 모용세가에 몸을 담고 있었던 진용파는 아버지와 마찬가지로 어릴 때 모용세가에서 무공을 배웠고, 세가를 위해 일을 했다. 은근히 그의 천부적인 재능 때문에 수많은 모용세가의 젊은이들에게 시기와 질투를 받기는 했지만 겉으로 드러날 정도의 커다란 문제는 없었다. 그리고 스무살 때 가주의 눈에 들어 제자가 되는 영광까지 누리게 되자 같은 또래의 젊은이들에게 더욱 많은 질투를 받기는 했지만 가주의 제자라는 이유와 언젠가는 모용세가에서 높은 직위를 차지할 것이라는 예견으로 더 이상의 반발을 받지는 않았다. 오히려 그동안 그를 멀리하던 모용세가의 후기지수들이 친분을 쌓기 위해 다가올 정도였다.

그런 그가 사람들의 예상에 부흥하듯 지금 모용세가의 정예 무력 단체인 청기당의 당주를 맡고 있었다. 일천 명이나 되는 청기당의 정예를 지휘하는 그의 입지는 모용세가에서 상당했고, 모용세가가 세워진 이래 유일무이한 일이었다. 지금껏 청기당, 황기당, 적기당의 삼당 당주는 모두 모용씨가 맡아왔기 때문이다. 그만큼 그의 무공이 뛰어나다는 반증이었고, 가주의 신임이 높다는 것을 말해 주고 있었다.
진용파는 조막의 물음에 신경도 쓰지 않고 말을 이었다.
"천평은 역문으로 가는 길목. 진룡문이 역문에 볼일도 없을 것이고, 모용세가에 볼일이 있다고 볼 수밖에 없는데……. 솔직히 말해 준다면 정상 참작을 해줄 것이오."
조막이 인상을 찌푸렸다.
"이러고도 네가 무사할 줄 아느냐?"
"하하, 후속 부대와 진안으로 빠져 역문으로 가는 사백 명의 무사를 믿고 있는 모양인데, 그들도 지금 피를 뿌리고 있을 것이오."
조막의 표정이 더욱 구겨지기 시작했다. 그러면서 진용파가 알 수 없게 서서히 내력을 끌어올리기 시작했다. 그리고 순식간에 기습을 가했다.
"이얍!"
기합성과 함께 검이 뽑히고 검초가 펼쳐졌다. 그에 따라 필생의 진기가 검기가 되어 진용파에게 쏟아졌다. 검초를 펼치는 중에 조막이 뒤에서 자신의 딸 조민을 호위하고 있는 무사들에게 외쳤다.
"조민을 보호해 이탈해라! 나도 곧 따라가겠다!"
말과 함께 십여 명의 호위 무사들이 조민의 양어깨를 잡더니 그녀를 들고 도주하기 시작했다. 정예 대부분을 데려온 터라 모용세가와 싸움이 일면 오히려 문 내가 안전하지 못하다는 판단 하에 그녀를 데려온 것인데, 그것이 오히려 문제였다. 조민이 멀어지는 것을 바라보던 진용파가 공격을 퍼붓고 있는 조막을 향해 노성을 질렀다.
"뜻대로 되지는 않을 것이오!"
말과 함께 그도 검을 뽑아 들었다.

* * *

헌원지 일행은 모용제성과 용제 때문에 애뇌산을 나온 후 마차 한 대를 구해 나흘째 길을 가고 있었다. 마차는 부상자와 애희, 그리고 마야가 타고 나머지는 걸었다. 해는 이제 붉은 황혼을 뿌리며 뉘엿뉘엿 기울어가고 있었다.

"조금만 더 가면 천평입니다. 천평에서 역문까지 가까우니 이틀에서 길면 사흘 정도 후에 도착할 수 있을 겁니다."

마차를 몰고 있는 무사의 말에 마차를 따라 걷고 있던 고진붕이 물었다.

"조금이 어느 정도요?"

"원래는 두 시진만 가면 되지만 이 속도로 간다면 세 시진 정도 걸릴 겁니다."

고진붕이 산에 반쯤 걸린 태양을 보며 마차 안을 향해 말했다.

"오늘은 여기에서 쉬었다 가는 것이 어떻겠습니까?"

그러자 마차 안에서 애희가 창문을 열더니 어두워져 가는 하늘을 보고는 고개를 끄덕였다.

마차는 일 리 정도를 더 간 후, 숲 속 널찍한 공터가 나오자 멈춰 섰다. 마차가 서기 바쁘게 사람들은 야영 준비를 위해 움직이기 시작했다.

식사 준비를 하랴, 천막을 치랴, 바쁘게 움직이는 와중에도 헌원지는 태평스럽게 그 모습을 지켜보더니 마차 위에 올라가 대자로 누워 어두운 하늘을 바라보고 있었다. 하지만 그에게 불평을 토해내는 사람은 아무도 없었다. 다른 사람들 또한 이곳으로 오는 동안 헌원지의 실력이 어떤지 들었기 때문이다.

　음식 준비는 애희 몫이 되었다. 무사들이 구해온 토끼 몇 마리와 하루 전 들렀던 마을에서 구한 음식으로 식사 준비를 하는 가운데 마야가 그것을 도와주었다. 며칠 사이 마야와 애희는 상당히 친해져 있는 상태였다.

　"그릇에 음식 좀 담아줘요."

　애희의 말에 마야가 신기한 듯 음식을 바라보더니 그녀의 말에 따라 그릇에 음식을 담기 시작했다. 애희는 그중 나무 그릇 두 개를 들어 마차 안에 있는 제성과 용제에게 음식을 건네주었다. 그리고는 마차 위를 향해 말했다.

　"식사하세요."

　"……."

　아무런 대답이 없자 다시 외치려던 그녀가 무슨 생각에선지 마차 위로 올라가 얼굴을 들이밀었다. 그러자 멀뚱히 하늘만 바라보고 있는 헌원지가 눈에 들어왔다.

　"식사하세요."

　헌원지는 그 자세 그대로 입을 열었다.

　"입맛 없소."

　퉁명스러우면서도 처음 봤을 때와는 완전히 달라진 말투에 화가 나기도 하련만 애희는 며칠간 익숙해져서인지, 아니면 무서워서인지 그에 대해서 별말하지 않았다. 그것은 그녀뿐만이 아니라 가장 나이가 많은 모용제성을 제외한 일행 전원에게 해당되는 것이었다.

　"그래도 조금 드세요. 점심도 조금밖에 안 드셨잖아요."

그녀의 말에 헌원지가 몸을 일으키더니 한참 후 조롱 섞인 미소를 띠었다. 그 미소가 신경에 거슬렸는지 애희가 약간 미간을 찌푸렸다. 하지만 헌원지는 상관하지 않고 말없이 다시 자리에 누워버렸다.

한참 동안 애희가 그 자리에 있자 결국 헌원지가 귀찮은 듯 다시 입을 열었다.

"안 그래도 머리 터지도록 계획할 일이 많으니 귀찮게 하지 말고 가시오."

"휴……."

한숨을 쉰 애희가 고개를 절레절레 흔들었다.

"알겠어요. 그리고 전에 하지 말라고 해서 말하지 못했는데 지금 할 게요."

"……?"

"지켜줘서 고마웠어요."

순간 헌원지가 인상을 찡그렸다. 그리고 툭 내뱉듯.

"고마워할 필요 없소, 그만한 대가를 치르면 되니까."

"대가라니요?"

애희는 고개를 갸웃거렸다.

"혹시 돈이 필요하시다면……."

"아아, 됐소. 나중 되면 알게 될 테니까 귀찮게 하지 말고 밥이나 먹으시오."

식사가 끝난 후 모닥불을 지폈다. 마차에는 언제나처럼 모용제성과 용제가 있기로 했고 천막은 여인들 차지였다. 나머지는 밤이슬을 맞으며 모닥불과 함께 시름해야 했다.

아직 초경(初更:오후 7시에서 9시)이었기에 모두들 말없이 모닥불 주위에 둘러앉아 있었다. 거기에는 조금 상처가 나아진 제성과 용제 부자도 함께였다. 고정이 중간에 마을에서 구한 술 몇 병을 꺼내놓고 모두 불러 모았기 때문이다. 하지만 특별히 할 말이 없었으므로 모두들 침묵을 지키고 술만 홀짝일 뿐이었다. 그때 어색한 침묵이 싫었던 고정이 우스갯소리를 했다.

"생각지도 못한 도망자 신세에 고생도 함께 했는데, 대가를 조금 올려줄 의향은 없습니까?"

분위기를 바꿔보려 했던 말이었지만 모용제성이 고개를 끄덕였다.

"세가로 가면 내가 따로 금 세 냥을 더 주겠소. 그리고 용병 일을 그만두고 싶다면 가주께 말씀드려 모용세가에 좋은 일자리도 마련해 줄 의향이 있소."

그 말에 기대도 하지 않았던 고정의 입이 벌어지기 시작했다.

"노, 농담이었습니다. 그전 두 냥도 엄청난데요."

"아니오. 그대들이 아니었으면 애뇌산에서 시체가 되었을 것이오. 그 점 다시 한 번 감사드리오."

너무 진지하게 받아들이는 모용제성 때문에 오히려 고정이 얼굴을 붉히며 입을 다물어 버렸다. 그러자 제성이 이번에는 헌원지를 바라보며 은근한 목소리로 말했다.

"소협도 원하는 것이 있으면 말해 보시오."

헌원지는 고개를 저을 뿐 입을 열지 않았다. 그러자 제성이 하고 싶었던 말을 슬쩍 꺼냈다.

"애희와 용제에게 들었소. 실력이 엄청나다고……. 혹시 소속된 문파가 없다면 나와 함께 모용세가로 가실 생각은 없소? 만약 허락만 한다면 최고의 대우를 받을 수 있게 해주겠소."

"별로 관심없소."

심드렁한 표정으로 술잔을 기울이는 헌원지였다. 하지만 그것이 완전한 거절이 아니었기에 모용제성은 세가로 돌아갈 때까지 좀 더 회유를 해볼 작정이었다.

밤이 깊어가고 삼경에 이르자 특별히 보초도 세우지 않고 모두들 잠에 빠져들었다. 그때 검은 인영 하나가 소리없이 접근해 왔다. 검은 야행복에 복면까지 쓴 그의 움직임은 어둠에 동화된 듯 극도로 은밀함을 유지하고 있었다. 하지만 조심스러운 행동과는 달리 움직이는 속도는 상당히 빨랐다. 그런 쪽으로 상당히 수행한 자가 틀림없었다.

침입자는 천막으로 다가가더니 문을 열고 들어갔다. 그리고 누워 있는 여인들 중 마야를 향해 다가가 팔을 툭 건드렸다. 마야가 눈을 뜨자 침입자는 그 자리에서 살며시 무릎을 꿇고 전음을 보냈다.

"교주님, 일월령입니다."

마야가 고개를 끄덕이며 밖으로 나가라는 표시를 했다. 일월령은 들어올 때와 마찬가지로 소리없이 밖으로 나갔다. 곧이어 마야가 그를 따라 숲 속으로 향했다.

어느 정도 일행과 멀어지자 마야가 걸음을 멈추며 물었다.

"어떻게 됐느냐?"

"대기시켰습니다."

"어디에 있지?"

"역문에서 조금 떨어진 천영와 진황에 나뉘어 장사꾼과 상인, 여행객들로 가장해 교주님의 명을 기다리고 있습니다. 모두 오백 명으로 최고 정예들만 골라 뽑았습니다. 그런 만큼 빨리 일을 마무리 짓고 본

교로 돌아가야 합니다."

걱정이 담긴 그의 말에 마야가 고개를 끄덕여 주었다.

"모양아 장로는 어떻게 하고 있느냐?"

"총단으로 옮기셨습니다."

순간 마야가 경악했다.

"총단? 총단은 왜?"

"오히려 그곳이 안전하다는 판단을 하신 모양입니다. 그리고 그 때문에 그간 흩어졌던 상당수의 무사들이 속속 모여들고 있습니다."

"위험하지는 않겠느냐? 또다시 적룡문 등에서 공격해 들어오면 어쩌려고……."

"그에 철저히 대비하고 있으니 걱정 마십시오. 그런데 언제 공격하면 됩니까?"

마야는 고개를 저었다.

"아직 정확한 계획을 듣지는 못했다. 내일 이 시간 다시 날 찾아오거라."

"존명!"

대답과 함께 일월령은 바람같이 사라졌다.

마야는 다시 천막으로 향했다. 그러다 문뜩 고개를 돌려 헌원지를 바라보았다.

"깨, 깨어 있었어?"

"복면인이 올 때부터 깨어 있었지."

그러자 마야가 헌원지에게 다가가 조용히 말했다.

"역문 근처에 있는 마을에 대기하고 있는데, 내가 계획을 몰라 내일 다시 오라고 했어. 어떻게 할 참이야?"

헌원지는 대답없이 슬며시 자리에서 일어섰다. 혹시 깨어 있는 사람이 있다면 조금 곤란해질 수도 있다고 판단했기 때문이다. 헌원지는 마야를 데리고 으슥한 곳으로 가 입을 열었다.

"정확히 지금으로부터 닷새 후, 모용세가에서 많은 고수들이 나올 거다. 그때 모용세가를 감시하고 있다가 그들이 빠져나오는 길에 매복해 공격하라고 전해라."

"닷새 후?"

마야가 고개를 갸웃거렸다. 정확한 시간과 모용세가가 어떻게 행동할지에 대해 알고 있는 것이 이해가 가질 않았던 것이다. 헌원지가 고개를 끄덕여 확인시켜 주었다.

"그래, 닷새 후다. 그때 모용세가에서 무사들이 우리를 공격하기 위해 움직일 것이다."

"어떻게 그렇게 확신해?"

헌원지가 피식 웃었다.

"내가 그렇게 만들 거니까."

"어떻게?"

"넌 그런 것까지 알 필요 없어. 아무튼 넌 그렇게 전하면 된다. 중요한 건 기습 공격에서 끝까지 싸울 필요는 없다는 거다. 피해를 최소한으로 줄이고 적의 사기만 꺾으면 돼. 기습전에 퇴로를 미리 확보해 놨다가 일을 끝나는 즉시 다시 몸을 숨기라고 해. 차후 명령은 다시 할 거니까."

"알겠어. 그런데 모용애희 등은 어떻게 할 거야?"

"인질로 삼을 생각이다."

"뭐? 어떻게 그럴 수가 있어?"

"훗, 그럼 내가 저 녀석들을 왜 반란군에게서 구해줬다고 생각하나? 난 이유없이 남을 도와줄 정도로 착한 놈이 아니야. 그게 다 이번 일을 위해서였지."

"하지만 애희는 내게 잘해줬는데……."

"쯧쯧, 아직도 그런 한가한 소리를 하나?"

그러자 마야가 애원하듯 말했다.

"다른 사람들은 몰라도 그녀만은 보내줘."

"내가 왜 그래야 하지?"

"모용세가에 우리가 인질을 잡고 있다는 것을 알려야 할 사람은 필요하잖아."

"그건 다른 사람을 시키면 돼. 쓸데없는 정으로 일을 망칠 생각하지 마라."

헌원지는 매정하게 말한 후, 더 이상 그에 대해 입을 열기 싫다는 듯 몸을 돌렸다. 그러자 마야가 급히 그에게 따라붙으며 물었다.

"주, 죽일 것은 아니지? 인질로만 삼을 생각이지?"

"글쎄… 인질로서의 가치가 떨어지면 죽여야지."

"그, 그건 너무해!"

반발하는 그녀를 바라본 헌원지는 말없이 고개만 저을 뿐이었다. 그때 헌원지가 갑자기 걸음을 멈춰 세웠다. 그리고는 청력을 끌어올려 주위의 소리를 살피기 시작했다.

"왜, 왜 그래?"

"쉿!"

"……?"

잠시 후 헌원지가 미소를 지었다.

재회 211

"훗, 이 산에도 밤에 불청객이 꽤나 많이 돌아다니는군."

그 말에 마야 또한 내력을 이용해 청력을 올렸다. 그러자 헌원지의 말대로 몇 명의 사람이 달리는 소리가 감지되었다. 숫자는 정확히 알 수 없었지만 십여 명은 넘는 것 같았다.

"누굴까?"

마야의 물음에 헌원지는 어깨를 으쓱거린 후 모닥불 근처로 가 앉았다. 그런데 그 순간 밤 공기를 가르는 비명성이 울렸다. 그와 함께 자고 있던 막충 등이 자리에서 벌떡 일어나더니 무기를 집어 들며 주위를 경계했다. 천막과 마차에서도 애희 등이 무기를 들고 뛰쳐나왔다.

"무슨 일이죠?"

애희의 물음에 모두들 고개를 저었다. 소리로 보아 그리 멀지도 않은 것 같은데 모습을 드러내지 않았으니 알 수가 없었던 것이다. 하지만 그들은 잠시 후 장내로 뛰어든 다섯 사람에 의해 상황을 짐작할 수 있었다. 누군가에게 쫓기는 표정이 역력히 드러나 있었기 때문이다.

처음 모습을 드러냈던 다섯 명은 여자 하나에 남자 넷. 그중 한 사람은 상당한 부상을 입고 있었다. 그들의 얼굴을 확인하는 순간 헌원지가 두 눈을 동그랗게 떴다. 여인과 부상자가 자신이 알고 있는 사람이었기 때문이다.

"당신들은……."

헌원지가 입을 열자 여인과 부상자도 그를 보더니 놀라움을 드러냈다. 여인은 조민이었다. 운 좋게 모용세가의 기습에서 몸을 뺀 조막과 합류한 그녀는 대부분의 무사를 잃어 진룡문으로 돌아가고 있었다. 하지만 뒤늦게 추격에 나선 모용세가의 고수들 때문에 지금까지 도망칠 수밖에 없었다. 그러다 방금 전 앞을 막아서는 모용세가의 무사들과 싸움을 벌였고 거기에서 한 명의 호위 무사를 잃었다. 좀 전에 지른 비명의 주인공이었다.

밤이 깊어 길까지 않은 데다 불빛이 보여 무작정 이곳으로 도망쳐 온 것인데…….

"헌원 선생님이 아니세요?"

경악하며 묻는 물음에 헌원지가 얼떨결에 고개를 끄덕였다.

"그런데 여긴 어쩐 일로……."

물음을 던지던 헌원지가 그들의 행색을 보고 무슨 일인지 짐작했다는 듯 말끝을 흐렸다. 진룡문과 금천방에 힘을 합치기로 했으니 당연히 역문으로 가는 길이었을 것이란 계산이 나왔기 때문이다.

'재수없게 도중에 모용세가에 들킨 모양이군.'

생각과 함께 그의 예상을 확인해 주듯 다시 십여 명의 무사가 장내로 모습을 드러냈다. 그리고 그들이 나타났을 때, 이번에는 모용제성과 애희 등이 경악한 표정을 지었다. 모용제성이 인상을 쓰며 물었다.

"여기는 어쩐 일인가?"

갑작스런 물음에 모습을 드러낸 이십여 명의 무사들이 모용제성을 바라보고는 역시 놀라움을 드러냈다.

"부, 부당주님 아니십니까?"

"그렇다."

"애뇌산의 일은 어찌하시고……."

"일이 잘못되어 연락도 없이 먼저 오게 되었다. 그런데 정말 이 밤에 여긴 무슨 일인가?"

"저자들을 쫓아왔습니다."

"누군데 그러나?"

"진룡문입니다. 감히 우리 모용세가를 기습하기 위해 역문으로 오는 중이었습니다. 다행히 그것을 파악했기에 먼저 기습을 감행했고 괴멸시켰으나, 그중 진룡문주 조막과 몇 명이 도주를 하는 통에……."

말과 함께 그가 외쳤다.

"뭣들 하느냐? 잡아라!"

명과 함께 이십여 명의 사내가 원을 그리며 조민 등을 둘러쌌다. 그러자 헌원지가 웃으며 원 안으로 들어섰다.

"내가 이번 일에 무관하지 않으니 가만히 보고 있을 수는 없지."

그의 말에 애희 등 일행이 의아함을 드러냈다.

"무, 무슨 소리죠?"

"호호, 사실 내가 이번 일의 원흉이거든."

"……?"

"……?"

한동안 그 의미를 알지 못한 사람들이 침묵을 지키며 서로서로를 바라보았다. 대답을 요구하는 물음의 눈빛이었지만 상대방도 같은 눈빛, 같은 표정으로 바라보고 있으니 침묵이 이어지는 시간은 길 수밖에 없었다.

그 멍한 표정이 한결같은 것을 보고 헌원지가 명확하게 자신을 밝혔다.

"내가 진룡문에서 모용편성인가 하는 늙은이를 죽였다면 믿겠나?"

순간 마야와 진룡문 사람들을 제외한 장내의 모든 인물들이 두 눈을 부릅떴다. 애뇌사호 또한 무림에 떠도는 소문, 모용세가에 있는 화경의 고수를 죽인 자가 있다는 것을 들었기에 놀랄 수밖에 없었다. 하늘 같은 화경의 고수를 죽여 운남무림을 뒤흔들었던 놈이 바로 지금까지 자신들과 같이 지냈다라는 것이 믿겨지지 않는 듯했다.

아까보다 훨씬 긴 침묵이 이어졌고, 가장 먼저 반응한 것은 애희였다. 그녀는 분노에 몸을 떨고 있었다. 어릴 때부터 친할아버지처럼 따르던 모용편성을 죽인 자에 대한 참을 수 없는 분노였다.

"죽여!"

그녀는 더 두고 볼 것도 없다는 듯 외쳤다. 그러자 잠시 멍해 있던 이십여 명의 무사가 일제히 헌원지를 향해 달려들었다. 하지만 성공할 리 없었다.

촤악!

발을 땅에 찍어 차자 흙과 자갈이 앞쪽으로 달려드는 무사들을 향해 뿌려졌다. 그와 함께 다섯 명의 무사가 변변한 공격 한 번 해보지 못하고 얼떨결에 피를 흘리며 뒤로 튕겨 나갔다.

다음은 손이었다. 헌원지는 왼손을 한 번 휘저었다. 그러자 또다시 세 명의 무사가 쓰러졌는데 모두 입으로 피를 토해냈다. 심장을 터뜨려 버렸던 것이다.

단시간에 여덟 명이 죽어나가자 남은 무사들이 움찔거리며 공격할 생각을 버리고 훌쩍 뒤로 물러섰다. 거리가 벌어지자 헌원지가 회심의 미소를 지었다.

"후후, 음공의 장점은 대량 살상과 장거리 공격 능력이지."

말과 함께 발로 땅을 세차게 찍었다. 내력이 실린 발이 땅을 찍자 깊숙이 파이며 '쿵' 하는 거대한 소리를 뿜어냈다.

번쩍!

하늘에서 번개가 치는 듯 수십 개의 불빛이 순간적으로 떨어져 내렸다.

콰콰콰쾅!

거대한 폭음에 무사들의 비명은 묻혀 버려 들리지 않았다. 남은 것이라고는 그들의 피에 들끓은 뜨거운 시체뿐이었다.

애희의 두 눈이 경악으로 물들었다. 이성을 잃어 무작정 명령을 내리기는 했지만 그래도 지금 죽은 무사들은 모용세가에서도 알아주는 정예가 아닌가! 그런데 반란군들과 같이 제대로 된 저항 한 번 못하고 쓰러져 나가는 것은 엄청난 충격일 수밖에 없었다. 그리고 고정 등과 같이 헌원지의 무공을 처음 보는 자들도 애희와 같은 표정이었다.

"저, 저렇게 강할 수가 있는 거야?"

진주화의 설명에도 불구하고 과장이 심하다고 생각하고 있었던 고정이 결국 자신도 모르게 떠듬거렸다. 진주화도 멍하니 헌원지를 바라보며 대꾸했다.

"전에 말했잖아요, 하늘 위의 하늘이라고."

순식간에 상황이 끝나 버리자 헌원지는 애희와 모용제성 등을 바라보았다.

"원래 이틀 후에나 일을 벌일 생각이었는데 어쩔 수 없군."

"무슨 소리냐?"

애희가 버럭 소리쳤다. 마음 같아서는 당장에 헌원지를 죽여 버리고 싶은데, 방금 보여준 무공이 너무 강렬히 머리 속에 남아 있어 그녀의 움직임을 막고 있었다.

그녀의 말에 헌원지가 입꼬리 한쪽을 뒤틀어 올리며 비릿한 미소를 지었다.

"마차 위에서 내가 말했지? 대가를 치를 거라고."

순간 헌원지의 몸이 애희에게가 다가들었다. 갑작스런 그의 행동에 애희가 반응도 못하고 있는데, 그녀를 대신해 모용제성이 검을 뽑아 들어 헌원지를 향해 내질렀다. 하지만 채 헌원지의 몸에 닿기도 전에 검은 산산이 부서져 흩어졌다. 헌원지가 그사이 손가락을 튕겨 검에서 흘러나오는 음파와 맞춰 버렸기 때문이다.

퍼퍼퍽!

멀쩡한 검이 부서지는 황당한 경험을 한 모용제성의 몸에 헌원지의 주먹이 몇 번 닿았다 떨어졌다. 그와 함께 모용제성은 뒤로 삼 장이나 날아가 나무에 부딪쳐 떨어져 내렸다.

다음은 원래 노렸던 애희였다. 헌원지는 모용제성이 사라지자 손을 뻗어 애희의 멱살을 쥐더니 힘을 주어 들어 올린 후 바닥에 패대기를 쳐버렸다. 헌원지 앞에서는 지금까지 배웠던 무공 실력을 발휘할 기회조차 가질 수 없었던 애희는 신음과 함께 충격으로 혼절했다.

그녀를 보던 헌원지가 여전히 미소를 잃지 않은 채 고개를 돌렸다. 그의 시선에 몸을 떨고 있는 모용용제와 두 명의 무사가 걸렸다. 모용용제는 자신이 지금 무공을 익혔다는 사실을 까먹을 정도로 극도의 공포감을 드러내고 있었다. 물론 그 자체도 인지하지 못하고 있을 정도였다. 그것은 두 명의 무사도 마찬가지였다. 전의를 완전히 상실해 버린 탓이었다.

"반항하면 내 마음이 어떻게 변할지 모른다. 조용히 포박을 받으면 목숨은 보장해 주도록 하지."

헌원지는 말과 함께 애뇌사호를 보며 명령하듯 말했다.

"이들 전원을 묶어라. 그리고 혈도에 침을 박아놔!"

막충을 제외하고 애뇌사호 모두가 홀린 듯 헌원지의 명령에 따랐다. 그때 아직 묶이지 않고 대기 중이던 무사가 갑자기 몸을 숲 속으로 몸을 날렸다. 쫓아가려던 고정을 향해 헌원지가 권태로운 표정을 지으며 말했다.

"그냥 둬, 어차피 한 명 정도는 보내줄 생각이었으니까. 모용세가에 내가 인질을 잡고 있다는 사실 정도는 알려야지."

그러면서 그는 마차로 걸어가 마석에 앉았다.

"인질은 마차 안에 쑤셔 넣고, 나머지는 가든지 말든지 마음대로 해라. 귀찮은 날파리들이 조만간 나타날 테니, 난 그전에 역문으로 가야겠다."

그러면서 생각난 듯 조막을 향해 물었다.

"문주께서는 어떻게 할 생각이십니까?"

"나, 나도 가겠네."

마차에는 인질 네 명과 부상을 당한 조막이 타고, 조수석에 마야와 조민이, 마차 지붕에는 세 명의 진룡문 무사가 탔다. 애뇌사호는 아무 말도 하지 못하고 그저 멀어져 가는 마차를 바라보고 있었다. 마차가 사라질 때쯤 고정이 중얼거렸다.

"우리가 왜 죽을 고생을 하며 여기까지 왔지?"

고진붕이 그에 답했다.

"글쎄……."

진주화가 입을 열려는데 막충이 먼저였다.

"돌아가자."

아무런 대가도 받지 못하고 돌아가는 그들의 발걸음은 무겁기만 했다.

제16장
미끼

헌원지는 빠른 속도로 역문을 향해 마차를 몰았다. 워낙 마차에 사람이 많이 타 말이 제 속력을 내지는 못했지만, 쉬지 않고 달린 덕에 시일을 앞당겨 하루 반 만에 역문에 도착할 수 있었다. 중간에 모용세가의 무사들이 간간이 보였고, 몇 놈은 조막을 잡기 위해 마차를 수색하길 원했지만 헌원지는 간단히 그들을 처리해 버리고 마차를 몰았다.

마차가 역문에서 이 리 정도 떨어진 곳을 통과했을 때였다. 갑자기 한 사내가 튀어나와 마차의 진로를 막았다. 모용세가 무사의 복장이 아니었기에 헌원지는 마차를 세우며 물었다.

"금천방?"

사내가 고개를 끄덕였다.

"그렇습니다."

그러자 헌원지가 나직이 물었다.

"준비는 됐소?"

"예, 이천여 명의 무사들을 나누어 보름 전부터 옮겨오기 시작했습니다. 지금 장원에서 대기 중입니다."

"유 총관님은?"

"역시 장원에서 기다리고 계십니다."

"알겠소. 안내해 주시오."

말과 함께 헌원지가 마차에서 내렸다. 그러자 사내가 의아함을 드러냈다.

"마차는……?"

"지금부터 걸어갈 것이오."

역문에 이르자 수많은 인파들이 헌원지 일행을 힐끔 보며 소곤거리기 시작했다. 하기야 시선을 끌 수밖에 없었다. 앞서 포박당한 채 등에는 장침이 꽂혀 죄인처럼 끌려가는 자는 일대에서 유명한 모용세가의 모용제성 등이었기 때문이다.

헌원지는 그들을 앞세우며 사내의 안내를 받아 장원으로 가는 중이었다. 워낙 많은 사람들이 몰려드는 통에 안내하던 사내가 난감한 기색을 드러냈다.

"이래도 괜찮겠습니까?"

헌원지가 미소를 지었다.

"중간에 도주한 녀석이 있소. 그놈이 지금쯤 모용세가에 도착해 이미 알렸을 것이니 별 상관 없소."

"하지만 장원의 위치가 발각될 텐데요?"

"걱정 말고 계속 안내하시오. 얼마나 더 가야 되오?"

"그리 멀지 않습니다."

이각 정도 더 걸어갔을까? 중심부에 거대한 장원 하나가 눈에 들어왔다. 사내는 그 앞에서 멈춰 섰다. 그때까지 지나다니는 사람들마다 헌원지 일행을 힐끔거리고 있었다.

"여기입니다."

사내의 말에 헌원지가 재밌다는 듯한 표정을 지었다.

"번화가 중심부에 장원을 마련하다니, 누구 생각이오?"

"아가씨 생각이셨습니다."

"방주님의 딸?"

"그렇습니다. 우선 들어가시지요."

헌원지 일행이 안으로 들어서자 장원 안에서도 금천방의 무사들이 황당한 표정으로 힐끔거리기 시작했다. 헌원지가 도착했다는 말을 듣고 마중 나온 유대적도 마찬가지였다.

"이, 이들은 왜 데려왔나?"

인사가 끝나기 바쁘게 물어오는 유대적의 물음에 헌원지가 딴소리를 했다.

"우선 이들을 창고에 가두어두십시오."

그러자 유대적이 무사들을 시켜 모용제성들을 데려갔다.

"말해 보게, 저들은 어떻게 된 건가?"

"중간에 우연히 알게 되어 역문 근처에서 잡았습니다. 인질로서의 가치가 충분한 자들이죠."

"그럼, 저렇게 포박한 채 여기까지 끌고 왔다는 말인가?"

"문제라도 있습니까?"

그 말에 유대적이 혀를 찼다.

"자네 제정신인가? 모든 사람들이 다 봤다면 모용세가에도 금방 소문이 들어갈 걸세. 지금까지 은밀히 장원에 무사들을 데려오느라 얼마나 고생을 했는데……. 본거지를 적에게 알려 좋을 것이 뭐가 있다고 그런 행동을 한 것인가?"

"이유가 있으니 우선 들어가서 설명하죠."

그때 유대적이 진룡문주 조막을 바라보았다.

"정보원들에게 소식을 들었습니다. 중간에 기습을 받았다고……. 갑작스럽게 벌어진 일이라 돕지 못했습니다. 괜찮습니까?"

"부상을 입었지만 신경 쓸 정도는 아니오. 나중에 치료하면 될 것이오."

조막은 말과 달리 씁쓸한 표정을 지우질 못했다.

실내로 들어가자 그제야 눈에 들어온 듯 유대적이 마야를 가리켰다.

"혹시 만월교의……?"

헌원지가 의아함을 드러냈다.

"어떻게 아셨습니까?"

"모양각에서 연락을 받았었네."

말과 함께 유대적이 정중하게 포권을 했다. 그러자 조막이 의아함을 드러냈다. 만월교도라는 이유만으로 유대적이 저렇게 정중하게 예를 갖추는 것이 이해가 가지 않았기 때문이다. 그런데 예를 마치던 유대적이 그들의 표정을 보고 고개를 갸웃거렸다.

"만월교의 교주님이신데 모르고 계셨습니까?"

순간 조막과 조민은 입을 벌리고 한동안 멍하니 마야를 바라보았다. 소문으로는 귀주 전체를 통합한 절대 강자가 만월교가 아닌가. 그런데 지금까지 헌원지의 시비나 친구 정도로 생각했던, 아직 묘령도 되지 않은 어린 여인이 그 만월교의 교주였다니……. 충격이 쉽게 가라앉을 수 없었다.

　그들의 시선에 마야가 얼굴을 붉히자 그제야 정신을 차린 조막과 조민이 예를 차렸다. 포권했다.

"진룡문주 조막이라고 합니다."

"조민입니다."

　마야가 쑥스러운 듯 떠듬거렸다.

"아, 알고 있어요."

"그동안 무례했던 점 사죄드립니다."

　마야는 고개를 저었다. 그때 헌원지가 본론을 꺼내었다.

"다른 장원은 어디 있습니까? 두 개를 구해놓으라고 했는데?"

"역문에서 동쪽으로 삼 리 정도 떨어진 곳에 큰 장원 하나를 사뒀네. 물론 주인은 그대로고, 잠시 빌린 것이지. 그래야 의심을 받지 않을 테니까."

"금천방에서는 이천여 명의 무사들을 데려왔다고 했는데, 그들 모두가 여기에 있습니까?"

"방이 많이 부족하기는 하지만 이곳에 모두 있네. 다른 장원에는 모양각에서 지원해 준 무사들이 기거하고 있지."

　헌원지가 고개를 갸웃거렸다.

"그런데 그 많은 무사들을 금천방에서 어떻게 빼왔습니까? 분명히 모용세가에서 감시하고 있었을 텐데요."

"전에 자네가 빠져나갔던 땅굴을 기억하나?"

　헌원지가 재밌다는 듯 웃었다.

"하하, 그 좁은 길로 이천 명이나 빠져나왔단 말입니까?"

"어쩔 수 없었지."

"그럼, 다른 장원에는 귀주에서 지원 나온 고수들이 대기하고 있겠군요."

"그렇네."

"모두 몇 명이나 됩니까?"

"일천오백 명이라 들었네."

헌원지가 피식 웃었다.

"훗, 모양각에서 꽤나 신경 쓴 모양이군요."

"그런 것 같아. 며칠 전 한 번 찾아가 봤는데, 보이는 무사들 한 명 한 명이 전부 다 엄청난 기운을 풍겨내더군. 솔직히 조금 놀랐네. 그 정도 절정고수들을 지원해 줄지는 몰랐거든."

"그럴 겁니다. 그들은 혈천문, 단목문, 적룡문에서 지원을 나왔으니까요."

"저, 정말인가?"

유대적이 상당히 놀란 표정을 지었다. 조막과 조민도 입을 다물지 못하자 헌원지는 가볍게 고개를 끄덕이는 것으로 대답을 마쳤다. 하지만 놀라운 사실은 그것만이 아니었다. 헌원지가 마야를 보며 물었다.

"어디에서 대기한다고 했지?"

"천영과 진황."

그 말을 듣고 헌원지가 유대적에게 말했다.

"천영과 진황에도 만월교의 고수 오백 명이 대기 중에 있습니다. 그들 모두 만월교의 최고 정예들일 겁니다."

"정말인가? 만월교에서도 지원 나올 거라는 소리를 모양각에서 듣기는 했지만, 오백 명이나 올 줄은 몰랐군."

"만월교에서도 꽤 신경을 쓴 거지요. 그들의 실력은 제가 보증합니다. 웬만한 문파는 반 시진 만에 전멸시킬 수 있는 자들이니, 이번 모용세가와의 충돌은 걱정 마십시오."

이미 알고 있는 유대적도 놀라고 있는데, 조막은 말할 것도 없었다. 남무림 열두 세력 중 네 개의 문파가 합쳐진 이 괴이한 연합에 기가 죽은 듯했다. 그들에 비하면 진룡문은 정말 달 앞의 반딧불이었기 때문이다.

그때 유대적이 궁금증을 드러냈다.

"앞으로 어떻게 할 생각인가?"

"우선 우리도 인질들을 잡아놨으니 이곳이 탄로났다 해도 섣불리 공격하지는 못할 것입니다."

"모용세가에서도 인질을 잡고 있으니 그들과 우리의 입장이 같아지기는 했지만, 정면충돌은 피할 수 없을 걸세."

"정면충돌을 해도 전혀 밀질 것 없죠. 고수의 수로 따지면 오히려 우리가 우세합니다."

말을 하던 헌원지가 고개를 저었다.

"하지만 굳이 정면충돌을 할 필요는 없죠. 손자도 전쟁술의 가장 첫 번째로 치는 요체가 싸워서 이기는 것보다는 '얼마나 손해를 줄이며 패배하지 않느냐' 입니다. 최소한 손해를 줄여야죠. 아무튼 이곳을 모용세가에 가르쳐 줬으니 그들은 다른 곳에는 신경 쓰지 못할 겁니다. 적룡문 등이 대기하는 장원은 철저히 숨기십시오."

"그들을 이용해 기습을 할 생각인가?"

"그렇습니다."

"하지만 모용세가를 만만하게 보지는 말게. 그들도 칠천의 고수를 보유하고 있는 남무림 열두 강자 중 하나일세. 그리고 기습당할 정도로 방비를 허술하게 하지는 않을 게야."

"허술하지 않다면 허술하게 만들면 됩니다."

당당한 그의 말에 유대적이 반신반의하며 물었다.

"방법이 있나?"

"간단하죠."

대답과 함께 헌원지는 며칠 전 마차 지붕에 누워 생각했던 계획을 설명하기 시작했다. 그리고 설명이 끝나자 바로 유대적에게 물었다.

"며칠 안에 모용세가 몰래 이천 명 정도를 구할 수 있겠습니까?"

"이천 명?"

"예, 필요합니다."

"어렵네. 그 많은 무사들을 어떻게 구한단 말인가."

그러자 헌원지가 웃었다.

"무공을 몰라도 됩니다. 머릿수만 채울 수 있는 사람을 말하는 겁니다."

"무공도 모르는 사람으로 머릿수를 채워서 뭘 하려고 그러나?"

"그에 대해서는 다음에 말씀드리죠. 구할 수 있겠습니까?"

하지만 유대적은 고개를 저었다.

"그냥 구한다면야 그리 어려운 문제는 아니지만, 모용세가의 눈을 속이며 그 많은 인원을 구할 수는 없을 걸세."

"그럼 천 명 정도는?"

"글쎄……."

"그럼 최대한 많은 수를 구해보십시오. 단, 모용세가가 눈치채지 못하게 하는 것이 중요합니다."

"한번 알아보겠네."

*　　　*　　　*

부복해 있는 무사는 모용세가의 가주 모용곽을 향해 그간 있었던 일을 설명했다. 한참 후 그의 설명이 끝나자 모용곽이 두 눈을 부릅떴다.

"제성과 용제, 애희가 인질로 잡혔다는 것이 정말이냐?"

"그렇습니다."

모용곽은 믿을 수 없다는 표정이었다. 반란군에게도 패하고, 적에게 인질까지 내어주게 될 줄은 몰랐던 것이다. 그는 옆에 있는 노인에게 급히 명했다.

"지금 즉시 무사들을 보내 모용제성을 구해와라!"

하지만 노인이 채 명을 받들기도 전에 실내로 한 무사가 달려들어와 놀라운 보고를 올렸다.

"큰일났습니다!"

모용곽이 인상을 찡그렸다. 하지만 무사의 표정이 워낙 다급해 보였기에 노기를 가라앉히며 물었다.

"무슨 일이냐?"

"조금 전에 역문에서 모용제성 부당주를 봤다는 사람이 있었는데, 포박을 당한 채 죄인처럼 끌려가셨답니다!"

모용곽이 분노에 몸을 떨었다.

"감히 역문에서 모용세가의 사람을 포박했다는 말이냐?"

흡사 자신이 죄를 짓기라도 한 양 무사는 몸을 움츠렸다. 극도의 인내심으로 분노를 가라앉힌 모용곽이 물었다.

"어디로 갔다더냐?"

"역문 안에 있는 만부장(萬夫莊)으로 끌려가셨답니다."

"만부장? 거기는 정 대인이 있던 곳이 아닌가?"

무사를 대신해 노인이 설명했다.

"이십여 일 전쯤 정 대인이 가솔을 데리고 떠나고 다른 사람이 들어왔다는 소문을 들었습니다."

"흥, 그럼 분명히 금천방이겠군. 그래서 진룡문이 그들과 힘을 합치기 위해 역문으로 왔던 것이겠지."

"그런 것 같습니다."

"그런데 어떻게 무사들을 빼내왔지? 금천방 주위에 철저히 감시자를 붙이지 않았나."

"저도 그것이 의아합니다. 특별히 많은 무사들이 빠져나갔다는 보고는 없었는데……."

"끄응!"

모용곽은 신음성을 흘리더니 다시 한숨을 쉬었다.

"일이 꼬이는구만."

노인이 슬며시 물었다.

"어떻게 할까요?"

모용곽은 선뜻 대답하지 못하고 오히려 노인에게 되물었다.

"자네 생각은 어떤가?"

"좀 더 지켜보는 것이 나을 것 같습니다. 저들이 인질을 잡고 있는 이상 섣불리 움직이는 것은 힘듭니다. 차라리 나중에 인질을 교환하는 것이 낫지 않겠습니까?"

"그럼, 저들을 곱게 보내자는 말인가?"

짜증 섞인 말에 노인이 고개를 저었다.
"그럴 수는 없지요. 우선 인질만 교환한 후 정식으로 금천방과 전쟁을 선포하시면 됩니다."
"저들이 인질을 순순히 내놓겠나? 바보가 아닌 이상 인질을 맞바꾼 후 우리가 공격할 것을 예상할 게 아닌가. 그에 대한 대처도 있을 텐데."
"그럴 가능성이 높지만 우선 시도를 한 번 해보는 것이 좋겠습니다. 그래도 안 된다면……."
"안 된다면?"
"인질을 포기해서라도 우리 모용세가의 자존심을 지켜야……."
"흐음!"
고심을 하던 모용곽은 대답을 하려다 말고 입을 다물었다. 그리고 잠시 후 노인에게 명했다.
"우선 가신들을 소집하게. 그들과 상의한 후에 결정해야겠네."
"알겠습니다."
노인은 자리에서 물러나며 다시 한 번 가주에 대한 생각을 굳혔다.
'무서운 사람!'
모용세가의 위상은 운남에서 드높다. 그런 모용세가가 인질 때문에 꼬리를 말았다는 소문은 당연히 있을 수 없었고, 있어서도 안 되는 일이었다. 그렇다면 결과는 하나. 모용제성과 그의 아들, 그리고 조카인 모용애희의 목숨을 취해야 했다.
이번 일 같은 경우 가주의 독단으로도 결정지어질 수 있는 일. 그런데도 가신들을 모아놓고 회의를 한다는 것은, 식솔을 죽이면서까지 적을 소탕하는 매정한 사람이란 소리를 자신이 덮어쓰지 않기 위해서 일

것이 분명했다.

어차피 적과 타협할 수 없는 모용세가였으니, 결론은 이미 정해져 있었다. 세 명의 인질을 살리기 위해 모용세가의 명예를 깎을 수는 없기 때문이다.

*　　　*　　　*

끼이익—!

소름 돋는 기괴음과 함께 철문이 열렸다. 동시에 모용애희의 두 눈이 번쩍 뜨여졌다. 그리고 언제나처럼 외쳤다.

"이러고도 너희가 무사할 줄 아느냐!"

잠시 후 창고 밖에서 사내의 조롱 섞인 말이 들려왔다.

"그런 소리 하기 전에 네 처나 생각해라! 하여튼 말 많은 여자라니까!"

철그렁!

말과 함께 애희가 갇혀 있던 문이 열렸다.

장원 한쪽에 자리한 허름한 건물 지하실에는 여섯 개의 창고가 있었다. 그중 애희가 감금되어 있는 창고는 지하 철문으로 내려와 오른쪽 첫 번째였다.

"이거나 먹어!"

문을 열고 들어온 사내의 손에는 식어 문드러진 만두와 물이 담긴 그릇 하나가 들려 있었다. 그는 쟁반에 담아 오지도 않고, 더러운 손으로 잡고 있는 만두를 애희 앞에다 휙 하니 던졌다.

투르르륵!

만두가 바닥을 굴러 전에 있던 만두와 부딪쳤다. 사내는 지금까지 그녀에게 만두와 물그릇만 가져다주었고, 애희가 하나도 손을 대지 않았기에 만두가 쌓여 있었던 것이다. 하기야 금지옥엽으로 자란 그녀가 흙이 묻은 식은 만두를 먹을 리가 없었다. 그리고 가장 큰 문제는 팔이 뒤로 묶여 있다는 것. 그것은 고개를 숙여 개처럼 만두를 먹어야 한다는 것인데, 그녀가 그것을 허락할 리 없다.

오히려 그 편이 나은 것일지도 몰랐다. 먹고 마시면 소화해야 한다는 불변의 진리가 있기 때문이다. 창고 구석에 볼일을 볼 수 있게 배려해 놓았지만 몸이 묶여 있는 상황에서는 그것도 큰일이었다.

그녀는 울컥하는 마음에 사내에게 달려들려다 참았다. 어제 달려들었다가 밀쳐져 바닥으로 쓰러지고 뺨을 맞은 기억이 아직도 생생했던 것이다. 혈도만 풀렸다면 일초지적도 안 되어 보이는 사내에게 분노와 적개심이 당연히 피어올랐지만 참아야 했다.

그것을 보고 있던 사내가 음침한 웃음을 흘렸다.

"아무리 그렇게 고고한 척해 봐야 너에게 좋을 것은 없어."

그러면서 가늘어지는 그의 눈은 그녀의 전신을 훑고 있었다.

"생각 같아서는 그냥 확 품어버리고 싶은데……. 쩝!"

"다, 닥쳐! 감히 삼류잡배 따위가 누굴 넘보는 거냐!"

"웃기고 있네. 어차피 넌 창고에 갇힌 죄인 신세가 아닌가? 평생 그 신세를 못 면할지도 모르는데 어디서 큰소리야."

"착각하지 마. 모용세가에서 가만히 있을 줄 알아?"

"하하, 너를 구하기 위해 공격이라도 할 줄 아나?"

"……."

"내가 재밌는 사실 하나 알려줄까?"

"……?"

사내는 무슨 기밀이라도 말하려는 듯 목소리를 낮췄다.

"여기에 있는 무사만도 이천이 넘어. 그리고 이틀 후면 모용세가에 불만을 품을 다섯 개의 문파에서도 우리를 돕기 위해 이곳으로 올 거야. 그때는 모용세가도 어쩔 수 없다는 말이지. 그러니 자존심 그만 세우고 만두나 먹어둬. 언제 여길 나가게 될지 아무도 모르니까."

"그럴 리가……. 우리 모용세가에 누가 감히 불만을 품는단 말이야?"

"글쎄, 그건 간부들만 아는 사실이고, 아무튼 이틀 후에 삼천 명 정도의 무사들이 오기로 했지. 인질이 있는 이상 모용세가는 섣불리 움직이지 못할 테니 그동안 우리는 더욱 많은 동조자를 구할 생각이야. 흐흐흐! 남무림 열두 강자 중 하나가 조만간 사라지는 거지."

말도 안 되는 소리를 지껄이던 사내는 잠시 문밖을 바라보더니, 갑자기 애희에게 다가가 그녀의 볼을 쓰다듬었다.

"왜, 왜 이래?"

"흐흐, 가만히 있어라. 만진다고 닳는 것도 아닌데 왜 이렇게 비싸게 구시나?"

"이 자식이!"

애희는 사내의 손을 뿌리치기 위해 몸부림을 치기 시작했다. 하지만 그럴수록 사내는 더욱 거칠게 그녀의 몸을 만지기 시작했다. 급기야 그녀가 소리를 질렀다.

"살려줘! 누구 없어?"

순간 사내가 노기를 터뜨리며 그녀를 발로 차기 시작했다.

"젠장! 튕기는 건 좋은데, 더럽게 고집이 세네. 퉤!"

누군가 달려오는 소리가 들리자 사내는 애희를 향해 침을 뱉었다.
"무슨 일이냐?"
위쪽에서 거친 사내의 목소리가 들리자 사내가 황급히 대답했다.
"아무것도 아닙니다."
"그런데 비명 소리는 뭐냐?"
"그, 그게……."
"이 자식! 설마 계집을 건드린 게냐?"
"아, 아닙니다!"
"당장 튀어와!"

살기 어린 목소리가 들리자 사내의 표정에 두려움이 일었다. 문을 쾅 닫더니 잠그는 것도 잊은 채 급히 달려 올라갔다.

애희는 오늘 난생처음으로 치욕을 당했다. 배고픔도 참고 바닥에 떨어진 만두조차 먹지 않은 그녀. 그런 그녀를 지탱해 준 것은 바로 자존심이었는데, 그것이 사내에 의해 의지와 상관없이 무너진 것이다.

그녀의 눈에서 사내에게 차인 발길질의 아픔 때문이 아닌 수치심에 눈물이 흘러내리기 시작했다. 그런데 그녀에게 뜻밖의 행운이 주어졌다. 한참 눈물을 흘리다 몸에 진기가 서서히 돌아오는 것을 느꼈다.

순간 놀란 그녀는 등에서 따끔거리는 쓰라림을 느낄 수 있었다. 내공 운용을 못하게 깊숙이 박아 넣은 장침이 다섯 개. 그런데 그것 중 두 개가 사내와의 몸싸움 때문에 빠져나온 모양이었다. 그녀는 급히 바닥을 살폈다. 그녀의 예상대로 장침 두 개가 바닥에 떨어져 있었다.

'됐어!'

그녀는 급히 내공을 끌어올렸다. 장침이 세 개가 더 박혀 있지만, 빠진 두 개의 혈도가 가장 중요한 것이었기에 상관이 없었다. 그녀는 즉시 세 개의 장침이 박힌 혈도를 피해 내공을 전신으로 돌렸다. 이런 경우 상당한 시간이 걸리는 데다 자칫 내상까지 입을 수 있지만 상관없었다.

내력을 삼 할 정도 올리는 데 한 시진이라는 상당한 시간을 할애해야 했다.

'이 정도면 충분해!'

그녀는 생각과 함께 몸에 힘을 주었다. 그러자 몸을 압박하던 줄이 팽팽하게 늘어지더니 어느 순간 툭 끊어져 내렸다.

밤이 깊어가는 사경(四更)!

지하 문이 열리며 애희가 모습을 드러냈다. 다행히 건물 안에는 아무도 없었다. 하지만 건물 밖 정문에 두 명의 보초가 서 있는 것이 보였다.

그녀는 경신술을 사용해 문 앞까지 다가갔다. 그리고 문을 두드렸다.

똑똑.

보초를 서던 무사 하나가 고개를 갸웃거리다 문을 열고 들어오자 애희는 즉시 그의 혈도를 짚었다. 그리고 바로 남은 하나까지 처리한 후, 두 사내를 건물 안에다 숨겨놓았다.

'숙부님과 오빠는 어디에 가둬놓은 거지?'

다른 창고를 뒤져 봤지만 숙부와 오빠가 보이지 않자 내심 불안하던 그녀는 어쩔 수 없이 혼자 도주할 생각을 굳혔다. 우선 모용세가에 알려야 할 중대한 사실이 있었기 때문이다. 숙부를 찾다가 들키기라도 하는 날이면 모용세가까지 위기에 처할 수 있었다.

"곧 있으면 모용세가에서 기습해 오겠네."

애희가 멀어지는 것을 보며 마야가 입을 열었다. 그러자 헌원지가 피식 웃었다.

"전에 말했지, 기습해 오게 만들 거라고."

마야도 웃으며 고개를 끄덕였다.

"지아는 너무 머리가 좋아! 그리고 고마워."

"뭐가?"

"그녀를 보내줘서."

순간 헌원지가 얼굴을 붉게 물들이며 어색한 표정을 지었다. 물론 어둠 속이라 마야에게 보이지는 않았지만.

잠시 후 그가 퉁명스럽게 내뱉었다.

"너 때문이 아니야. 혼자 갇혀 있는 그녀가 도주해야 모용세가에서 의심을 하지 않기 때문이지. 이유는 그것뿐."

"알겠어. 아무튼 그래도 고마워."

헌원지는 아무 말도 하지 않고 인상만 쓰고 있었다. 그러다 화제를 돌렸다.

"시간이 너무 늦었으니 오늘은 포기할 거고, 내일 밤쯤에 기습을 하기 위해 많은 고수들을 투입시킬 거다. 이번 일은 확실히 해야 돼, 알겠어?"

"응. 모용세가에서 나오는 길목에 매복해 있다가 공격해 두 시진 정도 시간을 벌라고 분명히 지시를 내렸어. 그런데 지아도 모용세가의 기습에 참가할 거야?"

"왜?"

"지아가 가면 나도 같이 가려고."

헌원지는 한숨을 쉬었다.

"넌 다 좋은데, 한 무리의 수장으로서의 자격은 꽝이야."

마야가 반박했다.

"내가 왜?"

"교주 정도의 자리에 있는 놈이 왜 그렇게 쉽게 생각하고, 쉽게 움직이려 하나?"

"그, 그건 지아 때문에……."

"아무튼 난 혹시 모를 실패에 대비해 여기를 지켜야 돼. 모용세가의 기습은 적룡문과 단목문, 혈천문에서 알아서 잘하겠지."

* * *

"그 말이 정말이냐?"

가주 모용곽의 말에 애희가 고개를 끄덕였다.

"분명히 그랬습니다, 다른 문파들도 계속 동조해 올 거라고. 그리고 장원에 이천여 명의 무사들이 있다는 말도 들었습니다."

"그렇다면 인질을 잡은 것이 시간을 벌어 세력을 키우기 위한 방편이라는 게 아닌가?"

그 말에 회의실에 앉아 있던 인물들 중 적기당의 당주 모용정이 입을 열었다.

"맞습니다. 인질을 교환하기 위해 모용제성 부당주를 잡아갔다고 보기에는 석연치 않은 점이 많았습니다. 이로써 확실해졌습니다. 적들은 우리와 끝까지 부딪칠 생각을 가지고 있는 것입니다."

회의실의 모든 사람들이 그에 동조 의사를 나타내며 한마디씩 거들었다. 결국 모용곽이 떨리는 음성으로 결론을 내렸다.

"모용제성과 모용용제에게는 어쩔 수 없는 일이다. 하지만 그들 때문에 시간을 끈다면 모용세가의 수많은 식솔들이 피를 보게 된다. 부모를 잃고, 자식을 잃게 될 것이겠지. 난 금천방과의 전쟁을 결정했다. 이에 반대하는 사람은 나서라!"

"찬성합니다!"

"저도 찬성합니다. 금천방을 이대로 놔둘 수는 없습니다."

모두 찬성하자 모용곽이 엄한 투로 외쳤다.

"시간을 끌면 끌수록 적의 세력은 불어나 우리의 희생은 커질 수밖에 없다. 그런 만큼 날이 밝는 대로 즉시 준비에 들어가 오늘 밤에 기습을 감행한다. 청기당, 황기당, 적기당의 당주들은 모든 무사들을 대기시키고, 사경 초(四更初)에 만부장을 기습할 준비를 해라. 적들의 숫자는 대략 이천여 명. 청기당, 황기당, 적기당의 삼천 고수는 우리 모용세가의 최고 정예이니만큼 단번에 적을 섬멸시킬 수 있을 것이다. 될 수 있다면 모용제성과 용제도 구해보도록 해라."

그러자 삼 개 당주가 큰 소리로 대답했다.

"알겠습니다!"

대답과 함께 모용곽이 얼굴에 검상이 있는 노인을 향해 입을 열었다.

"이번 삼 개 당의 총책임은 숙부님께서 맡아주십시오."

그러자 노인이 고개를 끄덕였다.

"그렇게 하겠네."

제17장
이중 기습

모용세가의 가주 모용곽의 숙부인 모용평(慕容平)은 이상하게 기분이 찜찜했다. 그것은 모용세가를 출발할 때부터 십 리 정도 산을 내려오는 지금까지 끊이질 않고 있었다.

모용평이 선두에서 달리고는 있지만 속도가 점점 떨어지는 것을 느낀 청기당의 당주 진용파가 앞서 달려와 조심스럽게 물었다.

"어디 편찮은 곳이라도 있으신지요?"

모용평은 달리는 중에도 고개를 저었다.

"그런 것은 아니네만 이상하게 몸이 떨리는군."

"그러시다면 잠시 쉬었다가……"

"흐음. 일각만 쉬었다 가세."

"알겠습니다."

진용파는 대답과 함께 손을 들었다. 그러자 뒤따라 달리던 삼천여 명의 무사들이 일시에 경공을 멈추며 숲 속으로 숨어들었다.

모용평의 표정이 심상치 않아 보이자 황기당주 모용원(慕容元)이 다가와 입을 열었다.

"너무 심려하지 마십시오. 모용세가의 최고 정예 삼천이면 금천방의 무사 이천 명 정도는 눈 깜짝할 사이에 처리할 수 있습니다."

"나도 알고 있네. 그런데 이상하게 기분이 찜찜하군."

"이천을 공격하기 위해 삼천의 정계가 투입됩니다. 최단 시간 내에 적들을 끝장내겠으니 어르신께서는 편히 지켜만 보고 계십시오. 저희가 알아서 처리하겠습니다."

일각의 휴식 후 모용세가의 무사들은 다시 만부장을 향해 달리기 시작했다. 삼천 명이라는 대인원이 이동하지만, 소리조차 들리지 않을 정도로 은밀하고 신속한 움직임이었다. 하지만 그것도 다시 달리기 시작한 지 일각 정도가 끝이었다.

"살―!"

나직하지만 또렷한 목소리가 울리자 양 옆에서 사이한 기운을 풀풀 풍기며 수백 명의 흑의인들이 모용세가의 무사들을 덮쳐 왔다. 모습을 드러냄과 동시에 암기를 쏟아내고 검을 뽑아 공격해 오는데, 너무 갑작스런 일이라 초반 격돌에서 모용세가의 무사들은 엄청난 희생을 치르기 시작했다.

"크얍!"

모용평은 앞서 달리다 기습을 받고 검을 뽑아 들었다. 이미 그의 나이 일백삼십 세. 나이만큼 웅후한 내력으로 자신을 공격해 오는 흑의인들을 막아섰지만, 상대들은 하나같이 범상치 않은 무공 실력을 가지고 있었다. 순간 모용평은 의아함을 느꼈다. 모용세가를 기습할 만한

이중 기습 239

대담한 문파가 누가 있는가?

지금으로서는 금천방밖에 없었지만 그 무사들이야 떠돌이 용병들, 지금 기습을 가해온 흑의인들의 실력과는 천지 차이라고 할 수 있었다.

'정말 금천방에 동조자가 있었군!'

생각과 함께 그가 외쳤다.

"진을 펼쳐라!"

하지만 좁은 숲길에서 수많은 인원이 진을 펼치기에는 힘이 들었다. 그러나 그것이 크게 문제될 정도는 아니다. 정작 문제는 흑의인들이 거세게 몰아붙여 진법을 구성하는데 방해를 한다는 것이었다. 하지만 모용세가의 무사들도 만만치는 않았다. 갑작스런 기습으로 이어진 처음의 큰 피해에도 불구하고 시간이 흐를수록 세가의 최고 정예답게 적절히 대처해 나가기 시작했다. 수적인 차이도 상당했기에 시간이 흐르자 오히려 흑의인들이 밀리기 시작했다.

어느 순간 흑의인 중 얼굴에 화상이 있는 사내가 외쳤다.

"퇴각!"

명과 함께 흑의인들이 신속히 몸을 날려 도주를 감행했다. 그러자 모용평도 놓칠 수 없다는 듯 추격을 명했다. 흑의인들이 기습으로 중간에 공격해 왔다는 것은 이미 만부장에서 기습을 예측했다는 것을 뜻하기 때문이다. 이대로 만부장에 가봐야 적들은 기습에 대한 대비를 철저히 해놨을 것이 분명했다.

추격은 평행선을 그렸다. 어디서 이런 실력자들이 나타났는지 흑의인들의 경공 실력은 엄청났던 것이다. 거리가 전혀 좁혀지지 않았다. 하지만 더욱 큰 문제는 추격하는 데 이천오백여 명이 움직인다는 것이었다. 산세가 험한 숲 속을 수천이 움직인다는 것에는 제약이 따를 수밖에 없었다.
"멈춰라!"
모용평은 일이 틀어지고 있다는 걸 느끼고 외쳤다. 그러자 앞서 달리던 무사들이 그의 명대로 추격을 포기하기는 했지만, 이번에는 흑의인들이 도주를 하다 말고 다시 돌아와 공격해 오기 시작했다.
"다시 공격해 오고 있습니다!"
한 무사의 보고에 모용평이 인상을 찌푸렸다. 그리고는 공격해 들어오는 흑의인들에게 몸을 날렸다. 다시 모용세가와 흑의인들과의 접전이 벌어지고 난 후, 일각쯤! 흑의인들이 다시 도주를 감행했다. 모용세가는 쫓을 수밖에 없었고. 그 이후로도 치고 빠지기를 계속하는 흑의인들 때문에 모용세가의 청기당, 황기당, 적기당의 고수들은 무려 두 시진이라는 시간을 허비해야 했다. 추격을 포기할 만하면 다시 공격을 해오니 어쩔 수 없었던 것이다. 그리고 그때 그 시각.

모용세가의 장원에 일천오백여 명에 달하는 절정고수들이 사방에서 담을 넘어와 일대 혼란이 일어났다. 대부분의 정예가 모두 빠져나간 모용세가는 속수무책일 수밖에 없었다. 상당한 실력자들의 기습인데다, 예고도 없는 그들의 등장에 제대로 된 대처를 할 수가 없었다.
"무슨 일이냐?"
갑자기 병장기 부딪치는 소리와 비명성이 울리자 모용곽이 자리에서 벌떡 일어나 외쳤다. 그러자 한 무사가 헐레벌떡 뛰어들어 오더니 급히 외쳤다.
"기습이 있습니다!"
"무슨 소리냐? 누가 기습을 했다는 것이냐?"

"정체를 알 수가 없습니다."

"상황은 어떤가?"

모용세가의 저력을 믿고 있는 모용곽은 빠르게 평정심을 유지하고 물었다. 그런데 무사의 입에서 놀라운 사실이 튀어나와 그를 다시 분노하게 만들었다.

"막을 수가 없습니다! 적들의 실력이 너무 뛰어납니다."

모용곽이 자리에서 벌떡 일어섰다. 그리고는 탁자 위에 있는 검을 들고는 밖으로 뛰쳐나갔다.

무사의 말대로 적들의 실력은 상상을 뛰어넘고 있었다. 백여 명씩 무리를 지어 이리저리 돌아다니며 기습에 놀라 건물에서 뛰어나오는 모용세가의 무사들을 공격하는데, 이건 전투가 아니라 도륙이었다.

"웬 놈들이냐!"

모용곽은 나오자마자 내력을 끌어올려 무리를 지어 모용세가를 농락하는 흑의인들을 향해 달려들었다. 화경의 고수답게 별다른 초식의 운용 없이 바로 검에서 검기와 검강이 뻗어나가 흑의인들을 압박했다. 그 놀라운 실력에 잠깐 사이에 흑의인이 삼십여 명이나 죽어나가자 남은 자들이 급히 진법을 구사하기 시작했다.

하지만 흑의인들로서는 운이 없었다. 모용곽이 그들과 팽팽한 대립을 하고 있을 때 전열을 가다듬은 모용세가의 무사들이 달려들었기 때문이다.

확실히 단번에 무너질 모용세가는 아니었다. 간부급인 뛰어난 고수들이 뛰어나와 무사들을 정비하고 대처하자 흑의인들이 밀리기 시작했다. 흑의인들은 즉시 사방으로 도주하기 시작했다.

"피해는?"

"정확히 파악되지는 않았습니다만, 모두 이천여 명 정도의 사상자가 난 것으로 추정됩니다."

"적은?"

"이백여 명의 사상자가 났습니다."

쾅!

모용곽은 보고를 듣기 무섭게 탁자를 내려쳤다. 그러자 탁자가 산산이 부서져 버렸다.

"반 시진도 안 됐다! 그 짧은 시간의 기습에 이천 명에 달하는 사상자가 났다는 것이 말이 되나? 게다가 적은 이백 명이라고?!"

보고를 올린 노인은 화를 잘 억누르는 가주의 평소와는 다른 모습에 진땀을 흘렸다.

"송구합니다. 하지만 적들의 실력이 워낙 뛰어났기에……. 게다가 삼 개 당의 모든 고수들이 자리를 비웠는지라 제대로 된 대응을 할 수 없었지 않습니까."

"그게 변명 거리가 되나? 오늘 경비 책임자가 누구인가?"

"모용제선입니다."

모용곽은 생각할 필요도 없다는 듯 엄하게 명했다.

"죄를 물어 목을 베라!"

"아, 알겠습니다."

"그리고 적의 부상자는? 그들이 누구인지 알아봤나?"

"몇 명이 있었지만 자결을 해버렸는지라…….".

잠시 숨을 고르던 모용곽이 다시 침착함을 유지했다.

"기습을 나간 삼 개 당은 어떻게 됐는지 알아보게!"

그때 문밖에서 노인의 창노한 음성이 들려왔다.

"그럴 필요 없네."

모용곽이 자리에서 벌떡 일어섰다. 목소리의 주인은 분명히 자신의 숙부 모용평이었기 때문이다. 문이 열리고 모용평이 들어오기 무섭게 모용곽이 물었다.

"숙부님, 어떻게 된 겁니까?"

모용평은 무겁게 입을 다물고 고개를 저었다. 잠깐의 침묵 후 그가 천천히 말했다.

"중간에 기습을 당했네."

모용곽의 몸이 부들부들 떨리기 시작했다.

"누구였습니까?"

"모르겠네. 분명한 것은 그들의 실력이 엄청났다는 것. 앞으로 금천방을 얕보아서는 안 될 게다."

*　　　*　　　*

날이 밝아오자 헌원지는 자리에서 일어나 창문을 활짝 열었다. 겨울이지만 운남의 지리적 특성상 찬바람은 불지 않았다. 오히려 상쾌하게 느껴질 정도의 적당한 바람이 그를 기분 좋게 했다. 그때 문밖에서 유대적의 목소리가 들렸다.

"들어가도 되겠나?"

"들어오십시오."

유대적이 문을 열고 들어오자 헌원지가 미소를 지었다.

"승리를 축하드립니다."

당연히 계획이 성공했을 거라 확신하는 그의 말에 유대적은 씁쓸한 미소를 지었다.

"피해는 어느 정도입니까?"

"세가 내를 기습한 자들 중 이백여 명, 그리고 만월교에는 거의 피해가 없었네. 부상자가 백여 명 가까이 되기는 하지만."

"다행이군요. 그럼 지금 즉시 모용세가에 서신 한 통을 보내야겠습니다."

"무슨 내용을?"

"역문에서 북쪽으로 사십 리를 올라가면 녹평(綠萍)이라는 곳이 있다고 들었습니다."

"산으로 둘러싸여 있는 한적한 평야 지대일세. 한데, 그곳은 왜?"

"그곳에서 내일 일전을 벌이자는 내용을 적어 모용세가의 가주에게 보내십시오."

그 말에 유대적이 인상을 찌푸렸다.

"안 될 말일세. 아무리 모용세가에 피해를 주었다 해도 그들과 정면으로 붙는 것은 위험하네. 혹 우리가 승리한다 하더라도 그 피해는 극심할 게야. 그리고 이긴다는 보장도 할 수 없네."

"누가 그들과 정면으로 싸운다고 했습니까?"

"그럼 무슨 말인가? 서신을 통해 녹평에서 일전을 벌이자고 통보하라고 하지 않았나?"

그러자 헌원지가 비릿한 미소를 지었다.

"그건 눈속임일 뿐입니다."

"눈속임?"

"그렇습니다. 그것 때문에 머릿수를 채워야 하는 거죠. 전에 말했던 사람들은 몇 명이나 구했습니까?"

"지금 칠백여 명 정도 되네."

"조금 적지만 상관없습니다. 모용세가에서는 모르게 처리했겠죠?"

"아마도 그럴 걸세. 역문이 아닌 다른 곳에서 돈을 주고 모아왔거든. 그리고 대부분 밤에 장원으로 이동시켰는데, 지금 장원 뒤편에 천막을 쳐놓고 거기에 잠시 머물게 했네. 그런데 그들은 어디에 쓸 생각인가?"

"두고 보시면 압니다."

제18장
비겁한 것이 아니라 병법이다

아침부터 시체를 치우고 부상자를 치료한다고 바쁜 와중에도 모용세가의 가주 모용곽은 적기당, 황기당, 청기당의 당주들을 소집했다. 전력을 모아 만부장을 공격하기 위해서였다.

"내일 말씀이십니까?"

제자이자 수하인 진용파의 물음에 모용곽은 단호하게 고개를 끄덕였다.

"내일 새벽이다. 전원 투입하여 금천방과 그에 동조한 문파를 모두 쓸어버려야겠다. 그렇지 않으면 우리 모용세가의 체면을 회복할 수 없어. 강호에서는 체면은 곧 목숨과 같은 것이지."

"가주님도 갈 생각이십니까?"

"그렇다. 내 이 두 눈으로 그들의 전멸을 봐야겠다."

그때 문밖에서 무사가 다급한 목소리로 외쳤다.

"가주님, 진석입니다! 들어가도 되겠습니까?"

회의를 방해한 무사를 향해 모용곽이 짜증스럽게 물었다.

"무슨 일이냐?"

"그것이…… 금천방에서 서신을 보내왔습니다."

"뭐?"

회의실에 있는 모용곽과 당주들이 황당한 표정을 지었다. 우선 궁금했기에 모용곽이 무사를 불러들여 서신을 받았다. 서신을 뜯어 읽어보던 모용곽의 표정이 일그러지기 시작했다. 그것을 보고 진용파가 물었다.

"무슨 내용입니까?"

"읽어보거라."

서신을 받아 든 진용파의 표정도 일그러졌다.

"이 녀석들이 미치지 않고서야 어찌……. 어떻게 할 생각이십니까? 받아들이실 겁니까?"

모용곽은 한참 동안 대답없이 고민에 빠졌다. 금천방에서 '제대로 한판 붙자'라는 노골적인 서신을 보내온 것이 황당함을 넘어서 그의 분노를 불러일으켰다. 새삼 밤에 당한 수모가 생각나는 모용곽이었다. 그러면서도 선뜻 받아들이기 힘든 것도 사실.

"자네들 생각은 어떤가?"

그동안 서신의 돌려 본 당주들 중 황기당주 모용원이 말했다.

"거절하고 계획대로 공격하는 것이 낫지 않겠습니까?"

그러자 진용파가 반대를 했다.

"계획대로 아침에 공격을 가한다면 금천방은 쉽게 깨뜨릴 수 있겠지만, 그에 동조한 자들은 어떻게 될지 모르지 않습니까? 차라리 저들의 요구가 우리로서는 잘된 일이라고 생각됩니다. 이번에 그들도 전력을 다할 것이고, 우리에게 불만을 품은 세력들도 모두 불러 모을 것이니 한 번에 쓸어버리는 것이 좋을 것 같습니다."

"자네 생각은 어떤가?"

모용곽의 물음에 회의를 시작할 때부터 듣기만 하고 있던 적기당주 모용현주가 신중히 입을 열었다.

"두 당주의 말은 다 옳습니다. 계획대로 내일 공격을 한다면 금천방은 무너뜨릴 수 있겠지만, 그에 동조한 문파들이 어떤 자들인지 알아낼 수 없을 가능성이 큽니다. 하지만 진용과 당주의 말대로 저들의 말을 따르면 은근히 우리에게 불만을 품고 있는 적들을 일거에 제압할 수 있습니다만, 우리 모용세가도 그 피해가 만만치 않을 것이라는 게 문제입니다. 신중하게 결정해야 될 일입니다. 만약 속임수라도 있다면 낭패이지 않습니까?"

"자네 말도 일리가 있군. 하지만 둘 중 하나를 결정해 보게. 자네라면 어떤 결정을 내리겠나?"

"적이 우리를 속이지만 않는다면, 그리고 동조 문파까지 가세한 것이라면 후자를 선택해 완전히 섬멸해 버리겠습니다. 우리 모용세가에는 그 정도의 힘이 있습니다."

"흐음! 그럼 적들의 움직임을 좀 더 지켜본 후에 결정하도록 하지."

그러면서 모용곽은 서신을 전달한 무사에게 명했다.

"너는 지금 몇몇 무사를 데리고 만부장으로 대결을 허락한다 전한 후, 복귀하지 말고 숨어서 그들의 동태를 파악해라. 수상한 점이나 특이한 움직임이 있다면 즉시 보고를 해라."

"알겠습니다."

결정은 그날 밤에 내려졌다. 보고를 조합해 본 결과, 만부장에서 삼천에 달하는 무사들이 밤에 녹평으로 빠져나갔다는 것을 확인할 수 있었다.

　회의 중 차라리 적이 빠져나간 만부장을 치자는 의견도 있었으나 만부장이 적의 본거지가 아닌 얼마간 빌린 곳이었기에 공격해 봐야 모용세가로서는 아무런 이득도, 적에게 어떤 피해도 주지 못한다는 결론이 내려져 무시되었다. 그리고 적은 이미 빠져나가 버렸기에 새벽에 기습도 못하게 되었으니, 결론은 하나밖에 없었다.

　"내일 아침 녹평으로 간다. 삼천 명이 이동했다면 이천 명의 금천방과 일천 명의 동조 세력이 있을 것이다. 금천방의 이천의 무사들은 쓰레기들이니 상관없지만, 남은 일천 명은 우리를 기습했던 상당한 고수들이 분명하다. 그리고 녹평에서도 또 다른 세력이 금천방에 합세를 할지 모르니 이번에는 황기, 적기, 청기당의 무사들과 그 외에도 이천 명의 무사들을 더 투입한다. 남은 일천 명은 장원과 부상자를 돌보도록 하고, 혹시 모를 공격에 대비해라."

　"알겠습니다."

＊　　　＊　　　＊

　헌원지는 묘시 초(卯時初:새벽 5시)에 모용세가가 훤히 들여다보이는 산언덕에 서 있었다. 잠시 후 수천의 무사들이 모용세가를 빠져나가는 모습을 보며 그는 피식 웃음을 흘렸다.

　"하하, 단순한 놈들. 하기야 어쩔 수 없는 상황이기는 하지만 너무 하지 않은가……. 패신(敗神)에라도 홀렸나?"

　한참 동안 모용세가를 바라보던 그가 뒤에서 인기척이 느껴지자 몸을 돌렸다. 그러자 혈의에 사기를 숨김없이 드러내고 있는 오십 줄의 사내가 눈에 들어왔다. 그를 보며 헌원지가 피식 웃으며 포권했다.

"그동안 잘 지냈습니까?"

그러자 혈의사내가 씁쓸한 표정으로 마주 포권했다.

"그렇소. 그대가 살아 있다는 말을 들었을 때 반신반의했는데, 직접 보니 믿지 않을 도리가 없군."

"혈천문주님의 손녀 분은 잘 지내고 있습니까? 꽤나 재밌는 소저였는데……."

"덕분에."

말과 함께 혈루혈천대의 대주인 상정군도 피식 웃었다.

"아마 그대에게 이를 갈고 있을 거요. 그때 이후로 지금까지 문 내를 한 발자국도 못 벗어나고 있으니까."

"하하, 안타까운 일이군요. 그래, 준비는 되었습니까?"

"혈천문은 내 휘하에 있는 혈루혈천대 전원, 단목문도 육백 명, 적룡문에서 사백 명. 모두 천사백여 명이 산 밑에서 대기하고 있소. 신호와 함께 모용세가를 쑥밭으로 만들어 버릴 것이오."

헌원지는 흡족한 표정으로 고개를 끄덕였다.

"확실히 남무림 열두 세력 안에 드는 실력들이군요. 그런데 대주께서 직접 오실 줄은 몰랐습니다."

"훗. 만월교와 교주가 여기에 있으니 고수들을 빼도 상관은 없지. 어차피 일이 끝나고 귀주의 일도 마무리될 테니까. 아무튼 모양각과 한 약속은 잊지 마시오."

헌원지는 말없이 웃기만 했다. 그러더니 멀어지는 모용세가의 고수들을 보며 조용히 입을 열었다.

"한 시진 후 신호를 주겠으니 대기하십시오."

상정군은 고개를 끄덕이더니 신형을 날렸다. 신법에는 그리 조애가 없는지 화려하거나 부드럽지는 않았지만, 화경의 고수답게 그 빠르기만은 상상을 초월했다.

모용세가를 빠져나와 한 시진 정도가 흘렀을까? 천천히 진군하던 오천여 명의 고수들이 갑자기 걸음을 멈췄다. 척후조로 보냈던 무사들이 돌아와 놀라운 보고를 올렸기 때문이다.
"적들이 돌아가고 있습니다!"
그 순간 모용곽은 머리가 백지처럼 하얗게 변하는 것을 느꼈다.
"저, 적들이 돌아가고 있다니, 그게 무슨 말인가?"
"말 그대로입니다. 적들이 이각 전부터 급히 퇴각하고 있습니다."
설마 설마 하는 기분에 재차 묻는 모용곽이었다.
"혹시 지형을 바꾼다거나 하는 느낌은 없었느냐?"
"없었습니다. 본 바로는 완전히 녹평을 이탈하는 움직임이었습니다."
"허!"
모용곽은 실소를 터뜨렸다. 도대체 적들이 무슨 짓을 벌이고 있는 것인지 감이 잡히질 않았다. 기껏 일전을 펼치기 위해 미리 녹평까지 가놓고 왜 싸우기도 전에 퇴각한단 말인가!
"무슨 뜻인 것 같나?"
주위에 있던 간부들에게 물었으나 그들도 당황한 모양이었다. 그때 적기당주 모용현주가 불길한 말을 했다.
"혹시 우리를 세가에서 나오게 하려는 작전이 아니었을까요?"
순간 모두의 표정이 굳어졌다. 누군가가 아니길 바라는 표정으로 중얼거렸다.

"설마 그렇게까지 하려고……."

"그게 아니라면 녹평까지 무사들을 집결시켜 놓고 빠져나갈 이유가 없지 않습니까?"

모두 침묵을 지켰다. 하지만 또 다른 누군가가 고개를 저었다.

"하지만 적은 삼천이나 녹평에 집결시켰지 않은가. 그것이 적의 전력일 텐데, 무슨 수로 본 가를 공격할 수 있단 말인가?"

"따로 빼놓았을 수도 있고, 혹시 금천방을 돕기로 한 문파는 녹평으로 가지 않고 우리가 세가를 빠져나가길 기다리고 있었을 수도 있습니다."

"그만 하게!"

모용곽이 계속 불길한 예측을 하는 모용현주의 말을 짜증스럽게 끊었다. 하지만 잠시 후 그 불길한 예측은 현실로 나타났다. 모용곽이 말을 하기 무섭게 뒤가 웅성거리더니 사내를 지키던 무사가 달려와 부복했기 때문이다. 그의 온몸은 피로 물들어 있어 모용곽의 불안을 크게 만들었다.

"네가 여기는 어쩐 일이냐? 세가에 무슨 일이 있는 것이냐?"

무사는 숨도 고르지 못한 채 대답했다.

"적들이 세가를 기습했습니다!"

"뭐? 며, 몇 명이나 기습해 왔던가? 인질은?"

"너무 많아 알 수 없었습니다. 인질 또한 적에게 넘어갔다고 봐야 합니다."

모용곽의 몸이 부들부들 떨리기 시작했다.

"결국 이런 비열한 속임수를 쓰는구나! 내 이놈들을 가만두지 않겠다!"

단호한 외침과 함께 그가 오천의 무사들에게 웅후한 내력이 실린 목소리로 명했다.

"이대로 만부장으로 간다!"

그러자 진용파가 기겁하며 반대를 했다.

"가주! 지금 세가를 구하는 것이 우선입니다!"

"말도 안 되는 소리! 지금 가봐야 우리가 도착할 때쯤이면 이미 도주하고 없을 것이다. 적들은 우리의 힘을 야금야금 삼키려 드는 것이 분명한데, 왜 적들의 의도대로 움직여야 하나? 이대로 만부장으로 간다! 적들의 거점을 장악하고, 녹평에서 돌아오는 금천방의 고수들을 친다! 빨리 서둘러라!"

"존명!"

모용세가의 무사들은 녹평으로 갈 때와는 달리 빠르게 역문으로 들어가 만부장으로 향했다. 그 때문에 역문에 일대 혼란이 일어났다. 수천에 달하는 무사들이 역문을 가로지르고 있으니, 그것을 본 사람들이 모두 심상치 않은 일이 벌어질 것을 예견하고 집으로 들어가 버리거나 멀리 피신하기 시작했던 것이다. 관에서도 그것을 알고 출동했으나 무사들이 모용세가라는 것을 알게 되자 조용히 처리하라는 주의만 주고, 약간의 수고비(?)를 받은 후 사라져 버렸다. 관에서는 무림문파끼리의 세력 다툼에는 일반 백성들이 다치지 않는 한 거의 관여하지 않았기 때문이다. 일이 있을 때마다 수고비를 보내주는 데다, 그들 덕분에 치안에 크게 신경 쓰지 않아도 되니 관에서도 어쩔 수 없는 일이었다.

아무튼 자잘한 문제를 처리한 후, 만부장을 박차고 들어간 모용곽은 다시 한 번 몸에 힘이 빠지는 것을 느꼈다. 아무것도 없었던 것이다. 모든 무사들을 녹평으로 옮겼으니 사람이 없을 수도 있었지만, 한 사람도 없다는 것은 분명 이상한 일이었다.

"샅샅이 수색해라!"

이백여 명의 무사들이 건물을 돌아다니기 시작한 지 일각 정도 됐을 때였다. 갑자기 정문을 지키던 무사가 달려와 서신 하나를 건넸다.
"뭔가?"
"장사꾼 하나가 전해주는 것입니다. 어제 이곳에 있던 사람이 문주님이 오시면 전해주라고 했답니다."
모용곽은 망치로 머리를 얻어맞은 듯한 표정을 지었다.
"이, 이곳에 올 줄 알고 있었단 말인가……!"
그는 재빨리 정신을 추스르고 서신을 뜯어보았다.

고생하셨소.

라는 문구로 시작된 내용은 모용곽을 분노를 머리끝까지 치밀게 하는 것이었다.

그대가 오지 않으면 어쩌나 걱정했소. 하나, 내 헤아림을 벗어나지 못해 다행이구려. 이 글을 읽을 때쯤이면 난 다른 곳에 가 있을 것이오. 그렇다고 비겁하다고 생각하지는 말아주시오. 강한 적과의 대결에서 취해야 할 최선의 방법이었을 뿐이오. 그만큼 모용세가를 인정하고 있다는 뜻이니 기분 좋게 받아들였으면 좋겠소.

그리고 본론은 마지막이었다.

언제나 가주의 얼굴을 한번 보나 기대하고 또 기대했건만, 이번에도 보지 못했으니……. 제안을 하나 하겠소. 오늘 저녁 유시 초(酉時初)에 그대의 얼굴을 마주하고 싶소. 그때 만나 나에게 짐이 되는 인질을 넘겨주겠으

비겁한 것이 아니라 병법이다

니, 얼굴을 마주 보며 친분을 돈독히 했으면 하는 바요. 장소는 따로 사람을 보내 알려 드리겠소.

헌원지 배상(拜上).

서신을 쥐고 있는 손이 부들부들 떨리고 있었다.
"이, 이, 이런 빌어먹을 놈을 봤나! 감히 나를 농락해!"
체면도 잊은 채 막말을 내뱉은 그는 한참 동안 씩씩거리더니 더 두고 볼 것도 없다는 듯이 외쳤다.
"모두 철수한다!"

세가로 돌아오자 장원 내는 쑥대밭이 되어 있었다. 남겨놓았던 일천 명의 무사는 싸늘한 시신이 되어 있었고, 그것을 치우느라 가솔들이 침울한 표정으로 바쁘게 움직이고 있었다.
가주 모용곽의 명령으로 돌아온 오천의 무사가 가세해 가내를 정리하기는 했지만, 피해가 워낙 극심해 단시간에 될 일은 아니었다. 머리가 아픔을 느낀 모용곽은 집무실로 들어가 버렸다. 시간이 지나자 밖에서 하인의 목소리가 들려 왔다.
"문주님을 뵙기 청하는 자가 있습니다."
모용곽은 가라앉히던 분노가 다시 끓어오르는 것을 누르며 차분한 어투로 입을 열었다.
"들여보내라."
그러자 흑의를 입은 사내가 방 안으로 들어와 고개를 숙였다. 모용곽이 그를 노려보며 물었다.
"어떻게 왔소?"

"서신을 받으신 것으로 압니다만. 보지 못하셨습니까?"

"봤소. 그래, 나를 만나 인질을 인도해 주겠다는데, 그 조건이 뭐요?"

흑의인은 표정의 변화 없이 무뚝뚝하게 말했다.

"호위가 따라붙는 것은 모르겠지만, 그 외 무사들은 대동하지 않고 오셔야 된다는 것. 그리고 이번 일에 대해서 향후 어떤 보복도 하지 않는다는 약조를 한 후 그것을 무림에 알리는 것. 이 두 가지가 조건입니다."

모용곽이 피식 웃었다.

"그것이 가능하리라 생각하오?"

"들어주지 않을 거라고 하셨습니다."

모용곽의 표정이 이번에는 구겨졌다.

"나와 농을 하자고 온 것이오? 허락하지 않으리라는 것을 알면서 왜 수고스럽게 사람을 보냈단 말이오?"

"혹시 모르니 물어보라고 하셨습니다. 그것을 허락치 않으면 두 번째 방법이 있습니다. 그것은 꼭 들어주실 거라고……."

말과 함께 흑의인은 헌원지에게 지시받은 대로 전했다. 그의 말이 끝나자 모용곽이 경악했다.

"뭐요?"

흑의인은 여전히 무표정한 얼굴로 덧붙였다.

"답변을 주실 때까지 기다리겠습니다. 허락해 주시면 장소를 가르쳐 드리지요."

"허!"

모용곽은 황당한 기분에 제대로 입도 열지 못하고 실소만 연실 흘릴 뿐이었다.

제19장
태양검선

모용곽은 세가에서 서쪽으로 삼십 리나 떨어진 작은 초옥을 찾아가고 있었다. 경공술을 펼치면서도 그는 초조한 표정을 감추지 못했다. 세상에서 가장 두려워하는 사람을 만나야 했기 때문이다. 삼 년 동안 한 번도 찾지 않다가 아쉬운 소리를 하면 어떤 호통이 떨어질까 두려운 모용곽이었다.

초옥이 눈에 들어오자 그는 경공을 멈추고 걸음을 늦췄다. 거리가 좀 더 멀면 좋았을 것이란 생각과는 달리, 아무리 천천히 가도 결국 초옥에 당도할 수밖에 없었다.

초옥의 사립문을 열고 들어가자 수많은 약초들이 앞마당에 심어져 있는 것이 눈에 들어왔다. 그때 초옥 안에서 짜증 섞인 목소리가 모용곽을 흠칫 떨게 만들었다.

"여긴 웬일인고?"

"……."

모용곽은 감히 대답할 생각조차 하지 못하고 꾸물거렸다. 모용세가의 가주이자 화경의 고수인 그가 이렇게 떠는 것을 다른 사람들이 보면 이상하게 생각하겠지만, 실제 초옥 안의 목소리 주인을 아는 사람이라면 고개를 끄덕였을 것이다. 그만큼 대단한 사람이었기 때문이다.

"수천의 가솔들을 건사하려면 바쁠 터. 한가하게 나와 바둑이나 두러 오지는 않았을 것인데……?"

"……."

"왜 대답이 없는고?"

모용곽은 어릴 때부터 여든이 다 되어가는 지금까지 언제나 자신에게 불만 가득한 투로 말하는 초옥 안의 노인을 향해 감히 불만을 표시할 생각도 못한 채 떨리는 목소리로 입을 열었다.

"부, 부탁이 있어서 왔습니다."

"부탁이라?"

"예, 백부님."

탁!

말과 함께 거칠게 초옥 문이 열렸다. 그리고 떨어지는 비꼬는 듯한 호통!

"백부? 내가 네놈의 백부이기는 하고?"

"무, 무슨 그런 말씀을……."

"그런데 왜 여태껏 한 번도 찾아오지 않았는고?"

"그것은 백부님이 혼자 계시기를 좋아하시기에……. 찾아오지 말라고 하지 않으셨습니까?"

"그래서 삼 년간 찾아오지 않았다?"

모용곽은 떨떠름한 표정으로 고개를 끄덕였다. 그러자 노인의 눈이 가늘어졌다. 모용곽은 지금 등에서 식은땀이 주르륵 흐르고 있는 중이었다.

"그런데 지금은 부탁이 있어서 찾아왔다? 홀로 지내기를 좋아하는 네 백부의 여가 시간을 방해하면서까지?"

'휴, 단단히 걸렸군!'

생각과 함께 모용곽은 고개를 숙이더니, 이내 무릎을 꿇었다.

"죄송합니다, 용서하십시오. 하지만 정말 다급한 일이 생겼습니다."

"백부도 모르는 잘난 네놈이 처리 못할 일도 있는고?"

"백부님, 제발……."

"……!"

한참 동안 모용곽을 바라보던 노인이 고개를 돌리더니 차분한 음성으로 말했다.

"들어오시게."

아무것도 없는 방 안에 백부와 조카가 마주 앉기 바쁘게 백부가 물었다.

"가내에 무슨 일이 생겼는가?"

"사실은……."

모용곽은 백부이자 남무림에 있는 두 명의 출가경 고수 중 하나인 모용회에게 지금까지 일어난 모든 일을 소상히 알렸다. 설명이 끝나기 바쁘게 모용회가 고개를 절레절레 저으며 혀를 찼다.

"쯧쯧쯧, 한심한 놈! 모용세가가 생긴 이래 지금까지 이 같은 일은 없었는데……. 네놈이 결국 세가의 위상을 깎아내리는구나!"

"송구합니다."

"그래서 내가 가줘야겄나?"

"가능하시다면……"

"혼자 가기는 무서운가?"

모용곽은 얼굴을 붉혔다.

"아, 아닙니다. 적들의 속임수가 있을까 걱정될 뿐, 가주 된 자가 어찌 식솔들을 버려두고 독단으로 적의 본거지에 가겠습니까?"

"그것이 무서워 꼬리를 내린 것이 아닌가?"

모용곽은 아무런 대꾸도 하지 못했다. 그러자 모용회가 다시 한 번 한심한 듯 바라보더니 고개를 저으며 입을 열었다.

"그래, 날 만나고 싶다는 그 젊은 놈은 누구인가? 모용편성까지 죽일 정도라면 상당한 실력자일 텐데?"

"저도 잘…… 그에 대해 알려진 것이 너무 없는지라……"

"그래도 나와 비무를 펼치고 싶다는 건 자신이 있다는 것 아니겠나? 여벌의 목숨이 있는 것도 아닐진대 소중한 목숨을 날리고 싶어 나와 싸우자고 제의한 것은 아닐 것이 아닌가?"

"그것도 잘……"

"쯧쯧, 그럼 자네가 아는 것을 말해 보게."

"……!"

"쯧쯧쯧쯧쯧!"

"죄송합니다."

결국 모용회의 입에서 모용곽이 제일 듣기 싫어하는 말이 튀어나왔다.

"무공만 높다고 가주가 될 자격을 주어서는 아니 되는 것인데……. 자네도 나처럼 여기에서 한가하게 장기나 두며 살 생각은 없나?"

모용곽은 정말 바늘방석에 앉은 느낌으로 안절부절못했다. 백부가 건네는 말마다 죄다 대답하기 곤란한 것들에다 은근히 비꼬는 의미까지 깃들여 있으니……!

아무 말도 못하고 있는 그를 향해 모용회가 자리에서 일어섰다. 그리고는 밖으로 걸음을 옮기더니 뒤를 돌아보며 한심한 듯 말했다.

"뭐 하고 있는 겐가? 설마 내 말대로 여기서 지내고 싶은 생각이 든 겐가?"

그 말에 모용곽이 자리에서 벌떡 일어섰다.

"아, 아닙니다."

"그럼 앞장서게. 너무 오래 여기에서만 지냈더니 모용세가가 어디에 붙었는지도 잊어버렸네."

모용세가에 도착하자 흑의인이 세가의 정문에서 기다리고 있었다. 그 주위로 모용세가의 무사들이 경계의 빛을 늦추지 않고 감시하고 있었다. 흑색 장포를 입고 오는 노인을 발견한 모용세가의 무사들이 갑자기 바닥에 무릎을 꿇었다.

"어르신을 뵙습니다!"

그 모습에 흑의인은 흑색 장포를 입고 있는 자가 모용회라는 것을 알아차리고는 정중히 고개를 숙였다. 그를 보며 모용회가 심드렁한 표정으로 물었다.

"어딘가?"

"안내하겠습니다. 따라오십시오."

흑의인이 걸음을 옮기자 모용회가 뒤를 돌아보며 모용곽에게 말했다.

"혼자 갈 테니 따라오지 말게."

그러자 모용곽이 기겁했다.

"그래도 수행원 몇 명은 데리고 가시는 것이……."

"됐네. 난 누구처럼 겁이 많지 않거든."

비꼬는 듯한 그 말에 모용곽은 입을 다물어 버렸다. 그리고 흑의인을 따라 사라지는 그를 막연히 바라볼 뿐이었다. 잠시 후 모용회가 보이지 않을 때쯤 모용곽이 무사들에게 명했다.

"너희는 지금 적기당 등 삼 개 당과 그 외 모든 고수들을 소집해라. 그리고 내가 미행하며 표시를 남길 테니 그것을 보고 따라오도록 해야 한다."

"알겠습니다."

무사들의 대답과 함께 모용곽이 신형을 날렸다.

*　　　*　　　*

"정말 이렇게 해도 괜찮겠나?"

유대적의 말에 헌원지가 고개를 돌렸다. 그들이 서 있는 곳은 역문에서 동쪽으로 삼 리 정도 떨어진 장원 정문 앞이었다. 그 장원은 적룡문 등이 지내고 있는 곳이었다. 만부장을 버리고 그곳으로 모두 옮겨와 있는 중이었다.

"걱정되십니까?"

"모용회가 누구인 줄은 전에 설명하지 않았나. 게다가 모용세가에서 우리 조건을 거절하고 전원 몰려오면 어쩌려고 그러나?"

"하하, 당연히 그럴 겁니다."

"무, 무슨 소린가?"

"일부러 그런 거죠. 가주가 혼자 오지는 못할 테고, 하지만 장소는 알아내고 싶고. 보낸 자를 심문해 알아내자니 자결이라도 하면 낭패. 결국 모용회를 찾아갈 수밖에 없을 겁니다. 그리고 몰래 고수들을 소집해 몰려오겠죠."

"알면서도 그랬단 말인가?"

유대적이 경악하자 헌원지는 웃음을 잃지 않고 여유를 부렸다.

"하지만 우리를 공격하지는 못할 겁니다. 모용회는 모용세가뿐만 아니라 남무림 전체에서도 배분이 가장 높은 사람이 아닙니까. 그 사람의 말에는 신용이 있겠죠. 특히 모용세가로서는 그자의 말을 거역할 수 없을 겁니다."

"흐음!"

확신을 가진 그의 말에 유대적은 불안하면서도 왠지 믿음이 갔다. 지금까지 헌원지의 계획이 귀신같이 맞아떨어지는 것을 놓치지 않고 보아왔지 않은가.

'무서운 자야. 무공도 강하지만, 사람의 심리를 이용해 자신이 유리한 쪽으로 싸움을 만드는 감각을 타고났어. 하지만······.'

"모용회는 출가경의 고수. 정말 이길 자신이 있는 건가?"

"붙어보면 알겠죠."

잠시 후, 두 인영이 길 저편에서 걸어오는 것이 보였다. 헌원지는 피식 웃으면서 경공을 발휘해 달려나가려 할 때 뒤에 있던 마야가 불안한 표정으로 한마디 했다.

"조심해야 돼, 알겠지?"

헌원지는 대답없이 사라졌다. 유대적 또한 신호를 보낸 후 마찬가지로 헌원지의 뒤를 따라가자, 장원 내에서는 혹시 모를 적의 공격에 대비하기 위해 방어 체제에 돌입했다. 그리고 그사이 검은 면사를 쓴 여인이 마야에게 다가와 미소를 지으며 입을 열었다.

"참 멋진 남자죠?"

"……!"

"하지만 너무 그를 믿지 마세요. 저런 안하무인은 믿으면 나중에 큰 코다친답니다. 호호!"

그러자 마야가 인상을 썼다.

"난 지아를 믿어!"

헌원지는 모용회와 열 걸음 사이로 거리가 좁혀지자 먼저 포권을 했다.

"먼 길 오느라 수고하셨습니다."

"자네가 모용편성을 죽였다던 그 젊은이인가?"

"글쎄요……."

"글쎄요? 안 죽였다는 말인가?"

"기억에 없는 일이라 저는 모르겠지만, 다른 사람들이 그러더군요, 제가 죽였다고."

모용회가 실소를 흘렸다.

"헛! 내가 누구인지는 설명하지 않아도 될 터. 그래, 날 보자고 한 용건이나 들어봄세."

"용건이야 별거 있겠습니까?"

"그 별거 아닌 용건을 들어보자는 것이지. 나만큼 나이가 들면 멍청해져서 직접적으로 말하지 않으면 못 알아듣는다네."

"그럼 말하죠. 첫 번째는 그저 어르신과 한번 대결해 보고 싶었습니다.”
 모용회의 표정에 약간의 충격이 스쳐 갔다. 그러더니 컬컬 웃었다.
 “허허허, 재밌는 친구군! 그럼, 다른 용건은?”
 “승부에 따라 제가 이기면 모용세가는 절대 금천방을 공격해서도, 그들의 일을 방해해서도 안 됩니다. 물론 저를 쫓아오거나 귀찮게 해서도 안 되죠.”
 “그게 단가?”
 “더 바랄 것은 없습니다.”
 “그럼 내가 이기면?”
 “모용세가가 원하는 것이 있을 겁니다. 다 들어드리죠.”
 “하하하하, 광오한 자일세그려. 그래도 누구처럼 소심하지 않아서 좋아! 그럼 그렇게 하세. 여기에서 할까?”
 그러자 헌원지가 고개를 저었다.
 “하하, 꽤나 급한 성격이시군요. 그전에 확실히 해야 할 것이 있습니다.”
 “뭔가?”
 “지금 어르신과 제가 한 약조를 비무 후 어떻게 이행하나를 정확히 밝혀야죠.”
 “내 입에서 나온 말을 못 믿겠다 이건가?”
 “그건 아니고…….”
 말끝을 흐린 헌원지가 턱으로 저 멀리 다가오는 먼지구름을 가리켰다.
 “저들을 믿을 수 없는 거죠.”
 모용회는 먼지구름 앞서 빠른 속도로 달려오는 모용곽을 바라보며 고개를 저었다.

"쯧쯧, 저래서 안 된다니까. 저놈은 가주의 그릇이 처음부터 아니었어, 너무 소심하거든."

말과 함께 모용회가 헌원지를 향해 단호하게 말을 이었다.

"걱정 말게. 저 녀석에게는 내가 확답을 받아놓지."

"그래 주시면 고맙죠."

"그런데 자네 정말 나랑 비무를 하고 싶나?"

모용곽과 무사들이 다가오는 잠깐의 여유를 참지 못하고 모용회가 물었다. 그러자 헌원지가 피식 웃었다.

"왜 물어보십니까?"

"내가 출가경의 고수라는 것을 알 텐데, 기가 막혀서 그러네."

"하하, 좀 있으면 더 기가 막힐지도 모르니 마음 단단히 다지고 계십시오."

"호오, 그런가! 그럼 기대하지."

말을 하는 사이 지척까지 다가온 모용곽이 모용회 앞에서 무릎을 꿇었다.

"죄송합니다, 백부님. 어쩔 수 없이 백부님이 염려되어 따라올 수밖에 없었습니다. 지금부터는 제가 처리하겠으니 심려치 마십시오."

그 말에 모용회의 호통이 사방을 울렸다. 목소리가 얼마나 큰지 땅이 진동될 정도였다.

"닥쳐라, 이놈!"

"……."

"내가 염려돼? 믿지 못한 것은 아니더냐?"

"제가 어찌 백부님을 믿지 못하겠습니까?"

"그럼, 네 원한을 갚기 위해 나를 이용한 것이더냐?"
"그, 그럴 리가 있겠습니까?"
"그런데 왜 따라왔느냐!"

그의 목소리는 갈수록 커지고 있었다. 그 목소리에 실린 엄청난 내력에 헌원지 또한 은근히 속이 뒤틀리는 느낌을 받을 정도였다.

아무 말도 못하는 모용곽을 향해 모용회가 말했다.

"지금부터 나는 이자와 비무를 할 것이다! 진자는 승자의 요구 조건에 따를 것인즉, 너희는 결과에 승복해야 한다!"

모용곽이 놀라 되물었다.

"어찌 백부님께서 이름도 없는 저런 잡배와 비무를 하시려 하십니까?"

"닥쳐라! 누구처럼 집안의 어른을 이용하려는 놈보다는 낫다."

"그, 그건……."

"변명이라도 하겠다는 거냐?"

"아, 아닙니다."

"그럼 내 말을 따르거라. 내가 진다면 모용세가는 금천방이 공격해 오지 않는 이상 절대 그들을 공격하지 않고, 그들의 일을 방해하지 않아야 한다. 내가 이기면 너희들 마음대로다. 승낙하겠느냐?"

어차피 모용회의 무공을 절대적으로 신뢰하고 있는 모용곽이었으니 거절할 이유도 없었지만, 은근히 자존심이 상하는 것은 어쩔 수 없었다.

"왜 대답이 없느냐?"

"알겠습니다."

"좋다. 그럼 너와 내 이름을 걸고 모두가 보는 앞에서 하늘에 맹세

하거라."

몽용곽은 인상을 찌푸렸으나 모용회 앞이라 급히 표정을 추스를 수밖에 없었다. 그리고는 모용회의 말대로 큰 소리로 모용회가 말한 내용을 읊었다. 그가 맹세를 하기 무섭게 모용회가 외쳤다.

"모두 가주의 맹세를 들었을 것이다! 이를 어기는 것은 모용세가 전체와 가주의 체면을 욕되게 하는 것이니, 절대 어기는 일이 없어야 할 것이다!"

그러자 오천 명의 무사가 일제히 외쳤다.

"명을 받들겠습니다!"

모용회가 웃으며 헌원지를 바라보았다.

"이러면 이젠 됐나?"

"이 정도면 충분하고도 남습니다."

"좋아, 그럼 따라오게!"

말과 함께 그는 아무도 없는 한적한 곳으로 걸어가기 시작했다. 그러자 그를 뒤따르던 헌원지가 고개를 갸웃거리며 의문을 제기했다.

"굳이 다른 사람들이 보이지 않는 곳에서 비무를 할 필요가 있습니까?"

"허허, 그럼 자네는 광대 노릇이라도 하고 싶은 건가?"

"실력을 숨길 필요는 없지 않습니까?"

"그거야 자네 입장이지. 내 나이쯤 되어 어린것들 앞에서 비무를 하는 것은 창피한 일이라네. 결과만 알려주면 되는 것이지."

"훗, 그도 그렇겠군요."

헌원지와 모용회가 숲 속으로 사라지자 모용곽은 한숨을 쉬었다.

"이걸 노린 거였군. 영악한 놈!"

그러자 마주 바라보고 있던 유대적이 슬며시 웃었다.

한참을 걸어가자 숲 속에 꽤 넓은 공터가 나왔다.
"이쯤이 좋겠군."
말과 함께 모용회가 돌아서자 그제야 헌원지가 여기로 올 때부터 품었던 궁금증을 드러냈다.
"그런데 별호가 태양검선이라고 들었습니다. 제가 잘못 알고 있는 겁니까?"
"맞네, 그런데 왜 그러나?"
"검을 쓸 줄 알았는데, 왜 아무것도 없는 겁니까?"
"그만큼 자신이 있다는 뜻이라고 받아들이게."
은근히 무시하는 말에 헌원지의 인상이 모용회를 대한 후 처음으로 굳어졌다.
"그럼 시작하죠."
말과 함께 헌원지의 몸에서 막강한 한기가 뻗어나오기 시작했다. 그것을 보고 모용회가 놀란 표정을 지었다.
"자, 자네 화경을 넘어섰군!"
"말은 나중에……."
쿵!
헌원지의 발이 땅을 찍자 엄청난 소리와 함께 바닥에 있던 흙가루와 돌가루가 헌원지를 중심으로 분수처럼 솟아올랐다. 그리고 하늘에서 비라도 오는 듯 수십 개의 푸른빛이 번쩍이며 모용회를 향해 떨어져 내렸다.
모용회는 처음 헌원지의 내력에 놀랐지만, 다음으로 떨어져 내리는 낙뢰를 보고는 더욱 놀랐다.

"이런 무공도 있었나?"

물음이었지만, 사실 물음을 던질 시간적 여유도 없었다. 그는 급히 호신강기를 만들었다. 놀랍게도 그의 호신강기는 강력하다 못해 오히려 헌원지에게 위협을 줄 정도로 공격적인 기운이 서려 있었다.

콰콰쾅!

호신강기와 낙뢰가 부딪치며 산이 울렸다. 흙먼지가 사방을 뒤덮은 상황에서 모용회가 외쳤다.

"대단하군!"

"대단할 것도 없습니다."

말과 함께 헌원지는 손을 휘저었다. 처음부터 강공으로 나갈 생각으로 모든 진기를 뿜어내고 있는 그였다. 그러니 그 파괴력은 상상을 불허하고 있었다.

손을 저을 때마다 옷이 펄럭이며 기괴한 괴음이 쏟아져 나왔다. 소리의 크기를 강하게 만들기 위해 내력을 이용했기 때문이다. 그리고 괴음과 함께 헌원지를 중심으로 강기가 만들어지더니 어김없이 모용회를 노리고 다가들었다.

아무리 모용회라지만, 그 수십 개의 강기를 호신강기로만 막을 수는 없다고 판단했는지 몸을 피하기 시작했다. 빠르기도 빨랐지만 신법이 헌원지의 눈을 현혹시킬 정도로 현란했다.

어느 순간 헌원지의 공격이 끊임없이 이어지자 모용회가 손을 들었다.

"잠깐!"

헌원지가 인상을 찌푸리며 공격을 멈췄다.

"왜 그러십니까? 패배를 인정하시는 겁니까?"

모용회가 신중한 어투로 고개를 저었다.

"내 잘못을 인정하지. 자네를 너무 낮게 봤네. 이거야 원! 내가 검을 들게 될 줄은 몰랐군."

"검?"

헌원지는 의아한 표정으로 모용회의 하는 양을 바라보았다. 하지만 아무리 봐도 몸에는 검이 없었다.

'단검을 쓰는 건가?'

그런데 아니었다. 모용회는 이리저리 헌원지의 공격에 부서지고 잘려 나간 숲을 바라보더니 슬며시 걸어갔다. 그리고는 나무 막대 하나를 집어 들며 미소를 지었다.

"이제 됐네. 다시 시작하세."

헌원지의 인상이 더욱 구겨졌다.

"그것으로 절 상대하시겠다는 말입니까?"

"이걸로 충분하네."

말과 함께 모용회의 손에 잡힌 막대가 푸르게 변하기 시작했다. 헌원지가 경악했다.

"어떻게……!"

헌원지의 상식으로는 나무 막대에 내력을 주입시키면 금강석과 같이 단단해지지만, 어느 순간을 넘으면 나무가 터져 나가게 되어 있었다. 특히 모용회가 잡고 있는 나무처럼 검기가 유형화되어 빛을 발할 정도면 가루가 되어도 전혀 이상하지 않았다.

헌원지의 표정을 보며 모용회가 슬며시 웃었다.

"그리 놀랄 것 없네. 내력으로 나무를 어느 정도 보호하고, 그 위로 호신강기처럼 기운을 덮은 것이야. 검처럼 나무 안에 내력을 주입하지는 않았단 말이지."

"그것이 가능합니까?"

"불가능할 것이 무어 있겠나? 자네는 아무것도 없는 허공에 강기까지 만들어내는데 말이야."

"훗, 그도 그렇군요. 그럼 다시 시작하죠."

"좋아. 이번에는 제대로 해보도록 하세."

말과 함께 모용회가 기합성을 내지르며 선제공격을 하려는 듯 달려들어 왔다.

제20장
이제부터 악마금

쿠콰콰쾅!

저 멀리 숲 속에서 산을 뒤덮을 굉음과 폭발, 그리고 불빛이 번뜩이며 사람들을 질리게 만들었다.

"도대체 무슨 일이 벌어지는 거야?"

"어느 정도까지 강해져야 여기까지 땅이 흔들릴 정도로 파괴력을 낼 수 있는지……."

"숲을 아예 초토화시켜 버리는 것 같군!"

"그런데 모용회 어르신과 싸우는 놈은 도대체 얼마나 강한 거지? 계속 싸우는 소리가 들리는 것을 보면 모용편성 장로님을 꺾은 것이 운이 아닌 게 확실하군!"

사람들마다 감탄을 아끼지 않으며 넋 놓고 숲을 바라보고 있었다. 그러던 어느 순간 갑자기 쥐 죽은 듯 조용해져 버렸다. 보고 있던 모든 사람들이 궁금증을 드러냈지만, 감히 숲으로 들어가 확인할 생각을 하지 못했다. 빨리 결과가 났으면 좋겠는데, 정적은 상당히 오랜 시간 동안 이어지고 있어 사람들을 조급하게 만들었다.

숲은 일각 만에 쑥밭이 되어버렸다. 공터는 이미 공터라 할 수 없을 정도로 초토화되어 있었다. 땅은 움푹움푹 패어 있고, 그곳에서는 연기가 모락모락 피어올랐다. 공터 주위에 있는 나무들은 이미 제 형상을 잃어 나무라기보다는 장작에 불과했다.

헌원지와 모용회는 비무를 중단하고 이야기를 나누고 있는 중이었다. 실제 비무는 반 각도 되지 않아 끝이 나버렸다. 둘 다 상당한 실력을 과시했고, 모용회가 중간에 그만 할 것을 요구했던 것이다.

헌원지가 이유를 물었을 때는 '너무 늙어서 뼈가 시리구만' 이라는 대답으로 흘려 버렸을 뿐이다.

"그러면 그렇지!"
"어르신께서 패할 리가 없어!"

모용회가 숲에서 나오는 것을 보며 모용세가의 무사들은 기세를 올리며 전의를 불태우기 시작했다. 반면 장원에서 지켜보고 있던 금천방 쪽은 불안감에 휩싸일 수밖에 없었다. 하지만 이어 모용회의 뒤를 따라 나오는 헌원지를 보며 다시 양편의 기세는 원래대로 돌아갈 수밖에 없었다. 그리고 잠시 후, 그 기세는 금천방 쪽으로 기울어졌.

"내가 졌다!"

모용회의 외침에 모용세가의 무사들은 믿을 수 없다는 듯한 표정으로 경악성을 내질렀다. 그들을 보면 모용회가 확정적으로 외쳤다.

"내가 패했다! 앞으로 금천방에 해를 가하는 짓을 해서는 안 될 것이다! 그것은 나를 무시하는 일이며, 모용세가를 삼류잡배 집단으로 만드는 일이다!"

말과 함께 그는 가주 모용곽에게 명했다.

"무사들을 모두 세가로 돌려라. 그리고 앞으로 저자의 일에는 일체 간섭하지 말아라."

모용곽은 헌원지를 가리키는 모용회를 보고 나직이 한숨을 쉬더니 몸을 돌렸다.

"모두 돌아간다!"

명과 함께 모용세가의 무사들은 아쉬움을 감추며 발걸음을 돌릴 수밖에 없었다. 세가로 돌아가던 모용곽이 모용회를 향해 무언가 말하려 했지만 입을 다물어 버렸다.

그때 가주의 명이라 어쩔 수 없이 따르고는 있지만 수긍을 할 수 없었던 애희가 무례함을 무릅쓰고 모용회에게 물었다.

"송구합니다만 저는 믿어지지가 않습니다."

모용회가 의아함을 드러내며 그녀를 바라보았다.

"뭐가 믿어지지 않는다는 말이냐?"

"제가 알기로는 어르신이 남무림 최강의 고수이십니다. 그런데 어찌 저런 젊은 사람에게 패할 수 있는 것입니까?"

"내가 일부러 지기라도 했단 말이냐?"

"그렇지 않고서야……"

그 말에 모용곽이 나섰다. 실제 그는 그녀가 한 말을 하고 싶었지만, 그래도 무사들 앞에서 백부를 곤란하게 할 수는 없었던 것이다.

"닥쳐라! 감히 백부님께 무슨 말버릇이냐!"

그러자 모용회가 너털웃음을 흘리며 나섰다.

"허허, 놔두거라. 그 녀석 입장에서는 충분히 그런 생각을 할 수 있을 게다."

"하면 정말 패하신 거란 말입니까?"

"이놈! 그럼 내가 너희를 상대로 농을 하고 있다는 것이냐?"

"그, 그런 뜻이 아닙니다."

모용회는 모용곽의 난감해하는 얼굴을 한참이나 쏘아보더니 표정을 풀며 나직이 입을 열었다.

"실제로 그와 죽기로 싸웠다면 내가 이겼을지도 모르지."

"……."

"하지만 그건 가능성이 조금 높았을 것이라는 것뿐 승패는 장담할 수 없었을 것이다."

"그가 그렇게 강했나요?"

헌원지의 무공을 경험했던 애희였지만, 감히 모용회에게 상대가 될 리가 없다고 생각했기에 놀랄 수밖에 없었다. 모용회가 그런 애희를 보며 입을 열었다.

"그렇다. 정말 저 나이로 어떻게 저 경지에 올랐는지 불가사의할 정도야. 그는 이미 출가경이다. 그리고 무림 사상 최초로 자연경에 올라설 자이기도 하다. 난 그 가능성을 높게 보았다. 두고 보거라. 그는 이미 깨달음을 얻기 위해 고심하고 있고, 얼마 안 있어 자연경에 올라설 그 깨달음을 얻을 자니라."

모두가 할 말을 잃은 듯 모용회만을 바라보았다. 모용회가 덧붙였다.

"앞으로 그와 대적하는 일은 없도록 해라. 이건 모용세가를 위해서

하는 말이다. 알겠느냐?"

"……."

"왜 대답이 없느냐?"

"아, 알겠습니다."

모용세가의 무사들이 모두 사라지자 유대적이 헌원지에게 슬며시 물었다.

"정말 자네가 무공으로 태양검선을 누른 겐가?"

"글쎄요…… 한 수 접어줬다는 말이 맞겠죠."

"누가?"

헌원지는 멀어지는 모용회를 턱으로 가리켰다. 그러자 유대적이 혀를 찼다.

"허허, 이거야 원! 오늘 흉보다 길이 더 많은 날이었나 보네."

"글쎄요……."

헌원지는 말끝을 흐리며 몸을 돌렸다. 그러더니 갑자기 걸음을 멈춰 세웠다.

"한 가지 부탁할 것이 있습니다."

유대적이 고개를 갸웃거리자 헌원지가 나직하게 속삭였다. 그의 말에 유대적이 경악한 표정을 지었다.

"자, 자네… 정말 그럴 생각인가?"

"들어줄 수 있겠습니까?"

"피해가 엄청날 텐데……. 알겠네."

그들이 은밀히 대화를 주고받으며 장원으로 걸어가자, 담에 올라 헌원지를 지켜보던 마야가 그제야 내려와 그에게 달려갔다. 그와 함께 장원 안에 있던 혈천분 등의 이천사백여 명의 고수들도 장원 밖으로 쏟아져 나왔고, 장원 내에서 은근히 그들을 견제하던 만월교의 고수들 또한 무리를 이루어 나왔다.

"잘했어. 난 지아가 이길 줄 알았어."

마야의 말에 헌원지가 피식 웃었다.

"그래?"

"응, 난 확신했어."

"훗, 믿어줘서 고맙군."

그때 검은 면사를 쓴 모양각의 각주 묘강이 미소를 지으며 끼어 들었다.

"자! 이제 약속한 일도 끝났으니, 계산할 것은 해야지?"

"그래야지. 이래 뵈도 헌원지라는 이름으로 살 때는 꽤나 약속을 잘 지키는 사람이었거든."

"무슨 소리야?"

마야의 물음에 헌원지가 비릿한 웃음을 흘렸다.

"전에 말했지? 대가를 치를 거라고."

"……?"

순간 헌원지의 손이 마야의 혈도를 짚었다.

타타탁!

그의 행동에 마야가 경악하며 물었다.

"왜, 왜 이래?"

"호호, 그 대가가 널 저 녀석에게 넘겨주는 거였거든. 그런 이유가 아니었다면 애뇌산에 들어가기 전날 술집에서 널 구해주는 것도, 애뇌산에서 반란군을 처리하는 일도 하지 않았을 거다."

순간 마야의 두 눈이 믿을 수 없다는 듯 불신을 드러냈고 옆에서 대기하고 있던 만월교의 고수들은 경악한 채 인상을 찌푸렸다.

"이게 무슨 짓이오?"

이번 일을 지휘하게 된 현령이 위협적인 목소리로 말하자 헌원지는 비웃음만 흘릴 뿐이었다.

"후후, 날 모르는 것도 아닐 텐데? 이럴 줄 몰랐나?"

"이놈이!"

현령과 그를 따르는 만월교의 고수들이 달려들려는 순간, 그 모습을 지켜보고 있던 혈천문 등의 고수들이 일제히 무기를 뽑아 들고 그들을 견제했다. 그 와중에 묘강이 팽팽한 긴장감이 흐르는 분위기와는 달리 화사한 미소를 지으며 현령을 향해 입을 열었다.

"너무하다고 생각하지는 마세요, 교주는 우리가 잘 모실 테니까."

"그것을 우리가 가만히 지켜볼 것 같나?"

"홋, 그럼 여기에서 죽기로 싸워보겠다는 말인가요? 수적으로 불리한 상황인데도?"

"네놈들에게 교주님을 넘겨줄 수는 없다!"

그러자 묘강은 슬며시 품속에서 비수 한 자루를 꺼내 마야에게 한 걸음 다가갔다. 그리고 그것을 마야의 목에 갖다 대었다.

"모두 무기를 버리세요."

만월교의 무사들이 움찔거리며 서로의 눈치를 보기 시작했다.

현령이 으르렁거렸다.

"이러고도 무림인이라 할 수 있느냐?"

"홋, 전 살수랍니다. 이익이 생기는 일은 뭐든지 하죠."

그녀의 말에 마야는 헌원지를 바라보았다. 애처로운 눈빛이 눈에 들어오자 헌원지가 인상을 썼다. 하지만 헌원지는 자신의 일이 아니라는 듯 그녀를 외면했다. 묘강이 그런 헌원지를 바라보며 웃었다.
"우리와 함께 일하면 좋겠지만, 그럴 수 없다니 아쉽네. 아무튼 우리 일에 방해만 되지 않는다면 앞으로 귀찮게 구는 일은 없을 거야."
그러자 헌원지가 슬며시 웃었다.
"그럼 이제 완전히 끝난 거겠지?"
묘강이 고개를 끄덕였다.
"약속을 지켰으니 이제 가봐."
"그럼!"
순간 헌원지가 묘강에게 손을 뻗었다. 그리고 묘강 또한 마야와 같이 혈도를 제압해 버렸다. 그에 놀란 묘강이 인상을 쓰며 외쳤다.
"지금 무슨 짓이야?"
"약속은 지켰으니 이제부터는 내 맘대로 할 생각이거든."
음흉한 미소를 지으며 하는 말에 묘강이 인상을 찌푸렸다.
"그 나이에 애들처럼 말장난하는 거야?"
"호호, 말장난이라……."
말끝을 흐리던 헌원지가 갑자기 섬전과 같은 속도로 손을 올렸다.
쫘악—!
순간 묘강의 얼굴이 휙 돌아갔다. 혈도가 제압되어 몸을 마음대로 움직일 수 없었기에 고개는 돌아간 그 상태로 멈춰져 있을 수밖에 없었다.
"지, 지금 무슨 짓이야? 정말 유치하게 이런 식으로 행동할 거야?"
헌원지는 대답없이 묘강의 멱살을 끌어당겨 얼굴 가까이 대었다.
"호호, 내가 원래 어떤 놈인지 모르지는 않을 텐데. 몰랐다면 조사가 부족한 네 탓이다. 난 원래 이렇게 내키는 대로 행동하는 놈이거든. 그리고 그냥 넘어가려고 했는데, 갑자기 네놈이 내게 한 짓이 생각나지 뭐야."

"무, 무슨 소리야?"

"흐흐, 너 때문에 내가 만월교의 손에 죽을 뻔했다는 것을 모른다고 하지는 않겠지?"

"그, 그게 언젯적 이야기인데 지금 와서……."

"그건 네 생각이고, 난 지금 그 대가를 받아내야겠거든."

헌원지는 묘강과는 달리 득의한 미소를 짓고 있었다. 하지만 말이 끝남과 동시에 눈빛이 달라졌다. 그리고 주먹이 그녀의 아랫배에 박혀 들었다.

퍽!

"크윽!"

묘강의 입에서 고통의 신음성이 튀어나왔다. 숨을 쉬기도 곤란한지 입을 벌리고 다물 줄을 몰랐다. 입속에 흘러내린 진한 침이 바닥으로 떨어져 내렸다.

"이러고도……."

묘강의 입에서 힘들게 흘러나오는 말을 듣기 싫은 듯,

"닥쳐!"

헌원지의 두 손과 발이 쉬지 않고 움직이기 시작했다. 그것으로 끝난 것이 아니라 이제부터 본격적으로 시작되는 것이었다.

퍅퍅퍅!

투타탁! 퍽퍽!

급기야 장내에 있던 모든 사람들이 그 모습에 혀를 찼다. 헌원지는 말 그대로 비 오는 날 먼지 나듯이 구타를 하고 있었다. 무공 초식도 없는 삼류잡배의 몸놀림이 오히려 더욱 잔인하고 아프게 보인다는 사실을 사람들은 오늘 처음 알았을 것이다.

"멈춰라!"

살기 서린 목소리가 장원 안에서 터져 나왔다. 장원 안에 있다가 소란 때문에 이제야 묘강을 발견한 이사의 외침이었다. 그는 외침과 함께 헌원지를 향해 달려들었다.

"어딜!"

이제는 바닥에 넘어져 있던 묘강을 발로 밟아대고 있는 헌원지가 고개를 돌려 가소롭다는 듯 웃었다.

그가 말과 함께 소매를 펄럭이자 복면을 쓰고 있던 이사가 그 자리에서 튕겨 날아가 적룡문의 무사들이 있는 곳으로 떨어져 내렸다. 그에 신경 쓰지 않는 듯 헌원지의 구타는 계속되었다.

어떻게 여인을 저렇게 잔인하게 두들겨 팰 수 있냐는 듯 사람들은 황당한 표정으로 입을 쩍 하니 벌리고 구경만 할 뿐 말릴 생각을 못했다. 그들이 지금 적과 대치하고 있다는 상황도 완전히 잊을 정도로 헌원지는 처절하게 묘강을 밟아대고 있었던 것이다. 도저히 출가경의 고수가 할 수 없을 것 같은 행동을 헌원지는 서슴없이 하고 있었다.

얼마나 밟았는지, 어느 순간부터 묘강의 입에서 음식물이 울컥울컥 흘러나오기 시작했다. 헌원지의 발길질도 그때 멈춰졌다. 그리고 숨을 고르더니 다시 한 번 묘강의 발로 걷어찬 후, 속이 후련하다는 듯 옷매무새를 가다듬었다.

"난 이제부터 다시 예전의 악마금으로 돌아간다!"

그와 함께 작은 목소리로 중얼거렸다.

"헌원지보다는 악마금이 속 편하거든."

말과 함께 유대적을 보며 고개를 끄덕였다. 그러자 유대적이 적룡문 등에 달려들며 외쳤다.

"공격해라!"

동시에 상황을 파악한 만월교의 고수들도 그에 동조를 했고, 헌원지도 직접 적룡문 등을 향해 몸을 날렸다.

적룡문, 단목문, 혈천문의 고수들은 전멸했다. 그리고 그들을 전멸시키는 데 금천방은 고수 일천여 명의 사상자를 봐야 했고, 만월교에서도 이백여 명의 사상자가 났다. 그래도 그것으로 끝난 것은 헌원지의 활약 덕분이었다. 헌원지가 없었다면 오히려 패하는 쪽은 만월교와 금천방이 되었을 것이다.

전투가 완전히 마무리되자 마야가 헌원지에게 다가와 눈물을 글썽이며 말했다.

"고마워, 지아."

그러자 헌원지가 피식 웃었다.

"고마울 건 없어. 난 내가 하고 싶은 대로 한 거니까. 저 녀석이 너무 마음에 안 들었거든."

헌원지는 그때까지 바닥에 쓰러져 있는 묘강을 가리켰다. 그때 마야가 슬며시 물었다.

"날, 날 도와줄 수 있겠어?"

"만월교 전체가 절대적으로 내가 지시하는 대로 움직여야 한다는 것. 그리고 너를 포함한 그 누구도 나에게 지시를 내릴 수 없다는 것. 그 두 가지만 지켜준다면 도와줄 수는 있지. 단, 말 그대로 도와주는 거다. 난 만월교도가 되기는 싫거든."
그러자 마야가 미소를 지었다.
"알겠어. 그리고 고마워!"

제21장
남무림 통합을 위한 군사의 계획

만월교의 총단 회의실에 마야와 헌원지, 그리고 모양야 장로가 마주 앉아 있었다.

"지금 어느 정도의 무력 세력이 있습니까?"

만월교 최초로 무력 세력의 전 지휘권을 부여받은 헌원지의 직책은 군사였다. 만월교도가 아닌 만월교의 발전을 위해 별도로 초빙된 듯한 인상을 주기 위해 만든 직책으로, 교주인 마야 이외에는 그에게 함부로 대할 수 있는 인물은 없었다. 물론 마야도 헌원지에게 지시를 내리거나 함부로 할 입장은 아니었기에, 거의 그가 만월교를 이끌게 된 셈이었다.

그의 말에 모양야 장로가 침울하게 대답했다.

"저번 기습으로 주력 부대를 절반이나 잃었고, 그 외 고수들도 사천이 넘지 않습니다. 자세한 사항은 여기 적혀 있습니다."

나이로 보나 만월교에 세운 공과 경력으로 보나 모양야 장로가 압도적으로 높았지만, 헌원지는 군사로서 모든 무력 세력을 움직여야 했기에 그는 의식적으로 헌원지에게 말을 높이고 있었다. 또 다른 교도들이 헌원지를 무시하지 못하고 그대로 이행하게 하기 위해서였다.

헌원지가 서류를 훑어보며 고개를 저었다.

"엄청나게 무너진 상태군."

"……."

무거운 분위기 속에 헌원지가 피식 웃었다.

"뭐, 상관은 없겠지. 귀주 전체를 상대하는 것도 아니니까."

그러자 마야가 기대의 빛을 드러내며 물었다.

"방법이 있겠어?"

"방법이야 만들면 되지. 우선 내 계획을 말하지. 난 눈앞의 이익을 보진 않아. 멀리 봐야 한다는 말이지."

말과 함께 그는 탁자에 놓인 지도를 가리켰다. 그의 손은 개리를 가리키고 있었다.

"첫 번째 먹이는 이곳. 여기를 무너뜨린다."

개리는 혈천문이 있는 곳이다. 그것을 알고 있는 마야나 모양야 장로가 경악한 표정을 지었다.

"혈천문은 절정고수가 이천이 넘습니다."

"그럼 단목문은? 단목문은 고수들의 실력이 조금 떨어진다 하더라도 그 수가 만월교와 비교해도 손색이 없지. 적룡문은? 그들 또한 절정고수를 삼천 정도 보유하고 있는 것으로 아는데, 아닙니까?"

"그렇기는 하지만……."

"가장 강해 보이기는 하지만, 사실 우리 힘으로 삼켜 버리기에 만만한 것도 사실.”

그의 말을 들은 모양야 장로가 고개를 갸웃거렸다. 한 가지 걸리는 단어가 있었기 때문이다.

“삼킨다? 무슨 소리입니까?”

“말 그대로입니다. 그 세력을 흡수해야 되죠. 전력을 다해 한쪽이 무너질 때까지 싸운다면 이겨도 손해. 그들을 우리 쪽으로 흡수할 생각입니다.”

“가능하겠습니까?”

“우선 그들을 꼬여낸 후 문 내가 빈 틈을 타 기습을 노릴 겁니다. 그 후 문주를 포함한 상층부 간부들을 전원 처리한다면, 고수들을 흡수하는 데 별 어려움은 없을 겁니다. 단, 완전히 믿을 수는 없으니 따로 관리를 해야죠.”

“흐음! 그럼, 다음은 어디를 칠 생각이십니까?”

헌원지는 고개를 저었다.

“없습니다.”

“없다니……. 단목문과 적룡문을 그대로 놔둘 생각이십니까?”

“그래야죠. 귀주의 모든 문파들은 만월교를 따르고 있습니다. 그것을 이용하면 쉽죠. 저들도 혈천문이 무너지고 그 힘이 우리에게 흡수된다면 상당히 긴장할 겁니다. 지금까지 만월교가 밀린 것은 귀주를 통제할 힘이 있는데도 그것을 이용하지 못했다는 것, 그리고 공격이 아닌 방어에 치중해 적을 상대했다는 것, 두 가지 때문입니다.”

모양야가 고개를 끄덕였다.

“맞는 말입니다. 하지만 아직 만월교의 입지가 귀주에 미치는 영향이 그리 크지 못합니다.”

"그거야 귀주에 있는 문파들을 만족시켜 줄 만한 일을 벌이지 못했기에 그런 것입니다. 이번에 만족시켜 주면 됩니다. 혈천문은 은원 관계가 철저하다고 들었는데, 맞습니까?"

"그렇습니다."

"그럼 그들에게 은근히 불만을 품을 세력들이 많을 겁니다."

잠시 생각하던 모양야가 고개를 끄덕였다.

"문파의 크기에 비해 상당한 세력권을 가지고 있어 몇몇 문파가 불만이 많은 것이 사실입니다. 그중 네 군데가 가장 심하게 혈천문에 억눌렸던 것으로 압니다."

"잘됐군! 그들에게 혈천문이 우리에게 반기를 든 사실을 알리고 협조를 구하십시오."

"혈천문의 힘을 아는 이상 쉽게 도와주려 하지 않을 텐데요?"

"그들만으로 공격하라면 그렇겠지만, 이번에는 만월교가 직접 공격을 할 겁니다. 그 점을 상기시키면 됩니다. 그들은 아직도 만월교가 절대적인 힘을 보유하고 있는 것으로 알 테니까. 그리고 혈천문을 무너뜨린 후 그 세력권 전부를 그들에게 넘겨준다는 약속까지 해주십시오."

"알겠습니다."

"이번 협동 작전만 성공하면 단목문이나 적룡문은 우리에게 저항할 꿈도 꾸지 못할 겁니다. 그때 슬며시 그들을 그간 지은 죄를 용서해 주고 포섭한다면, 귀주는 혈천문 하나만 사라지는 것으로 온전히 만월교의 통제를 따를 겁니다."

"그럼 세부적인 작전은 어떻게 짜야겠습니까?"

"혈천문 주위 문파가 협조 의사를 밝혀오면 그 즉시 만월교의 고수

일천 명을 뽑아 혈천문이 있는 개리 인근에 매복시켜 놓습니다. 그리고 협조한 문파들에게는 연합을 이루어 개리에서 사십 리 떨어진 정진(井陳)에 공격 준비를 들어가게 하십시오. 그러면 혈천문에서는 반드시 대부분의 고수들을 정진으로 이동시킬 겁니다. 그때 그들이 빠져나가기를 기다려 매복해 있던 우리 만월교의 일천 명의 고수들이 문 내로 진입하여 문주를 인질로 잡으면 끝입니다. 다음에는 귀주 전해에 혈천문에 대한 일을 알려야 합니다. 단목문과 적룡문이 딴마음을 품지 못하게 하기 위해서입니다."

"알겠습니다. 그렇게 계획을 잡도록 하겠습니다."

"아! 그리고 이번 혈천문 공격은 제가 직접 지휘하겠습니다."

"직접 말입니까?"

"혈천문에 화경의 고수가 몇 명 있지 않습니까? 우리 쪽 피해를 줄이려면 제가 가는 것이 나을 겁니다. 그리고 그 다음 문제인데……."

"……?"

"귀주 하나로 만족할 리는 없겠지?"

헌원지는 말끝을 흐리며 마야에게 물었다. 그러자 그녀가 어깨를 으쓱거렸다.

"무슨 소리야?"

"만월교의 본 계획은 남무림 통합이 아니었나?"

"맞아."

"좋아, 그럼 이번 일을 시행하는 동시에 따로 계획해야 될 일이 있어."

"뭔데?"

"우선 내가 서신 한 통을 써줄 테니 남만의 초이라는 산에 살고 있는 진립이라는 자에게 전해줘."

그 말에 모양야 장로가 놀라며 물었다.

"진립이라면 마창 진립?"

"그렇습니다. 이번 운남 통합에 그의 힘이 필요합니다."

"그와 친분이 있었습니까?"

"특별한 친분이라기보다는 부탁을 들어줄 정도의 사이는 되는 걸로 생각됩니다. 그리고 사황교도 우리 쪽으로 끌어들일 수 있습니다."

"사황교까지?"

헌원지는 별스러울 것도 없다는 듯이 말했다.

"아마 들어줄 겁니다. 좀 무리한 부탁이기는 하지만, 차후 그만한 대가를 지불할 생각이니……. 게다가 내 부탁을 들어줘야 할 이유도 있지요."

"허, 운남에 있을 동안 많은 일을 겪었나 보군요. 그럼 광서는 어떻게 할 생각이십니까?"

"광서는 따로 신경 쓰지 않아도 됩니다. 귀주에 이어 운남까지 통합해 버린다면, 광서에 있는 문파들은 자연히 대항할 생각도 못하고 우리에게 손을 내밀어올 겁니다. 단, 우리가 운남을 공격할 때 광서와 인접해 있는 문파에 그들의 움직임을 잘 감시하고 차단하라고 당부해야 할 겁니다."

그때 가만히 듣고 있던 마야가 갑자기 감탄하듯 입을 열었다.

"정말 대단해!"

"……?"

"어떻게 그렇게 철저하게 계획할 수 있어?"

그녀의 말에 헌원지는 대답하지 않고 자리에서 슬며시 일어서며 모양야에게 당부했다.

"다른 장로들과 간부들에게 계획을 알리시고, 정확한 날짜와 공격 시기를 정한 후 따로 보고해 주십시오."

"알겠습니다."

헌원지는 회의실을 빠져나왔다. 그러자 모양야 장로가 따라 나오더니 그를 불렀다.

"군사!"

"왜 그러십니까?"

"군사께서 다시 만월교로 들어올 생각은 없으십니까?"

"지금 들어와 있지 않습니까?"

그러자 모양야 장로가 잠시 난감한 표정을 짓더니 무겁게 입을 열었다.

"그런 뜻이 아니라… 월랑에 대해서 생각을……."

순간 헌원지가 손을 들어 그의 말을 끊었다.

"그건 다음에 이야기하도록 하죠."

말과 함께 그는 휘적휘적 멀어져 갔다.

보름 후, 혈천문에 서신이 한 장 날아들었다. 그와 동시에 귀주 전체에 소문이 떠돌았다. 내용은 혈천문이 만월교에 불만을 품고 도전한다는 것이었다. 그리고 만월교가 그것을 응징한다는 내용도 포함되어 있었다.

혈천문으로서는 마른하늘에 날벼락 같은 내용이었다. 당연히 혈천문주는 분노할 수밖에 없었다. 곧바로 단목문과 적룡문에 소식을 날려 만월교에 대항하려 했다. 하지만 시간적인 여유가 그것을 허락지 않았다. 도움을 요청하기도 전에 다음날 바로 인근에 있는 네 개의 문파에서 만월교와 함께 무사들을 합해 개리로 진격한다는 소식이 전달되었기 때문이다.

결국 혈천문은 단독으로 급히 적들을 막기 위해 고수들을 투입시킬 수밖에 없었다. 그리고 그날 밤 혈천문 내에 사이한 기운을 숨김없이 드러내는 일천 명의 고수가 기습을 가해 피바다가 되는 사태가 발생했다.

헌원지는 직접 혈천문의 기습 작전에 투입되어 가장 선두에서 무용을 뽐냈다. 그리고 혈천문주인 당천을 잡을 수 있었다. 그는 당천을 인질로 잡은 뒤 곧바로 개리를 빠져나간 혈천문의 문도들에게 사실을 알렸다. 그리고 문주의 신변을 미끼로 모두 포박해 포로로 만든 후에야 약속과 달리 당천과 간부급 이상의 무사들의 목을 베어버렸다.

나머지는 회유를 했고, 끝까지 버티는 자는 그 실력이 아까웠지만 어쩔 수 없이 죽일 수밖에 없었다. 그렇게 혈천문의 고수 이천여 명을 흡수한 후, 그들을 만월교 총단에서 조금 떨어진 곳에 머물게 해 특별 관리를 시작했다.

소문은 급속히 퍼져 나갔다. 만월교에 대항한 혈천문이 멸망했다는 것, 그리고 만월교에 동조한 네 개의 문파가 그 공으로 혈천문의 방대한 세력권을 모두 차지하게 되었다는 것. 그것만으로도 귀주에 있는 모든 문파는 만월교의 힘에 다시 한 번 놀라며 은근히 두려워할 수밖에 없었다.

단목문과 적룡문도 마찬가지였다. 그들은 놀람도 있었지만, 그보다 긴장감을 드러냈다. 그러던 어느 날, 정확히 혈천문이 무너진 지 한 달이 지났을 때 단목문과 적룡문에 만월교의 교주가 서신을 보내왔다.

"허!"

적룡문주 야일제는 서신을 보며 씁쓸한, 그리고 허탈한 신음을 내뱉었다. 서신에는 전에 벌였던 만월교 총단 기습 사건이 혈천문의 주도하에 이루어진 것을 알고 있으며, 적룡문과 단목문은 죄가 크지 않다는 내용이었다. 고로, 그에 대한 문제를 덮어두기로 했으니 두려워하지 말라는 말과 함께 보름 후 귀주 모든 문주들의 회합에 참가하라는 내용이었다.

"나원! 이거 완전히 누워서 절 받기군."

서신을 넘겨받은 총관이 야일제의 눈치를 살폈다.

"어떻게 할 생각이십니까?"

야일제는 한숨을 쉬었다.

"휴! 어쩔 수 있나? 만월교를 주축으로 남무림 통합에 힘을 보태야지. 지금 상황에서 그들과 맞서는 것은 귀주 전체와 맞서야 하는 것과 같네. 자네가 적절한 답변을 써서 만월교에 보내게."

"알겠습니다."

총관이 나가고 난 후 야일제가 중얼거렸다.

"악마금! 그 한 사람으로 인해 이렇게 전세가 완전히 뒤바뀔 줄은 몰랐군. 그런 놈이 우리 적룡문에서도 배출되어야 하는데……. 아니지! 차라리 사위라도 삼을까?"

그는 그날 허탈한 웃음만 몇 시진 동안 흘렸다고 전해진다.

제22장
안정된 남무림

만월교는 귀주를 완전히 통합한 육 개월 뒤, 운남에 있는 문도 수 삼천 이상의 모든 문파에 남무림 통합에 동참하라는 일방적인 통보장을 보내어 그들을 자극했다.

그리고 보름 후!

본격적인 공격에 나선 귀주 연합에 의해 운남도 나름대로 대비했던 연합을 발동시켜 많은 문파들이 귀주와 운남의 경계가 되는 마정산 오지에 고수들을 보내어 귀주와 한 달간의 일전을 벌였다.

초반에는 팽팽한 접전이었지만, 귀주가 점점 밀렸다. 하지만 그것은 이미 계획되었던 일. 한 달간 귀주를 밀어붙이던 운남 연합 세력에게 뜻밖의 소식이 전달되었다. 사황교가 고수들을 투입해 남쪽에 있는 많은 문파들을 공격해 오기 시작했다는 것이다.

마정산에서 만월교를 중심으로 한 귀주의 문파들과 대치하고 있던 운남 연합은 자연히 혼란스러울 수밖에 없었다. 그리고 사황교를 설득하러 간 악마금이 돌아와 마정산의 전투에 참가하자, 갑자기 모용세가가 아무런 이유 없이 철수해 버리는 황당한 일이 벌어지게 되었다.

사황교 때문에 불안해하던 운남의 세력들은 모용세가까지 빠져 버리자 자연히 마정산의 무사들을 해산시킬 수밖에 없었다. 사황교로부터 문파를 지키는 일이 더욱 시급했던 것이다.

그 후로는 속수무책으로 힘을 합쳐 공격해 오는 귀주 연합에 의해 하나둘씩 무릎을 꿇었다. 그에 한몫 거든 것이 바로 만월교가 주장하는 조건이었다.

만월교는 만월교에 의한 남무림 통일이 아니라, 만월교를 중심으로 남무림 전체를 통제할 수 있는 기관을 만들 것을 요구했기 때문이다. 각 문파의 존립을 인정하고 그들의 이익을 보장해 주는 것을 조건으로 했기에, 강하게 밀어붙이는 만월교에 대항해 극심한 피해를 보는 것을 포기하고 하나둘씩 그에 동조해 나가기 시작했다.

운남이 완전히 통합되는 데는 일 년이라는 시간이 걸렸고, 귀주와 운남이 안정을 되찾을 때쯤 광서에서 몇몇 문파들이 동조 의사를 밝혀 왔다. 그러니 남아 있던 문파들도 어쩔 수 없이 만월교의 남무림 통합에 흡수될 수밖에 없었다.

악마금이 만월교로 복귀한 지 정확히 이 년 만에 이루어진 일이었고, 무림사가 기록된 이래 만월교라는 하나의 세력 아래 남무림의 수많은 문파가 연합 세력을 맺게 되는 최초의 사건이었다.

그 이후 만월교에서는 남무림회(南武林會)를 창설한 후 강연회(剛聯會)라고 정식 명칭을 발표해, 각 문파마다 뛰어난 고수들을 뽑아 남무림을 통제하고 관리하기 시작했다. 각 문파의 이권에는 간섭하지 않았지만 문파 간의 대립이나 전쟁에는 중재를 서고, 혹 남무림 전체에 악영향을 미치는 경우 직접 강연회의 이름으로 처벌해 나가자 일 년 만에 온전히 만월교를 중심으로 남무림이 움직이게 되었다.

강연회에는 만월교만 있는 것이 아니라 남무림 전체를 대표한다는 의미에서 남무림에 이름있는 오랜 역사를 가진 문파의 문주들에게 좌석을 주어 중대사는 그들과 협의 하에 결정지었다. 좌석은 모두 십육 좌석! 그렇게 되자 남무림의 모든 문파들이 발언권을 높이기 위해 좌석을 차지하려 애를 쓰는 실정이 되었다.

강연회에 소속된 고수들도 시간이 지나자 점점 많아지고, 실력도 높아져 갔다. 처음에는 만월교의 고수들만으로 구성되었던 강연회의 고수들에 남무림에 속한 문파에서 적게는 열 명, 많게는 백여 명을 뽑아 구성하자 그 수가 이만이 넘게 되었다. 게다가 강연회의 입지와 힘이 강력해지자 강연회에 속한 무력 단체들의 입지도 높아지게 되었고, 나중에는 문파에 소속된 실력있는 무사들이 은근히 강연회의 무력 집단에 소속되기를 바라고 시험까지 치는 일이 벌어질 정도였다.

그렇게 몇 년 후!

남무림은 강연회에 의해 안정을 되찾았다. 문파 간의 대립도 급격히 줄었고, 강연회 또한 소속된 무사들의 실력을 겨뤄 수준이 떨어지는 자들은 다시 문파로 돌려보냈다. 너무 많은 무사들이 몰려들어 그것을 통제하기 힘들었기 때문이다. 사실 남무림 문파에서 지원금을 받지 않고 있었으니 자금 사정이 열악했던 것이다. 하지만 그 부분은 악마금 때문에 해결을 할 수 있었다. 운남의 금천방주에를 끌어들여 막대한 지원금을 받기로 했던 것이다. 대신 방주 양사진에게 운남과 귀주 상권을 주도할 수 있게 도와주기로 약속을 해야 했다.

남무림이 통일된 지 총 사 년이 지나자 강연회에는 황룡대와 적룡대, 파룡대, 철룡대 등 십룡대가 만들어져 모두 남룡이라 불렸다. 한 대마다 모두 일천여 명으로 구성되었고, 남무림에서 고르고 고른 절정의 고수들로만 이루어졌다. 그 외에 총단이 있는 귀주를 제외한 광서 남북, 운남 남북에 각각 지단을 설립하여 각 지단을 지키고 통제하는 무사들 이만을 두었다.

　그렇게 되자 만월교도 그때까지 강연회의 고수로 소속시켰던 만월교의 고수들을 빼어 다시 만월교로 귀속시킬 수 있었다.

　마야는 만월교의 교주이자 회주, 그리고 악마금은 강연회의 무력을 전체 통괄하는 군사가 되었다. 하지만 군사라는 직위는 허울 좋은 것일 뿐 악마금은 무력 단체 관리에 전혀 신경 쓰지 않았고, 언제나 남만에 있는 초이라는 산에 머물며 음공에 대해 연구를 했다.

　그리고 악마금의 나이 스물일곱이 되는 어느 날!

　초이로 검은 무복을 입은 사내가 찾아들었다. 초이에 들어서자 몇 명의 험악하게 생긴 사내들이 그의 진로를 막았다.

　"강연회에서 왔소."

　그 말 한마디에 사내들이 길을 터주었다.

　"저쪽으로 계속 들어가쇼."

　무복의 사내는 산채를 지나 들풀이 자라나 있는 곳을 걸었다. 그 앞 절벽에 있는 동굴에서 또다시 한 사내를 만날 수 있었다. 불이 타오르는 듯한 붉은 머리의 사내였다. 그를 보고 무복사내가 공손히 포권했다.

　"마창 진립 어르신이 아니십니까?"

　"그런데 어떻게 왔나?"

"강연회에서 왔습니다. 군사께서는 어디 계십니까?"

"헌원 아우 말인가? 저쪽으로 이 리 정도 들어가 보게. 보름 동안 거기에서 한 발자국도 나오지 않고 있어 그대로 있는지 모르겠군."

"감사합니다."

무복사내는 진립이 가리킨 곳으로 향했다. 절벽을 돌아 한참을 걸어 들어가자 계곡이 나왔다. 그러자 은은한 금음이 흘러나오는 것을 들을 수 있었다.

악마금의 연주라는 것을 확신한 사내는 급히 소리가 들리는 곳으로 향했다. 소리는 계곡 뒤편에서 나오고 있었다. 뒤편으로 돌아가자 악마금을 볼 수 있었다. 그는 냇가에 솟아나 있는 거대한 바위 위에 앉아 금을 켜고 있었다.

순간 사내는 경악한 표정을 지었다. 냇가 주위에 있는 크고 작은 바위들이 허공에 두둥실 떠 있었기 때문이다.

띠띵—! 띵띵—!

거친 금음 소리 속에서 악마금의 목소리가 사내를 깨웠다.

"누구냐?"

사내는 급히 부복했다.

"강연회 청룡대 제삼백인대 소속 영걸이라고 합니다. 교주님의 명을 받들어 군사를 모시러 왔습니다."

"날 왜?"

"다음달 팔일에 월랑식이 있는 걸 잊으셨습니까?"

그 말에 악마금의 인상이 구겨졌다. 그와 함께 금음이 더욱 거칠게 튕겨졌다.

띠띵!

"헛!"

부복해 있던 사내는 급히 신형을 날렸다. 자신에게 거대한 바위 하나가 쏟아져 왔기 때문이다.

쾅!

소리와 함께 사내는 진땀을 흘렸다. 자신이 있던 자리에는 거대한 바위가 떨어져 산산이 부서져 있었기 때문이다. 하지만 더욱 두려운 것은 허공에 떠 있는 모든 바위에서 내력이 느껴진다는 것이었다.

'저럴 수도 있나? 한두 개라면 몰라도, 몸과 떨어져 있는 수백 개의 물건에 내력을 집어넣을 수는 없을 텐데?'

사내가 진땀을 흘리며 안절부절못하고 있자 악마금이 연주를 멈췄다. 그러자 바위가 언제 그랬느냐는 듯 우수수 바닥으로 떨어져 내렸다.

"며칠 더 수련을 한 후 따라가겠으니 먼저 가 있거라."

"하, 하지만 직접 모시고 오시라는 명을 받았기에……."

악마금의 눈이 가늘어지자 사내는 급히 고개를 저었다.

"아, 아닙니다. 그, 그럼 물러가겠습니다."

그가 신형을 날려 사라지자 악마금이 한숨을 쉬었다. 마야가 싫은 것은 아니었지만 어딘가에 얽매인다는 것이 기분 나빴기 때문이다.

그녀를 본 지가 일 년이 넘었기에 보고 싶다는 생각도 들었지만, 그는 이내 고개를 저었다. 월랑이 된다면 정말 그녀에게서 헤어나오지 못할 것 같은 느낌이 들었던 것이다. 그것 때문에 만월교가 안정되면 월랑이 되겠다는 두루뭉실한 대답과 함께 총단을 벗어나 이곳으로 오지 않았던가!

"더 이상 진전이 이뤄지지 않아 짜증나는데, 골치 아픈 일까지 겹치는군."
생각과 함께 그가 조용히 욕지거리를 했다.
"젠장, 잠시 여행이나 다니며 머리를 식혀야겠군!"

만월교 총단 교주의 연공실에서 마야는 눈물을 흘렸다. 이제 그녀는 묘령의 나이를 넘어 스물한 살! 어릴 때의 귀엽던 외모는 이제 어떤 사내들이 봐도 눈을 떼지 못할 만큼 아름다움을 발하고 있었다. 청순한 그녀의 외모와는 달리 진하게 한 화장이 오히려 어색하면서도 묘한 분위기를 만들어놓았다. 그런 그녀의 화장이 눈물로 번지는 데에는 그리 긴 시간이 필요하지 않았다.

그녀의 손에는 얼마 전 도착한 헌원지의 서신이 들려 있었다.

아직 나는 월랑이 될 준비가 되지 않았소. 그것은 교주께서도 마찬가지요. 만월교의 남무림 통합은 중원 진출을 위한 것. 그때까지 남무림의 힘을 키우고, 만월교를 입지를 더욱 확고히 해야 하오. 내가 월랑이 되는 것은 그 이후로 미루는 것이 좋겠소. 나는 강연회의 중원 진출을 위해 곧 중원의 사정을 알아보러 떠날 것이오. 세세한 중원의 사정을 파악한다면 훗날 중원 진출에 큰 도움이 될 것이니, 그리 아시고 머지않은 미래에 다시 뵙기를 바라오. 이 년 이상은 걸리지 않을 것이오. 그럼 그때까지 건강하시고, 만월교와 강연회를 잘 이끌어주시길 바라오.

"너무해! 정말 너무해! 월랑식 때 입을 옷까지 준비해 놨는데……."
말과 함께 그녀는 연공실을 빠져나와 밖을 향해 외쳤다.
"현령 장로를 불러오너라!"

잠시 후 현령이 들어서자 마야가 불쑥 명했다.

"현령 장로는 지금 즉시 강연회의 금룡대 이백 명을 풀어 지아를 찾아오너라."

"그, 금룡대 말입니까?"

"그래. 그를 찾아 내 앞에 꼭 데려와야 한다. 그는 지금 중원으로 향하고 있다."

"주, 중원으로 갔다면 찾기가……."

마야는 단호하게 명했다.

"그럼 모양각 인원 전부를 풀어서라도 잡아오너라!"

"알겠습니다."

그녀의 명에 현령은 급히 고개를 조아렸다. 그러면서도 그는 미소를 지었다.

'하하! 전에는 못 느꼈는데, 오늘 보니 교주님도 많이 변했구나. 성정이 많이 굳세어졌어. 그 때문에 만월교의 앞날은 밝아지겠지만……. 훗, 군사께서는 훗날 고생 좀 하시겠군.'

〈終〉

작가후기

 길고 긴 여정이 끝났습니다. 처음부터 남무림편과 중원무림편으로 나눈 『음공의 대가』는 여기까지가 남무림편입니다. 그동안 『음공의 대가』를 지켜봐 주신 독자님들께 감사하다는 말을, 부족한 글을 끝까지 참고 지켜봐 주신 독자님들껜 죄송하다는 말을 드리고 싶습니다. 중원무림편은 언젠가는 쓰게 될 것이며, 그때도 많은 애정과 관심 부탁드립니다.

 장편으로선 세 번째, 출판으로는 처녀작이었던 음공의 대가를 마치며 이제 또 하나의 글을 새로 시작해야 한다는 고통이 저를 새삼 괴롭힙니다.
 무엇을 어떻게 보여줘야 하나?
 어떤 재미를 어떤 식으로 풀어내야 하나?
 많은 고민들이 음공의 대가 7권을 쓰면서 계속 저를 괴롭혔고, 그래서 음공의 대가를 마친 지금에는 아쉬움보단 후련함이 생기는지도 모르겠습니다. 두 가지를 동시에 할 수 있는 집중력이 없는 만큼 하나의 글이 끝났으니, 모두 털어버리고 속 시원히 나만의 새로운 상상을 펼칠 수 있기 때문입니다.
 초심을 지키기 위해 많은 노력을 했던, 그리고 글쟁이로서 부족함을 알았던 음공의 대가이니만큼 후회보다는 잘했다고, 앞으로 더 잘하면 된다고 스스로를 다독여 봅니다.

다음 글에서는 부족했던 많은 부분을 생각하며 좀 더 나은 모습으로 여러분을 찾아뵐 수 있도록 하겠습니다. 그때까지 '음공의 대가를 쓴 일성'이라는 이름을 잊지 말아주셨으면 합니다.

차기작으로 무엇을 쓸지 아직 결정을 내리지 못했습니다. 대부분의 작가 분들이 그렇겠지만, 저 또한 제 컴퓨터 속의 수많은 인물들이 다음 글에 출연시켜 달라고 아우성치고 있습니다. 그리고 이런 내용에 이런 주인공을 맡겨 달라고, 이런 여인과 사랑에 빠져 보고 싶다고, 이런 악당을 쓰러뜨려 보고 싶다고 저를 닦달하고 괴롭힙니다.

고민 끝에 세 가지의 글로 선택의 폭을 줄일 수 있었습니다.

아마 차기작은 '공간참', '환관열전', '흑화랑' 이 셋 중에 하나가 되지 않을까 생각합니다.

그중 '공간참'이 가장 유력한 글입니다.

공간참은 속도를 중시하는 무인들이 펼치는 신법의 마지막 단계, 그 경지를 뜻합니다.

인간의 한계를 넘어선 속도를 내면 눈앞에 검은 막이 보이고, 그것을 찢고 들어가게 되면 세상이 정지되어 버리는 새로운 무공입니다. 세상의 모든 것이 멈추고, 공간참을 시전한 사람만이 움직일 수 있는 가상의 공간!

그래서 순간 이동이 가능해지는 괴상한 무공이 여러분을 찾아가게 될 것입니다.

그동안 건강하시고, 하는 일마다 행운이 가득했으면 합니다.

음공의 대가를 사랑해 주신 분들께……